DONBASS

Hermann Pfaff (Autorenpseudonym: Jacques Sandulescu)

Jacques Sandulescu
(Hermann Pfaff)

Donbass

Deportation und Flucht eines jungen Kronstädters

Aus dem Englischen
von Jürgen Henkel

Schiller Verlag
Hermannstadt und Bonn
2017

In Gedenken an Edith Pfaff, Othmar Fischer
und Vassily Ivanovich Sergienko

Umschlag: Anselm Roth

Schiller Verlag Bonn – Hermannstadt
Strada Mitropoliei 30, Sibiu/Hermannstadt
www.schiller.ro, verlag@schiller.ro
Hermannstadt/Sibiu Tel. 0040-369-809125
Bonn Tel. 0049-228-90919557

Gedruckt bei Alföldi, Debrecen
ISBN 978-3-944529-82-0

Inhalt

Erstes Buch

Erstes Kapitel

Ich wurde in Kronstadt auf dem Weg zur Schule verhaftet. Es war gerade erst hell geworden, und die kalten dunkelgrauen Straßen waren fast menschenleer. An einer Straßenecke nahe des Schulgeländes sah ich mehrere bewaffnete russische Soldaten und einen rumänischen Dolmetscher in Zivil, die jemanden in einen Polizeitransporter drängten. Sie erblickten mich, und der Dolmetscher schrie:

»Wo gehst du hin?«

»Zur Schule.«

»Komm her, wir müssen dich erst wohin bringen, später dann kannst du zur Schule gehen.«

Er packte mich, und die Soldaten halfen ihm dabei, mich in den Transporter hineinzuschieben. Ich schüttelte sie ab und sprang selbst hinein. Es war pechschwarz im Inneren, aber ich spürte, wie einige Menschen mich ansahen.

Wir wurden zum Lichtspielhaus *Axa* gebracht. Es war übervoll von Menschen, die sich zwischen den Reihen drängten. Einige hatten sich gesetzt, und das sah sehr seltsam aus, denn es lief kein Film. Ich sah mich vergeblich nach jemandem um, den ich kannte. Ein intensives Gefühl von Unsicherheit und Angst lag in der Luft. Niemand wagte danach zu fragen, was hier geschah.

Die Antwort auf diese Frage spürte jeder in seiner Magengrube, doch wir versuchten alle, diese zu ignorieren aus Furcht, dass sie wahr werden könnte. Jeder gab sich so unauffällig wie möglich, bewegte sich nur leise, sprach nur im Flüsterton und verzichtete auf jedes Gestikulieren. Die Furcht hob alles Fühlen und Denken und jede Bewegung auf.

Ich stand herum und wartete eine endlos scheinende Zeit, aber niemand sagte etwas zu mir. Dann setzte ich mich auch, zog den Kopf zwischen meine Schultern und dachte daran, wie oft ich in diesem Filmtheater gesessen und mich am Nachmittagsfilm erfreut hatte. Meine Gedanken schweiften zurück, zurück, zurück ... dann erinnerte ich mich, wie ich mich fast schon träge fragte, welcher Film als nächstes gezeigt würde.

Einige Stunden später betrat ein Dolmetscher die Bühne und sagte mit lauter Stimme, dass wir in Lastwagen verladen würden und zu Baracken am Stadtrand verbracht werden sollten. Es gab einen Lastwagen und einen Bus, und jeder fuhr etwa zehn Mal. In den Baracken begannen die Menschen zu weinen und zu beten, und es herrschte große Unruhe. Einige sangen Choräle. Gegen Abend wurden wir in mehreren Lastwagen zum Bahnhof transportiert und zu einem Zug mit etwa dreißig Güterwaggons gebracht. Wir stiegen von hinten in die Waggons, denn der vordere Bereich wurde von einer großen Menschenmenge blockiert. Man zählte uns beim Einstieg in die Waggons. In meinem Waggon waren 46 von uns, Männer und Frauen.

Etwa fünfzehn Meter von dem Zug entfernt wurden schreiende und weinende Menschen von einem Kordon aus russischen Wärtern zurückgehalten. Nach langem Gedrängel ergatterte ich einen Platz an einem der zwei kleinen Fenster. Ich sah meinen Vater sofort – hochgewachsen wie er war, ragte er aus dem Menschenmeer hervor. Ich pfiff schrill. Er entdeckte mich auch und bahnte sich einen Weg durch die Menge, bis er direkt vor mir stand. Unsere Augen trafen sich, unsere Blicke verschmolzen. Ich sah und spürte, wie er mit den Tränen kämpfte – ich hatte ihn nie zuvor so gesehen. Ich bemühte mich, zuversichtlich zu wirken, so dass er wissen sollte, dass ich auf mich aufpassen könnte. Nach zwei Minuten wurde ich grob weggeschoben von anderen, die ebenfalls nach Familienangehörigen Ausschau hielten. Sobald ich weg vom Fenster war, schossen die Tränen in mir hoch. Mein einziger Trost war es zu wissen, dass mein Vater mich nicht weinen sehen konnte. Es wäre zu hart für ihn gewesen.

Durch meine Tränen hindurch sah ich, wie die Menschen an die Fenster klopften, verzweifelt winkten und versuchten, ihren Freunden und Angehörigen draußen etwas mitzuteilen – sie rangen ihre Hände und weinten verzweifelt. Dann setzte sich der Zug mit einem Ruck in Bewegung, und ein lautes Wehgeschrei erhob sich in den Waggons und von der Menge draußen.

Ich war sechzehn, und der jüngste Gefangene in meinem Waggon, wie sich bald herausstellte. Aber ich war nicht der schlankste, denn ich war etwa 1,90 Meter groß und wog circa 90 Kilogramm. In dem Waggon waren zwei Ingenieure, ein Arzt und der Bruder eines Lehrers meiner Grundschule. Die meisten anderen Gefangenen kannte ich entweder flüchtig von der Straße oder hatte schon von ihnen gehört. Es erschien mir äußerst merkwürdig, dass weder der Arzt noch die Ingenieure etwas unternahmen, um ein wenig Ordnung in dieser heulenden Menge zu schaffen. Als Männer von Stand hätten sie zumindest versuchen sollen, sie zu trösten, vor allem die wimmernden Frauen, die den meisten Lärm verursachten. Ich begann bereits meinen Respekt vor diesen Leuten zu verlieren. Ich dachte, sie wären alle schrecklich schwach.

Das Bild meines Vaters schwebte weiterhin vor meinem inneren Auge, doch ich zwang mich selbst, es aus meinen Gedanken zu vertreiben und setzte mich in einem Eck nieder, so dass ich über meine Lage nachdenken konnte. Es gab niemanden, den ich gut genug gekannt hätte, um mit ihm darüber zu reden, und ich fühlte mich schrecklich alleine in all diesem Chaos.

Trotz allem schien es immer noch einen Funken Hoffnung zu geben, dass das Ziel des Zuges nicht irgendein sowjetisches Arbeitslager sein sollte. Aber Hoffnung ist Hoffnung und Vernunft ist Vernunft. Und ich erkannte: Wo auch immer sie uns hinbrachten, es würde dort Menschen geben, die lebten und arbeiteten. Ich würde mich eben anpassen müssen. Dann dachte ich aber auch an Flucht. Ich hatte Bücher gelesen und Geschichten gehört über die Flucht aus Gefangenenlagern, und mein Kopf war voller Ideen über Tunnels und Hunderte von verschiedenen Wegen, Wärter und Polizei zu überlisten. Ich musste abwarten und sehen.

Ich war sehr neugierig auf die Sowjetunion. In letzter Zeit hatten wir viele gute Dinge über dieses Land gehört. Es war Anfang des Jahres 1945, und russische Truppen hatten Rumänien in den letzten vier Monaten besetzt. Rumänien war vorher ein Verbündeter Deutschlands gewesen und hatte unverzüglich die Seiten gewechselt, als die Russen die Grenze überschritten und die Deutschen sich vor ihnen zurückzogen. Die Truppen in Kronstadt verhielten sich wie Wilde. An den Abenden zogen die Soldaten saufend und singend durch die Straßen. Sie plünderten Geschäfte, und sie entzündeten Feuer mitten auf den Straßen, um dort gestohlene Hühner zu braten.

Einige der Soldaten waren Frauen, und eine von ihnen spazierte eines Abends in einem Seidenpyjama herum, den sie in einem teuren Geschäft für Unterwäsche gekauft hatte. Jeder dachte, sie sei wahnsinnig, bis ihr zuletzt jemand sagte, dass diese nur zum Schlafen getragen werden. Ich begriff, dass sie keine solchen Luxusartikel in Russland hatten. Trotzdem galt Russland immer noch als Arbeiterparadies.

Meine Gedanken wurden von starkem Hunger jäh unterbrochen. Die meisten Gefangenen wurden von zu Hause weg verhaftet und konnten wenigstens etwas Essen, Seife, Handtücher oder Kleidung mitnehmen. Alles, was ich dabei hatte, waren drei Bücher – eines über rumänische Geschichte, ein Geographiebuch und eines über deutsche Geschichte. Etwas später bot mir der Bruder des Professors etwas Brot und Würstchen an. Ich lehnte zunächst ab, aber als er mir später in der Nacht nochmals etwas hinhielt, war ich heilfroh, etwas zu essen zu bekommen. Am nächsten Tag gaben uns die Russen

Rationen von Brot und Suppe. Es war Januar und bitterkalt. Ein kleiner eiserner Ofen mit einer kleinen Kohleration war unsere einzige Wärmequelle, und die Kälte drang durch Hunderte von Ritzen in den Wänden ein. Wir schliefen in Schichten. Auf jeder Seite des Wagens gab es zwei Etagen von Holzbrettern, auf denen rund zwanzig Personen liegen konnten. Wenn sich ein Mensch umdrehte, mussten seine fünf Schlafgenossen daneben sich auch umdrehen. Es war nur die Art von Schlaf möglich wie auf langen Bus- oder Zugreisen. Das bedeutete in Wirklichkeit, sechs Stunden die eigenen Füße zu vergessen. Danach wurde einem so kribbelig, dass man nicht länger so bleiben konnte, sondern aufstehen und herumgehen musste.

Nach drei Tagen kamen wir an die russische Grenze und mussten in einen anderen Zug umsteigen, weil die Spurweite der Eisenbahnen in Russland breiter ist. Die beiden Züge standen Seite an Seite etwa zehn Meter voneinander entfernt, und die Gefangenen wurden jeweils waggonweise überstellt. Ich dachte daran, mich unter den Schlafkojen zu verstecken, doch als unser Waggon geleert wurde, wurden wir alle beim Aussteigen gezählt, und ich sah auch, dass Wärter in den Zügen vor uns kontrollierten. Wir wurden über Nacht in dem russischen Zug gelassen und fuhren am nächsten Morgen bei Sonnenaufgang los. Der Zug kroch einen Hügel nach oben und um eine Krümmung herum, und durch das Fenster konnte ich die Lokomotive weit vor uns sehen. Es war ein sehr langer Zug. An mancher Station, an der wir anhielten, müssen sie noch weitere vierzig bis fünfzig Güterwaggons angehängt haben. Ich fragte mich, wo wir hingeführt wurden. Das Land war flach und trostlos, Kilometer um Kilometer. Gelegentlich kamen wir durch ein kleines Dorf, das von leeren schneebedeckten Feldern umgeben war.

Bei einem Halt während der ersten Woche wurde uns für eine halbe Stunde eine Axt gegeben, und wir durften ein schmales Loch im Boden neben der Tür schlagen. Mussten die Menschen sich bisher durch das offene Fenster entleeren, indem sie ihren Hintern hinausreckten, während zwei andere eine Decke davor hielten, um die Privatsphäre zu schützen, konnte man nun das Loch hinter dem Schutz der Decke nutzen. Das Urinieren war kein Problem für die Männer, da die Schiebetür einen breiten Spalt hatte. Wenn eine Frau oder ein Mädchen urinieren musste, musste das Tuch wieder vorgehalten werden.

Während der zweiten Woche, als wir auf einem Nebengleis eingeschneit waren, begannen einige der Männer Karten zu spielen. Nachdem sie mehrere Spiele ausprobiert hatten, beschlossen sie, »21« zu spielen. Etwas an der kompromisslosen Logik dieses Spieles scheint sie besonders gereizt zu haben. Es war faszinierend, ihnen zuzuschauen. Die Atmosphäre wechselte sofort von derjenigen eines Gefangenentransports in jene einer Spielhalle. Eine Zeit lang standen alle in Trauben um die Spieler herum, flüsterten untereinander über das eine oder andere Blatt in der Hand, und zum ersten Mal in der ganzen Woche war ein Platz neben dem Ofen frei. Ich öffnete das kleine Türchen und sah die Kohle mit blauen Flammen glühen und brennen. Mit einigem Erstaunen nahm ich wahr, dass ich niemals vorher Kohle brennen gesehen hatte. Da war ich wieder ein kleiner Junge zu Hause an den langen Winterabenden mit lodernden Holzscheiten im riesigen Kamin, meinem Hünen von Vater, meiner Mutter und meiner Schwester. Eine Stimme unterbrach meine Gedanken ...

»Mach die Ofentür zu, Junge, dann wird es besser brennen.«

Ich schloss die Tür und überließ meinen Platz jemand anderem.

Aus Mangel an anderer Ablenkung interessierte auch ich mich bald für das Kartenspiel. Die Einsätze wurden sehr hoch. Ich hatte 20 000 Lei, rund 165 Dollar (in der Friedenszeit), in meiner Tasche, die ich auf dem Schwarzmarkt verdient hatte. Ich war einer jener vielen jungen Männer, die jene verrückten Gelegenheiten nutzten, die die Inflation in der Kriegszeit bot, vor allem in besetzten Ländern. Seit die Russen Kronstadt vor wenigen Monaten eingenommen hatten, hatte ich Dutzende von Gesprächen in der Schule belauscht, wie mit den russischen Offizieren zu handeln war. Ein Junge hatte 30 000 Lei für sein Fahrrad erhalten. Das schien wie eine riesige Summe, obwohl so gut wie alles mindestens das Hundertfache des normalen Preises kostete. Gewöhnlich wurde ein Fahrrad für 1000 Lei verkauft.

Ich hörte, dass der Offizier, der das Fahrrad gekauft hatte, auch nach einem Akkordeon suchte. Dies war ein Glücksfall für mich, denn ich hatte ein schönes Akkordeon, das mir mein Vater zu meinem 14. Geburtstag geschenkt hatte. Ich rechnete, dass ich es, wenn ich es für viel Geld verkaufen könnte, immer noch leicht ersetzen könnte und sogar noch eine hübsche Summe übrig hätte. Ich kontaktierte den entsprechenden Offizier und machte einen Deal über 100 000 Lei. Der größte Teil des Geldes war in Silbermünzen zu 100 und 500 Lei und ich brauchte mehr als eine Stunde zum Zählen. Ich versteckte 80 000 Lei zu Hause und hatte nicht die geringste Ahnung, was ich tun sollte, wenn ich mit dem Rest in der Tasche verhaftet werden sollte. Aber in diesem Zeitraum von vier oder fünf Tagen wurde ich von Schuldgefühlen geplagt, weil ich meine Eltern vorher nicht konsultiert hatte. Ich dachte, dass sie mir gratulieren würden, wenn ich ihnen ein größeres Akkordeon und noch 80 000 Lei dazu zeigen würde, doch ich konnte mir nicht sicher sein.

Nachdem ich etwas darüber nachdachte und das Geld in meiner Tasche eine Zeit lang durch die Finger gleiten ließ, entschied ich mich, mein Glück zu probieren. Ich gewann und verlor und gewann wieder. Auf einmal zog ich 18 und legte all mein Geld auf den Tisch. Drei Runden später hatte ich 400 000 *Lei.* Ich verlor das meiste davon sehr schnell wieder, gewann dann aber noch mehr zurück und hatte zum Schluss 500 000 *Lei.* Unter normalen Umständen wäre ich sehr glücklich gewesen, doch als ich auf das Geld blickte, hatte ich so meine Zweifel, ob mir dieses Geld in Russland irgendetwas Gutes bringen würde, da sie uns sicher unseren Besitz wegnehmen würden nach unserer Ankunft.

Nachdem das Spiel vorbei war, begann eine Frau ein trauriges, depressiv stimmendes Kirchenlied zu summen. Eine andere Frau stimmte mit ein, und bald breitete sich eine allgemeine Schwermut in dem Waggon aus, aber zwei von den lebhaften Spielern retteten die Nacht, indem sie einige derbe Kneipenlieder anstimmten. Inmitten dieses Lärms döste ich weg.

Jeden zweiten oder dritten Tag machten wir Halt und die Wärter ließen einige Menschen gehen, um Nahrung und Wasser zu holen. Jedem Waggon wurden zwei Eimer Wasser erlaubt, und jede Gruppe von fünf Personen teilte sich einen Laib Brot pro Tag. Dazu wurden etwas dünne Kohlsuppe und *Kascha* (Buchweizenbrei) ausgeteilt. Ich meldete mich dazu immer freiwillig, denn dies verschaffte mir eine gewisse Abwechslung von dem dauernden Gejammer. Ich musste einfach entkommen, auch wenn der Schnee kniehoch war und ich nur ein paar schwarze Halbschuhe trug. Und so wurden meine Füße auf dem Weg zurück zum Waggon klatschnass. Nach einer Woche färbten die Schuhe sich weiß und begannen an den Seitenrändern zu reißen. Ich begann mir Sorgen zu machen bei dem Gedanken daran, was mir blühte, sollte ich den restlichen Winter barfuß gehen müssen.

Aufträge waren mir immer willkommen, wenn wir in kleinen Dörfern oder Städten hielten. Wenn wir zu Fuß zur Essensausgabe an der Station liefen, studierte ich die Personen, die wir unterwegs sahen, seit wir – zumindest laut der kommunistischen Propaganda – im Arbeiterparadies angekommen waren. Doch ich sah nichts außer zerlumpten Menschen, die bei jeder sich bietenden Gelegenheit auf uns spuckten. Manche beherrschten diesen Sport so vollendet, dass ich mich, obwohl ich auf der »Empfängerseite« stand, genötigt sah, ihr Geschick zu bewundern. Anfangs bereitete es mir Kopfzerbrechen, warum wir so gehasst wurden, aber allmählich wurde mir klar, dass diese Menschen die Gefangenen als Kriegsfeinde betrachteten, die ihr Land geplündert und verwüstet hatten. Sie spuckten in ihrer hilflosen Wut buchstäblich ihren Hass heraus. Die am meisten von ihm erfüllt waren, spuckten am schlechtesten – denn wie üblich verderben Emotionen die Dinge.

Ich nutzte jede sich bietende Chance, um ans Fenster des Waggons zu gehen und auf das breite und flache Land draußen zu blicken. Es war nicht in von Zäunen und Straßen begrenzte Flächen unterteilt, wie das in Europa meist üblich ist. Soweit das Auge reichte, gab es nichts anderes als schneebedeckte Steppe.

Die Reise dauerte drei Wochen. Dunkelheit brach schon um halb vier oder vier Uhr nachmittags an. Manchmal wurden wir für zwei oder drei Tage auf einem Nebengleis stehengelassen. Die Kälte war schrecklich, und das Frieren zehrte unsere Energie auf. Meine Zähne klapperten die ganze Nacht über. Morgens versuchte ich, erschöpft von dieser ständigen Anspannung, mein Blut zum Zirkulieren zu bringen, indem ich mich bewegte. Aber alle anderen taten dasselbe, so dass sich unsere Körper ständig aneinanderrieben. Ich konnte den Arbeitseinsatz kaum erwarten, auch wenn meine Füße jedes Mal protestierten, wenn ich nach draußen in den Schnee ging. Das endlose Herumstehen, das ständige Verlagern des Gewichts von einem Fuß auf den anderen, das gelegentliche Sitzen, der fehlende Schlaf – Stunde um Stunde, Tag für Tag –, das alles war kaum zu ertragen.

Was jedoch am meisten an meinen Nerven zehrte, waren die lauten Gebete dieser schon besiegten Menschen. Und wie sie beteten. Sie beteten zu Gott, zu Jesus Christus und der Jungfrau Maria um Hilfe, sie nach Hause zu bringen. Aber niemand schien es zu erhören, denn wir fuhren langsam aber sicher tiefer und tiefer nach Russland hinein, bis wir eines Tages den gewaltigen Dnjepr überquerten. Ich konnte für fünf Minuten einen Blick auf Dnipropetrowsk erhaschen; es war eine große Stadt, vom Fluss in West und Ost getrennt. Die Stadt sah aus wie die Menschen – ungepflegt, abstoßend, gebrochen, grau.

Zweites Kapitel

An einem verschneiten Morgen stoppte der Zug auf einem Nebengleis. In einem Radius von etwa 30 Kilometern um uns herum befanden sich kleine Hügel aus Kohle, die frei von Schnee waren. Etwa einen halben Kilometer entfernt sah ich einige lange, niedrige Baracken, die von einem hohen Zaun aus Holz- und Stacheldraht umgeben waren. Wir waren an unserem Ziel angekommen.

Es war schon spät am Nachmittag, als sie anfingen, unseren Waggon zu entladen. Die Schiebetüren wurden geöffnet, und drei schwerbewaffnete Wärter wiesen uns an, auszusteigen. Die Männer sprangen als erstes herunter und halfen dann den Frauen von dem hohen Waggon herunter. Jeder war zittrig, nachdem wir drei Wochen lang auf engstem Raum eingepfercht gewesen waren.

Als ich auf dem Boden aufkam, sah ich mich um, um der nächsten Frau zu helfen. Sie erwies sich als eine Epileptikerin, die während der langen Fahrt jeden Tag fünf oder sechs Anfälle gehabt hatte. Sie sprang in meine ausgebreiteten Arme, und just als ich sie sicher am Boden aufsetzte, begann sie aus dem Mund zu schäumen und gutturale, unmenschliche Geräusche von sich zu geben. Ich versuchte, mich ihrer zu entledigen, indem ich sie im Schnee niederlegte, aber ein Wärter trat auf mich ein. Ich verstand das so, dass ich sie weiter im Stehen halten sollte. Währenddessen stellten sich alle anderen in einer Reihe auf und marschierten auf die Baracken zu. Ich wurde müde und ging mit der sich vor Schmerzen windenden Frau in meinen Armen in die Knie. Nach einem kompletten Anfall mit krümmenden Zuckungen, Stöhnen und Sabbern entkam sie schließlich dieser Krise. Als ich ihr sagte, sie solle aufstehen, weigerte sie sich zunächst, bis ich sie mehrfach an den Schultern schüttelte. Sie stand wankend auf und bemühte sich, der Gefangenenkolonne zu folgen, aber sie war so zittrig, dass ich sie auf dem ganzen Weg stützen musste.

Wir kamen langsam voran, und unsere lange schmale Kolonne sah aus wie eine schwarze Schlange, die sich kriechend durch den kalten weißen Schnee schlängelt. Einige der Menschen mühten sich ab mit ihren Koffern, und obwohl ich immer noch die Frau stützte, wurde mir auch noch ein Koffer zum Tragen in die Hand gedrückt. Mein ganzer eigener Besitz bestand nur aus meinen drei Schulbüchern, die ich jetzt fest umklammerte, und einem Löffel, den mir eine Frau im Zug gegeben hatte.

Unser Lager bestand aus einundzwanzig trostlosen Holzbaracken in drei Reihen. Es gab keine Küche, keinen Waschraum, keine Toiletten und kein Badehaus. Das Gelände war ringsum eingezäunt von Stacheldraht.

Wir betraten das Lager durch das Wachhaus. Innen zählten uns zwei Offiziere beim Hindurchgehen. Von dort aus benutzten wir einen Fußpfad, der zu den Baracken führte. Der Schnee war knöcheltief und die Schneeverwehungen an manchen Stellen schulterhoch. Ein zorniger Wind heulte beißend und brennend und trieb uns die Tränen in die Augen.

Das erste der Barackengebäude war etwa 80 Meter lang; dünne Lehmwände teilten es in acht Abteilungen, vier auf jeder Seite. Wir trafen auf sieben oder acht knurrende Wärter, die uns noch einmal zählten, als wir eintraten. Sie sahen wie Mongolen aus und sie versetzten uns ungehemmt und ständig Fußtritte. Ich wurde mit Tritten in den letzten Raum beziehungsweise das Abteil befördert. Innen stand ein kleiner Ofen mit etwas Kohle darin.

Als wir zum ersten Mal eintraten, schienen die Baracken uns warm, doch nach kurzer Zeit fühlten wir uns wieder unterkühlt. Der einzige wirkliche Unterschied zwischen innen und draußen war das Nichtvorhandensein des Windes und die von unseren Körpern selbst erzeugte Wärme. Da wir kein Holz hatten, konnten wir kein Licht entzünden. Diese Nacht konnte von Schlafen keine Rede sein. Die, die keine Decke mitgebracht hatten, mussten auf dem harten Lehmboden schlafen. Es war ein Albtraum aus Weinen, Klagen und Gebeten. Konnten diese Leute nicht realisieren, dass sie unsere Situation nur noch verschlimmerten?

Irgendwie kam der Morgen. Die ganze Zugfahrt über war ich verängstigt aus Unsicherheit darüber, was vor uns lag, aber an diesem ersten Morgen hier nun war ich besonders besorgt, weil mir klar wurde, dass es nun wichtiger war, was wir tun sollten, als wo wir waren. Meine Gedanken wurden unterbrochen von der Ankunft eines Wärters und eines Übersetzers. Der Übersetzer kündigte an, dass die Männer für folgende Aufgaben benötigt wurden: Brot aus einer nahegelegenen Stadt zu bringen und einen Laib auf jeweils fünf Gefangene aufzuteilen, eine Abtrittsgrube zu graben, eine Küche zu errichten, Holzplatten und Rohre abzuladen, die zu Schlafkojen gemacht werden sollten. Dann fragte er nach Schreinern, und es meldeten sich einige Männer freiwillig.

Meine Aufgabe war es, mit drei anderen Männern die Fäkalgrube auszuheben. Ich hatte keine Handschuhe, und meine Schuhe schützten mich nicht vor dem Schnee. Ich weinte, als meine Hände anfingen zu frieren, und auch meine Tränen gefroren. In meiner Verzweiflung arbeitete ich wütend mit der Hacke weiter, in der Hoffnung, ein wenig Wärme in mir zu erzeugen. Es dauerte drei Tage, bis die Grube fertig war. Jeden Abend nach der Arbeit war unser Lohn das

Fünftel eines Brotlaibes. Das Einzige, worauf wir uns freuen konnten, war die Brotausgabe des nächsten Tages. Es ist erstaunlich, wie rasch allerkleinste Dinge Glücksgefühle auslösen können. Auf das Brot nach getaner Arbeit zu warten wurde zur größten Freude auf Erden. Es kam frisch von der Bäckerei in großen Leinentaschen, und das Wasser lief uns im Munde zusammen, wenn der Geruch durch die Baracken strömte. Wir wurden wie eine Herde Vieh in der Ecke eines der Räume zusammengetrieben, während in der anderen Ecke das Brot aufeinandergeschichtet wurde. Unsere Augen verschlangen jeden Krümel. Jeder stellte sich auf seine eigene Weise vor, was passieren würde, wenn eine ganze Bäckerei in seine Hand fallen würde. Während der ersten Wochen hielten mich solche Tagträume eher am Leben als alles andere.

Es dauerte etwa zwanzig Tage harter Arbeit, bis in dem Lager zumindest ansatzweise eine Organisation zu erkennen war. Dies waren schmerzvolle Wochen mit schmerzvollen Lektionen. In meinem Abteil war ein Schmied, der mit seinem 18-jährigen Sohn verhaftet worden war. Er war ein furchteinflößend starker Mann; er ließ seine riesigen Bizeps und die mächtigen Unterarme spielen, wenn er sein Hemd auszog, um nach Läusen zu suchen. Es brachte mich zum Schmunzeln zu sehen, wie dieses Kraftpaket von einem Mann seinen Körper auf so winzige Insekten absuchte. Aber wenn er welche fand, gab es keinen Grund mehr zu lachen, denn er brachte sie mit derselben Rachsucht und Mordlust um, die es braucht, um einen Menschen zu töten. Einmal, nachdem wir unsere Ration erhalten hatten, aß der Schmied seine sehr schnell auf. Er verschlang sie regelrecht gierig. Dann schnappte er sich noch die Hälfte vom Brot seines Sohnes. Als dieser sich darüber beklagte, ohrfeigte er ihn mit einer blitzschnellen, katzenähnlichen Bewegung. Der Sohn weinte leise, aber er schwieg. Ich war fassungslos. Vater und Sohn. Mein Vater und ich. Wenn der Hunger die stärksten elterlichen Gefühle überwältigen konnte, dann wäre er zu noch Schlimmerem fähig. Jeder war für sich selbst. Es gab hier keine Beziehungen mehr, keinen Raum für das Herz.

Die Menschen begannen schon zu sterben. Es gab einen regulären Beerdigungsdienst, die Männer wirkten daran allerdings nur unter bitterem Klagen mit. Einer jedoch jammerte und jammerte immerzu. Ich fragte ihn schließlich: »Glaubst du nicht, dass wir alle hart arbeiten? Worüber weinst du?«

»Du verstehst das nicht«, sagte er. »Es ist nicht die Arbeit. Es ist, weil wir Gräber für Menschen schaufeln müssen, die mit uns von zu Hause gekommen sind. Heute schaufle ich ein Grab für diesen oder jenen, und wer weiß, wer morgen für mich ein Grab schaufeln wird? Oder für dich? Wie lange halten wir das aus?«

»Aber was bringt dein Gejammer?«, fragte ich ihn. »Verdränge es aus deinen Gedanken. Ich bin sicher, dass wir nicht hierher gebracht worden sind, um Aborte auszuheben, bis niemand mehr übrig bleibt, um diese zu benutzen, oder Gräber auszuheben, bis wir uns alle selbst beerdigt haben. Wenn das Lager einmal funktioniert, werden wir irgendwo außerhalb zu arbeiten haben, und wenn du weiter jammerst, wirst du dich nur selbst zermürben, und morgen werden sie dir dein Grab schaufeln – und das war's dann. Du solltest besser deine Kräfte schonen und am Leben bleiben.«

Er sah mich komisch an und fragte: »Wie kannst du so hart sein?« Aber er jammerte danach nicht mehr.

Drei Wochen, nachdem wir angekommen waren, kamen eines Morgens vier Offiziere und drei Männer in Zivil in Pelzmänteln mit einem Übersetzer in unsere Baracken. Die Zivilisten waren Parteimitglieder, es umgab sie eine Aura der Überlegenheit. Man sagte uns, wir befänden uns in einer der größten Anthrazitkohleregionen der Welt, dem Donbass. Wir sollten als Zwangsarbeiter in den Minen arbeiten. Ich erinnerte mich aus dem Schulunterricht, dass der Donbass viele Quadratkilometer des Donezbeckens im südlichen Russland umfasst. Hunderte von Kohleminen waren über die ganze Region verteilt.

Wir wurden in drei Schichten eingeteilt: von sieben Uhr morgens bis drei Uhr nachmittags, von drei Uhr nachmittags bis elf Uhr abends und von elf Uhr abends bis sieben Uhr morgens. Männer und Frauen wurden gleich behandelt. Außerdem hatte Stalin ein Gesetz erlassen zur Versorgung aller, die in Russland untertage arbeiteten, mit tausend Gramm Brot täglich, unabhängig von der Nationalität. Bisher hatten wir etwa dreihundert Gramm bekommen. Jeder außerhalb der Minen – auf der Plattform neben dem Eingang – sollte siebenhundert Gramm erhalten. Sie sagten uns, dass die Suppen reichhaltiger und die *Kascha* dicker und die Portionen üppiger werden sollten. Wir sollten neue Kleidung erhalten, wenn wir welche benötigten. Im Allgemeinen sollte alles besser werden, waren wir doch im Arbeiterparadies.

Etwa einen Tag später, als ich durch das Wachhaus von der Wasserbeschaffung zurückkam, sprach mich ein junger russischer Offizier freundlich an. Ich verstand nicht, was er sagte, aber seinen Gesten entnahm ich, dass ich meine beiden Wassereimer zwei der älteren Männer geben sollte, die nur einen Eimer trugen, und näherkommen sollte. Ich hinkte sehr, denn meine Socken waren verschlissen und voller Löcher, und meine Schuhe begannen sich von meinen Füßen zu lösen. Der Offizier wies mich an, sie auszuziehen. Als er den Zustand meiner Füße sah, schüttelte er nur den Kopf und sagte einige Male: »*Jakoy numer*«*?* Ich verstand, dass er meine Schuhgröße wissen wollte, und zeichnete die Zahl 48 mit einem Finger in die Asche neben dem kleinen Ofen. Der Offizier telefonierte, kam dann heraus und sagte: »*Podasdi!*« – Warte! Er ging hinaus in die Direktion des Offiziersquartiers. Dreißig Minuten später kam er wieder heraus und hatte ein Paar brandneuer Filzstiefel bei sich. Er bedeutete mir, diese anzuprobieren. Sie passten perfekt. Ich nahm sie und ging nach draußen, um meine wunden, dreckigen Füße im Schnee zu waschen. Zurück im Wachhaus fing ich an, meine alten Schuhe und Socken wieder anzuziehen, aber der Offizier gestikulierte emphatisch, ich solle die Filzstiefel anziehen. Sie waren mein.

Ich konnte es nicht glauben. Ich dankte ihm, fast unter Tränen, und er sagte zu mir: »*Wanja budish!*« – Du sollst Wanja heißen. Dies sollte mein Name bleiben. Nie mehr in meinem Leben empfand ich später so viel Dankbarkeit. Die Stiefel sahen so neu und sauber aus, dass ich sie nicht einmal tragen wollte. Sie waren warm und komfortabel, und im tiefen Schnee zu waten wurde zu einem Vergnügen. Ich liebte diese Stiefel, und ich liebte diesen Offizier. Er war das erste wirklich menschliche Wesen, dem ich begegnet war, seit ich Rumänien verlassen hatte. Aber er sollte nicht viel später versetzt werden, denn er billigte die unnötigen Misshandlungen und Schläge nicht und stoppte oft sadistische Wärter, wenn diese die Gefangenen quälten. Er hatte ein strenges Gesicht und stahlblaue Augen, und er lächelte selten. Ich denke, die anderen Offiziere hatten Angst vor ihm und daher seine Versetzung arrangiert.

In jener Nacht gab es einen heftigen Schneesturm. Der Wind heulte und jaulte wie ein Lied des Teufels. Jeder schlief schlecht. Am nächsten Tag setzte sich der Sturm fort. Ich wurde nach draußen zum Wasserholen gesandt. Es war mörderisch in diesem Wind. Nach einer Weile verlor ich das Gefühl in meinen Ohren, meinem Gesicht und meinen Händen. Aber meine Füße waren warm und angenehm. In dieser Nacht brachten sie einen halberfrorenen Wächter herein. Er hatte getrunken, war gestolpert und hingefallen auf seinem Weg vom Quartier der Wärter; zwei Stunden später fanden sie ihn fast tot. Sie brachten ihn in unsere Baracke, die der Stelle am nächsten war, an der er gelegen hatte. Als er wieder zu sich kam, fing er an zu weinen, und durch seine Tränen verfluchte er all die Gefangenen, die in ihren Kojen lagen. Wir bekamen Angst vor dem Wind und dachten uns, was er wohl mit uns machen würde, wenn er in nur zwei Stunden einen wohlgenährten Wärter fast getötet hatte.

Am nächsten Tag wurden alle Lagerinsassen gut drei Kilometer weit zur Mine 31 getrieben um die Bahnschienen freizuschaufeln. Ein Zug mit vollbeladenen Kohlewagen war auf einem Nebengleis eingeschneit. Nach Verlassen des Nebengleises verliefen die Schienen durch ein niedriges Tal, in dem die Verwehungen an manchen Stellen fast vier Meter hoch waren. Das Betrachten des grellen Schnees wurde schon schmerzhaft.

An diesem Abend wurde uns gesagt, dass wir am nächsten Tag in Schichten eingeteilt werden sollten, um in verschiedenen Minen in der Gegend zu arbeiten. Ich freute mich auf diese ängstlich erwartete Veränderung, denn meine Rationen würden sich verdreifachen. Außerdem würde ich so aus diesem elenden Lager wegkommen.

Drittes Kapitel

Ich wurde für die Nachmittagsschicht in Mine 89 eingeteilt, die einen langen Weg von der Baracke entfernt lag. Auf dem Weg kamen wir an einem riesigen, rund sechs Meter tiefen und sechs Meter breiten Graben vorbei. Später erfuhr ich, dass dieser einige Jahre früher ausgehoben worden war, um deutsche Panzer aufzuhalten. Er war Hunderte von Kilometern lang und der Grund war sehr felsig. Ich dachte an die vielen Stunden Schweiß und Mühen, die hier geflossen waren. Ich fragte einige Russen, wie dieser Graben gebaut worden war. Die Antwort war immer dieselbe: mit Hacke und Schaufel. Das erinnerte mich an die Chinesische Mauer, von der ich in der Schule gelesen hatte.

Nachdem wir rund eineinhalb Stunden gelaufen waren, kamen wir bei der Mine 89 an. Ich wurde der *Atkatka*-Plattform zur Arbeit zugewiesen, die auf einem kleinen Hügel lag, an dem die Kohle abgeladen wurde. Eine Winde mit einem langen Drahtseil zog jeweils zwei Eintonner-Waggons aus dem Minenschacht und ließ dann zwei leere Wagen hinab, um die ersteren zu ersetzen. Die vollen Waggons wurden auf die Spitze des Kohlehügels gerollt, umgekippt und dann leergeschaufelt. Auf der anderen Seite des Kohlehügels wurde die Kohle in Lastwagen verladen, die sie zwölf Kilometer weit zur Eisenbahn bei der Mine 31 brachten.

Ich arbeitete zusammen mit einem russischen Mädchen und einem älteren Russen beim Entladen der Wagen. Sie schienen mich beide zu mögen. Ich war der einzige Gefangene auf der *Atkatka*. Der erste Tag war lang. Meine Filzstiefel wurden überall schwarz, und mir wurde klar, dass sie auf den scharfkantigen Kohlen nicht lange ganz bleiben würden. Die russischen Arbeiter hatten alle Gummischuhe.

Nach Ende unserer Schicht um halb zwölf Uhr nachts gingen wir, von einem Wärter begleitet, zurück. Die Nacht war sternenklar. Es gab keinen Wind mehr, nur eine trockene, durchdringende Kälte. Ich blickte zum Himmel auf – Millionen von Sternen schienen nicht weit entfernt. Die Sterne wirkten kalt; nur der strahlende Mond war etwas freundlicher.

Einige Wochen gingen vorbei, und ich verlor die Zeitwahrnehmung. Meine Brotration belief sich nun auf 700 Gramm oder 25 Unzen pro Tag. An einem Nachmittag war ein russischer Arbeiter aus unserer Schicht krank. Unser Vorarbeiter schlug vor, dass ich seinen Platz für acht Stunden einnehmen sollte. Eine Lampe hing um meinen Hals, und ich schloss mich dem Rest der vierzig Russen und Gefangenen an, die in die Mine hinabstiegen. Der Schacht verlief in einem 45-Grad-Winkel nach unten, und ich rutschte mehrfach aus und fiel hin. Schließlich gelangten wir zum ersten Stollen, von dem aus ein Tunnel in beiden Richtungen wegführte. Einige der Arbeiter entfernten sich hier, der Rest von uns stieg noch tiefer hinab bis zum zweiten Stollen. Wir gingen in dem Tunnel nach rechts. Er war sehr nass. Ich versuchte, auf den Schienen zu laufen, auf denen die Wagen rollten, aber ich rutschte herunter. Schließlich machte es keinen Unterschied mehr, ob ich auf trockene Stellen trat oder nicht, denn meine Füße waren bereits durchnässt. Die Russen hatten Galoschen an, und zwei oder drei von ihnen sogar Gummihosen und -jacken.

Nach einem fünfzehnminütigen Marsch hielten wir an. In der Wand war etwa auf Schulterhöhe ein Loch, einen Quadratmeter groß. Wasser quoll dort heraus. Zwei der Russen hievten sich nach oben und krochen hinein, dann war ich an der Reihe. Innen wurde aus dem Loch ein drei Meter breiter und gut ein Meter hoher Tunnel, der in einem 45-Grad-Winkel anstieg. Dieser Stollen wurde eine *Lava* genannt. Ein ganzer Dschungel von Stützbalken hielt die Decke oben; an manchen Stellen waren diese so eng zusammen, dass wir Mühe hatten beim Hindurchklettern. Wir stiegen etwa hundert Meter hoch, bis wir zu dem Punkt kamen, an dem die Kohleader anfing.

Mir wurde eine halb abgebrochene Schaufel ausgehändigt. Einer der Russen brach mit einer Hacke und einem Brecheisen die Kohle heraus, und ich schaufelte sie in eine Blechrutsche, die entlang der Ebene hinabführte. Ein russisches Mädchen mit einem an ihrem Gesäß befestigten Stück Gummi saß in der Rutsche und schob die nasse Kohle mit ihren Füßen nach unten und fuhr mit ihr hinab. Unten angekommen, fiel die Kohle aus dem Loch nach unten, sie kam nach oben zurück und startete von Neuem. Es war ein nicht enden wollender Albtraum. Wasser tropfte von überall her auf uns. Seit die Ebene nur noch einen Meter hoch war, musste ich die Kohle auf den Knien schaufeln und sie über meine Schultern weg in einer lähmenden Körperhaltung nach hinten hieven. Einer der Russen brachte neue Stützbalken an, als wir vorbeikrochen, und so konnte ich mich gelegentlich an einen solchen anlehnen, was die Arbeit ein wenig erleichterte. Gleich am Anfang war ich bereits völlig nass.

Endlich war unsere Schicht zu Ende. Als wir nach oben gingen, sagten die Russen, ich sei ein guter Arbeiter. Sobald wir nach draußen kamen, verwandelten sich meine nassen Klamotten zu Eis. Ich war todmüde und mein Rücken schmerzte; ich hatte mich mehrmals am Rücken gestoßen bei dem Versuch, in der Mine aufzustehen. Ich war schmutzig und fror. Doch auf dem Weg zurück zum Lager wurden meine Füße warm, und ich bemühte mich, mich auf sie zu konzentrieren und den Rest meines Körpers zu vergessen.

In dieser Nacht fasste ich den Entschluss zu fliehen, so rasch ich konnte.

Etwa zwei Wochen später entkamen zwei Männer. Ihre Namen waren Ion Steinger und Stephan Pivas. Es gab viel Chaos. Als wir drei Tage später von der Nachtschicht zurückkamen, wurden wir angewiesen, vor der Baracke zu warten. Die anderen Gefangenen wurden auch nach draußen getrieben. Ein Übersetzer brüllte: »Ihr werdet jetzt ein Beispiel dafür sehen, was jedem passiert, der zu fliehen versucht!« Es dämmerte. Der Kommandant kam aus der Baracke. Er stand etwa 15 Meter von mir entfernt, als sie einen Gefangenen aus dem Wärterhäuschen herausstießen. Er sah aus, als wäre er heftig verprügelt worden. Der andere Mann war getötet worden, als beide aufgegriffen wurden. Der Kommandant befahl dem Gefangenen niederzuknien. Dann zog er seine Pistole und schoss ihm ins Genick. Der Mann stürzte vornüber, und seine Füße zitterten noch einige Male.

Ich erstarrte. Das war so jäh geschehen. Aber vielleicht war er glücklich: keine Kälte mehr, kein Elend, kein Hunger. Ich überlegte irgendwie: Wenn ich mich auf den Kommandanten stürzte, würde er mich sofort erschießen – oder würde er mich vorher foltern? Allein der Gedanke an Folter jagte mir einen Schauer über den Rücken. Nach reiflicher Überlegung wollte ich aber auch sehr entschieden am Leben bleiben und von hier entkommen. Wenn ich entfliehen wollte, so musste das sehr sorgfältig geplant und dann mit absoluter Zielstrebigkeit ausgeführt werden.

Auf dem Weg zurück in die Baracke begannen viele Gefangene zu weinen und für die Seele des verstorbenen Mannes zu beten. Als ob ihm das helfen würde ... Die Russen meinten es offensichtlich ernst, und das war's. Ich schlief ausgesprochen schlecht. Jedes Detail dieser Szene ging mir hunderte Male durch den Kopf. Aber in den nächsten paar Tagen, als ich diese Episode mit kühlerem Kopf betrachtete, kam ich zu dem Schluss, dass diese beiden Kameraden recht naiv und ungeschickt vorgegangen waren. Man musste verrückt sein, wenn man versuchte, im Winter und ohne die Landessprache zu beherrschen zu fliehen. Die beiden waren 19 und 23 Jahre alt. Resultat: zwei Tote. Ich nahm mir vor, so schnell wie möglich Russisch zu lernen. Bis zum Frühling waren es nur noch ein oder zwei Monate, und der Sommer würde bald folgen. Im Spätsommer – das wusste ich – konnte ich auf den Feldern schlafen.

Ion, Stephan und ich planten die Flucht. Ich war verwirrt. Wir planten die Flucht auf dem Heimweg von der Mine. Im Lager erhielten wir unsere Brotration, meldeten uns freiwillig zum Wasserholen und gingen los. Die Nacht brach herein. Wir liefen durch die Nacht und beschlos-

sen, uns tagsüber versteckt zu halten. Wir legten uns in einem frischen, grünen Kornfeld nieder, aber am Boden war eine dicke Schneeschicht. Ich konnte es nicht verstehen. Beim Herausspähen aus den grünen Halmen sah ich drei Wärter auf das Feld zulaufen mit ihren Gewehren in den Armen und einem Hund, der hinter ihnen her trottete. Statt irgendetwas zu unternehmen, legte ich mich still auf den Boden und wunderte mich, warum es am Boden so kalt und verschneit war, auf dem wir zwischen grünen Weizenhalmen lagen. Dann wurden die Stimmen der Wärter lauter und kamen näher. Ich schloss die Augen und dachte ans Sterben. Ich hörte ein Klicken, und als ich meine Augen öffnete, zielte ein Gewehrlauf aus etwa einem Meter Entfernung direkt auf meinen Kopf. Auch auf Stephan war ein Gewehr gerichtet. Hinter den Waffen tauchten zwei brutale und knurrende Gesichter auf. Ich wusste, dass Ion schon tot war. Stephan versuchte nach dem Gewehr zu greifen, und das Knurren der Wärter wurde immer lauter und ... wumm! Stephans Stirn hatte ein rundes Loch in der Mitte; Blut trat heraus und ergoss sich über seine Augen. Sie waren immer noch offen und blickten auf mich. Die Wärter drehten sich mir zu, legten ihre Gewehre an und ...

Ich war in der kalten, dunklen Baracke.

Wir arbeiteten sechs Tage und hatten am siebten Tag frei, aber es stellte sich heraus, dass dies kein großes Vergnügen war, denn es gab immer unzählige Arbeitsaufträge, die uns dann zugeteilt wurden. Das Schlimmste – und hier musste ich dem alten Mann recht geben – war es, die Toten zu begraben. Fast jeden Tag starb jemand, manchmal drei oder vier am Tag. Die einzige ansatzweise erfreuliche Aufgabe war die Verteilung der Brotrationen. Aber nach einer Weile war diese Aufgabe in der Hand einiger weniger Menschen, die es geschafft hatten, etwas Wertvolles von zu Hause mitzubringen, etwas wie eine Uhr oder einen Pelzmütze, die sie dem wachhabenden Offizier unserer Baracke oder dem Übersetzer geben konnten.

Das einzig Wertvolle, was ich mitgebracht hatte, waren meine Schulbücher. Zigaretten waren sehr teuer, und jeder rauchte groben *Machorka*-Tabak, der in Papierteilchen alter *Prawda*-Zeitungen gedreht war. Einer der freundlicheren Wärter, der mir gelegentlich zuzwinkerte oder einen Klaps auf den Rücken gab, war ein schwerer Raucher, und eines Tages, als ich auf meinem Weg nach draußen zum Wasserholen durch das Wachhaus kam, sah ich, dass er nach Papier Ausschau hielt. Ich erinnerte mich daran, dass ich die Bücher hatte, und als ich von dem Auftrag zurückkam ging ich in meine Baracke und brachte ihm meine »Deutsche Geschichte«. Er war überaus erfreut, und einige Tage später kam er in die Baracke mit einem kleinen Rucksack voll Maismehl und fragte mich, ob ich noch mehr Papier hätte. Ich gab ihm mein Geographie-Buch, und er riss etwa zehn Seiten heraus. Dann füllte er drei Gläser Maismehl in meinen Kochtopf (eine alte Blechkanne), dankte mir und ging. Ich kochte das Maismehl mit Wasser und ein wenig Salz, und es war sehr sättigend. Die Bücher verschafften mir für einige Wochen alle paar Tage Maismehl, bis kein Papier mehr zwischen den Buchdeckeln war.

Es gab ein sehr hübsches und feuriges achtzehnjähriges Mädchen in einem der Frauenabteile unserer Baracke. Sie stammte aus einer der besseren Familien zu Hause. Unser Übersetzer wollte sie verführen, aber sie beschimpfte ihn, als er sich an sie heranmachte. Einige erzählten, sie habe ihn geohrfeigt, aber ich konnte das kaum glauben. Auf jeden Fall rief einige Tage später der diensthabende Offizier nach ihr, und sie ging mit ihm weg in seine Unterkunft. Zehn Minuten später kam sie hysterisch schluchzend zurück: »Niemals, niemals werde ich mich einem russischen Offizier hingeben!« Am nächsten Tag wurde sie zur Arbeit in Mine 89 eingeteilt. Sie ging mit unserer Schicht hin. Bei der Mine wurde ihr gesagt, dass sie unter Tage arbeiten würde, im zweiten Stollen. Ich konnte mir ausmalen, wie sie in der kalten und dreckigen Rutsche sitzen und die nasse und schlammverschmierte Kohle mit ihren Füßen weiterbefördern würde. Das ließ mich schaudern. Bevor sie hinabstieg, fragte sie mich, um was es hier ginge. Ich brachte es nicht übers Herz, es ihr zu sagen, und zuckte nur mit den Schultern.

Acht Stunden später kam sie wieder herauf und hatte sich aus einem hübschen Mädchen in einen schwarzen Körper verwandelt. Die Tränen hatten graue Streifen auf ihr schwarzes Gesicht gezogen. Sie musste die ganzen acht Stunden geweint haben. Sie wollte nicht sprechen – blickte nur starr geradeaus und marschierte mit dem Rest von uns zurück. Zurück im Lager ging sie sofort weiter, um den Offizier zu treffen. Sie kamen überein, dass sie dauerhaft eine Arbeit im Küchendienst wahrnehmen sollte, und im Gegenzug sollte sie alle paar Tage die Unterkunft des Offiziers aufsuchen. Ich gab ihr keine Schuld, aber ich hasste diesen niederträchtigen Übersetzer. Sie hätte nicht länger als ein paar Wochen in der Mine 89 überlebt. Jetzt würde sie uns alle überleben können.

Einige Wochen später beobachtete ich in der Mine 31, wie eine rumänische Frau an ihrem ersten Arbeitstag in der Mine nicht imstande war, einen Wagen voll Schlacke zu entladen. Der russische Vorarbeiter gab ihr einige Fußtritte in den Po, verfluchte sie und nannte sie eine faule Parasitin, als einer der Gefangenen, der gerade seine Schicht im Inneren der Mine absolviert hatte und nach oben gekommen war, ihr die Schaufel aus der Hand nahm und den Wagen für sie entlud. Dieser Gefangene war einer der besten Arbeiter. Der

Vorarbeiter und einige andere Russen standen da und schauten ihm verwundert zu. Dann begannen sie zu lachen und machten sich über ihn lustig. Es erschien ihnen lächerlich, dass dieser Mann, der eben eine Arbeitsschicht von acht Stunden hinter sich gebracht hatte, einer Frau helfen sollte, die ihrer Meinung nach das Brot nicht wert war, das sie verzehrte. In Russland arbeiteten die Frauen wie die Männer und hatten auch dieselben Rechte. Ich musste an die russische Frau in Kronstadt denken, die nie in ihrem Leben Seidenpyjamas gesehen hatte und diese auf der Straße trug.

Während der ersten Wochen bauten wir ein Badehaus, und alle bekamen jeden Tag einen viertel Eimer Wasser zum Waschen. Nach dem Schichtwechsel war die Warteschlange vor dem Badehaus hunderte Meter lang. Es gab drei Baderäume, und das Wasser wurde in sechs großen Gastrommeln im mittleren Raum erhitzt, mit Kannen ausgeschöpft und durch Fenster den Gefangenen in die beiden Waschräume durchgereicht. Jeder Waschraum hatte zwölf Waschschüsseln aus Holz, von denen die meisten leckten. Wenn das Wasser ausging, füllten sie Schnee in die Trommeln, und wenn du gerade dann an der Reihe warst, war dein Badewasser kaum geschmolzen. Andererseits war das Badewasser, wenn du als Erster an der Reihe warst, so heiß, dass du nicht einmal deinen Finger eintauchen konntest. Das Badehaus selbst war immer eisig kalt. Natürlich gab es keine Seife, und nachdem wir uns gewaschen hatten, mussten wir dieselben verdreckten Klamotten wieder anziehen. Mir kam der Gedanke, dieses Haus sei nur errichtet worden, um Gelächter zu erzeugen. Ich hasste es, dort hineinzugehen. Entkleidet konnten wir sehen, wie abgemagert wir alle waren.

Egal wie achtsam ich war, meine Filzstiefel wurden doch immer nass. Dies machte aber zum jetzigen Zeitpunkt nichts mehr aus, seit ich sie für achtzehn oder zwanzig Stunden am Tag an meinen Füßen hatte und sie schon sehr abgetragen waren. Ich hoffte nur, dass sie durchhielten, bis der Schnee verschwand.

Sie schafften dies gerade noch, doch in den letzten beiden Wochen hatten sie große Löcher in den Sohlen. Als der Schnee schmolz, schnitt ich den unteren Teil ab und benutzte den Rest als Kissen. Ich wollte mich nicht von diesen Stiefeln trennen, hatten sie doch meine Füße gerettet.

Gerade als ich mich daran gewöhnte, barfuß zu laufen, schlug einer der Vorarbeiter aus dem Inneren der Mine dem Vorarbeiter meiner Schicht von der *Atkatka*-Plattform vor, dass sie Galoschen für mich machen könnten, wenn sie zwei Paar nehmen würden, diese an der richtigen Stelle auseinanderschnitten und mit einem Draht zusammennähen würden. Sie erzählten mir davon, doch ich erwiderte, dass der diensthabende Offizier mir niemals zwei Paar Galoschen herausgeben würde. Die zwei Vorarbeiter lachten nur.

»Die Mine wird diese herausgeben, denn sie brauchen junge, starke, willige Arbeiter. Und überhaupt, was sind schon zwei Paar Galoschen für die Sowjetunion?«

Tatsächlich sandte der Versorgungsoffizier zwei Paar Galoschen zu einem der örtlichen Schuhmacher, der mir ein Paar in Sondergröße anfertigte. Mir wurde etwas alter Leinenstoff gegeben, um meine Füße darin einzuwickeln, und die Galoschen passten nicht schlecht. Wobei mir klar war, dass diese Freundlichkeit nur dazu diente, damit ich in der Mine arbeiten konnte.

Eine Woche lang arbeitete ich in dem nassen Stollen der Mine 89, aber dann wurde ich unerklärlicherweise zur Mine 31 versetzt. Ich dachte zuerst, das müsste ein bürokratischer Fehler sein. Jedenfalls entkam ich so dem fast sicheren Tod durch totale Erschöpfung und Unterkühlung. Später hörte ich, dass sie diese Ebene vollkommen aufgegeben hatten, weil es unmöglich war, die vorgesehene Förderquote von acht Tonnen Kohle pro Schicht zu fördern.

Das Leben wurde halbwegs erträglich. Die Mine 31 war nicht weit entfernt vom Lager, und ich erhielt eine Ration von tausend Gramm oder das Drittel von einem Brotlaib täglich. In der Mine erfüllte ich immer meine Förderquote, so war ich unter den Russen leidlich beliebt; sooft sie konnten, steckten sie mir extra Essen zu, von dem sie wussten, dass ich es dringend brauchte und umso mehr schätzte.

Ich war der jüngste Gefangene im Lager. Manche andere junge Gefangene waren mit ihrem Vater oder anderen Verwandten verhaftet worden – ich war alleine. Nachdem ich gesehen hatte, wie ein Vater seinem eigenen Sohn das Brot weggenommen hatte, baute ich nicht mehr auf die Unterstützung der älteren Gefangenen. Die meisten stammten aus besserem Hause mit Geld – Fachkräfte, Ingenieure, Buchhalter, Geschäftsleute –, aber das alles zählte jetzt nichts mehr. Sie hatten nun alle genug damit zu tun, sich um sich selbst zu kümmern. Es gab eine einzige Ausnahme, und das war ein einfacher Arbeiter.

In dem Chaos am Bahnhof hatte ich diesen kleinen Mann gesehen, dessen Familie aus meinem Dorf war und der in den Wagen hinter meinem eingeladen wurde. Sein Name war Georg Marzell. Sein Spitzname lautete Getz. Er war 30 Zentimeter kleiner und zwanzig Jahre älter als ich, ein Meister in einer Kabelfabrik und ein Vater, der fünf Kinder zurückgelassen hatte. Ich kannte ihn, weil seine Schwester für meinen Vater gearbeitet hatte. Sie stammten aus einer Großfamilie, ihr Vater war ein Bauer. Getz hatte sechs ältere Brüder, die alle Hünen waren. Er war der Jüngste. Er war klein geblieben, aber sein Herz war riesengroß.

Getz hatte ein nettes Wort für jeden, der eines nötig hatte. Besonders für uns jüngere Gefangene hatte er immer eine aufmunternde Bemerkung und einen Klaps auf die Schultern parat. Mit der Zeit entwickelte sich ein enges Band zwischen ihm und mir. Es gab auch noch andere, die ihm vertrauten. Getz konnte dem Mangel an Nahrung oder der brutalen Arbeit oder Kälte keine Abhilfe schaffen, aber er half uns, den Kopf hochzuhalten.

Fast keiner der Gefangenen schien den aufkommenden Frühling zur Kenntnis zu nehmen, denn ihre Kraft nahm ab und sie hatten nur noch genügend Energie zum Arbeiten und Essen und zu ruhen. Doch man konnte durchaus eine Veränderung wahrnehmen. Die Sonne wurde immer wärmer, und ihre Kraft war so wertvoll und nötig. Das Gras kam hervor, und kleine Blumen blühten auf; diese zu betrachten, wenn ich zehn oder fünfzehn Minuten für mich selbst herausschlagen konnte, war wie eine Salbe auf eine Wunde aufzutragen. Der Frühling spülte eine Flut von Erinnerungen aus der Vergangenheit an die Oberfläche, das Einzige, was ich wirklich noch selbst besaß. Ich klammerte mich an diese Erinnerungen, doch wenn manchmal meine Gefühle zu stark wurden, musste ich meine Tränen unterdrücken. Ich glaubte, dass es ein zu großer Luxus wäre und mich auch schwächen würde, wenn ich zu sehr in traurigen Erinnerungen schwelgte. Während der acht Stunden in der Mine musste ich konzentriert sein. Es war unmöglich, dort unten zu träumen.

Als unsere Schicht eines Tages zu Ende war und ich an meine Brotration dachte, nahm mich der Wärter, der uns zum Lager zurückführte, beiseite und führte mich zum Vorarbeiter der nächsten Schicht. Der Vorarbeiter fragte mich, ob ich mir tausend Gramm Brot extra verdienen wollte. Natürlich sagte ich ja, und er sagte, er sei knapp an Arbeitern und bräuchte dringend einen Mann auf der östlichsten Ebene. Der Wärter redete dazwischen und sagte, dass es unnötig wäre, mir eine Extraration Brot zu geben, weil ich zu tun hätte, was auch immer mir gesagt würde. Aber der Vorarbeiter zwinkerte mir hinter dem Rücken des Wärters zu und sagte mir, dass ich ihn am Ende der Schicht aufsuchen solle. Der Wärter ging murrend weg und ich begab mich zurück in die Mine. Die Aussicht, weitere acht Stunden zu arbeiten, quälte mich nicht, dachte ich doch dabei an das zusätzliche Brot. Zweitausend Gramm! Davon hätte ich gerne gleich etwas gehabt.

Die östlichste Ebene war im tiefsten Stollen. Als ich hinabstieg, zeigte mir eines der russischen Mädchen den Weg und meinte: »Wanja, du hast einen langen Weg vor dir.« Ich dankte ihr und startete meinen Gang den Tunnel hinab. Es war ein nasser Stollen. Ich lief und lief und lief. Allmählich erkannte ich, dass ich ganz im Inneren der Erde war. Wasser tropfte überall, jeder Tropfen verursachte ein Echo beim Aufkommen auf den Boden. Als ich darüber nachdachte, wurde es lauter und lauter. Ich hielt an. Ich konnte mich vor Angst kaum bewegen. Die tanzenden Schatten meiner Lampe ... das tropfende Wasser ... die morschen Stützbalken ... der feucht-abgestandene Geruch ... ich war in der Hölle. Ich hatte den Eindruck, ich sei schon Stunden gelaufen, aber es gab kein Anzeichen der östlichsten Ebene. Wie langgezogen konnte dieser Stollen nur sein?

Die Schatten wurden breiter und schmaler, und das tropfende Wasser lauter und betonter, wie eine fürchterliche höllische Uhr. Ich fing wieder an weiterzulaufen, allerdings sehr langsam und vorsichtig, denn ich hatte Angst, mein Licht würde ausgehen, wenn ich zu schnell liefe. Der Gedanke daran ließ mich schaudern. Da rannte ich wieder langsamer. Ich verlor alle Zeitvorstellung. Dann hörte ich ein schwaches, ganz schwaches Geräusch. Das ließ mich erst zusammenzucken, dennoch steigerte ich mein Tempo in Richtung dieses Geräuschs. Es klang menschlich. Bald sah ich ein auf fast zwei Metern Höhe in der Wand klaffendes Loch. Es war stockfinster dort. Vorsichtig begann ich, in diesen Stollen zu steigen. Er war fast anderthalb Meter hoch, was typisch war für die Stollen in Mine 31. Ich sah ein schwaches Licht etwa 50 Meter entfernt. Als ich näher kam, hörte ich schreckliche keuchende Geräusche, manchmal gedämpft, manchmal laut und extrem. Ich konnte aber noch nicht sehen, wo diese herrührten.

Schließlich sah ich etwa sieben Meter von dem Licht entfernt, das an einer der Stützen befestigt war, eine alterslose eingeschwärzte Kreatur, die wie wild mit ihrer langstieligen Hacke arbeitete und in die Kohle hackte, soweit die Hacke reichte. Dann brach sie die Kohle mit einem Brecheisen heraus. Sie hielt kurz inne, dann erhob sie ihren Kopf und schrie »*Dobiciiii* ... – Mehr Kohle.« Dieser Klang gab ein Echo tief im Stollen. Ich sah sein Gesicht; er hatte tiefliegende Augen, eine lange Nase, die schon mehrfach gebrochen war, und einen riesigen grauen, buschigen Bart. Seine Falten waren alle mit Kohlenstaub gefüllt. Er sah mich an und fragte mich, ob ich Wanja aus dem Lager sei. Ich sagte ja. Er kroch zu mir, griff in die Umhängetasche, die von seiner Schulter herunterhing, und nahm ein großes Stück Brot heraus. Er brach es in zwei Hälften und gab mir eine Hälfte davon. Ich war überrascht, da ich eher Beschimpfung und Übel von diesem Mann erwartet hatte. Stattdessen händigte er mir Brot aus.

Ich schaufelte Kohle, bis die Rutsche voll war, und schob sie dann nach unten in die leeren Wagen. Manchmal schaufelte Andryushka, der alte Mann, während ich die Kohle nach unten schob. Zusammen erfüllten wir unsere Förderquote von acht Wagen ohne große Probleme. Dann gingen wir heraus, ließen die Wagen dort, und ich wartete neben der *Atkatka*-Plattform auf den Vorarbeiter und holte meine zusätzlichen tausend Gramm Brot ein. Ich aß das Brot auf meinem Weg zum Lager, wo ich weitere tausend Gramm erhielt. Ich hatte nur drei Stunden zum Schlafen, bevor ich für meine reguläre Schicht aufstehen musste, aber es machte mir nichts aus, denn es war zunehmend schwieriger geworden, im Lager zu schlafen.

Als es wärmer wurde, tauchten Millionen von Kakerlaken auf. Einer der Männer blieb eine Nacht wach und sagte uns danach, dass er dreizehnhundert von ihnen getötet habe. Sie wurden besonders nach Einbruch der Dunkelheit aktiv, so dass es besser war, in der Nachtschicht zu arbeiten und tagsüber zu schlafen. Während des warmen Wetters hatten wir die Erlaubnis, außerhalb der Baracken in einem Umfeld von zehn Metern zu schlafen, aber sogar draußen krabbelten sie beim Schlafen in deine Ohren und Nasen, und wenn man eine zerquetschte, stank das fürchterlich. Manchmal war ich so müde, dass sie überall krabbeln konnten, wo sie hin wollten – es war mir schon völlig egal. Doch ich wurde jeden Tag entschlossener: Ich musste entkommen.

Seitdem das Lager einigermaßen ordentlich organisiert war, hatten die Russen begonnen, jede Woche Propagandafilme zu zeigen. Die Wärter weckten die schlafenden Schichten auf, denn jeder musste die Filme anschauen. Sie wurden in der Erste-Hilfe-Baracke gezeigt, wo viele Bankreihen aufgestellt worden waren. Ich hatte solche Bilder in Rumänien schon gesehen. Der einzige Unterschied war der, dass nun die Sowjets die Heiligen und die Deutschen die größten Verbrecher waren, schlimmer noch als alle anderen Kapitalisten. Nach jedem Film mussten wir enthusiastisch rufen, und so fest wir konnten, in die Hände klatschen. Nach dem Ende des Krieges am 8. Mai 1945 verdoppelte sich noch der Enthusiasmus der patriotischen Russen. Überall hörten wir: »Wir haben die deutschen Kriegstreiber besiegt; jetzt werden wir die Amerikaner schlagen.«

Eines Tages sagte mir Andryushka, den ich gelegentlich noch sah, dass er Gerüchte gehört habe, dass die besten Arbeiter unter den Gefangenen in ein anderes Lager versetzt würden. Als ich darüber nachdachte, kam ich zu dem Schluss, dass es dort nicht schlimmer sein konnte als in unserem Lager, so dass ich einzig Bedauern darüber empfand, meine russischen Freunde zu verlieren, die ich in der Mine gefunden hatte. Ich konnte schon mit ihnen sprechen, und jeden Tag lernte ich ein paar weitere Worte.

Das Gerücht erwies sich als wahr. Fünf Tage später wurde mir und vier anderen Männern aus meiner Schicht gesagt, wir sollten zurückbleiben, während die anderen zu ihrer Schicht aufbrachen; wenige Stunden später wurden fünfzig Männer und zwanzig Frauen aus dem Lager in fünf Lastwagen verladen. Getz war auch in meinem

Laster. Es waren breite amerikanische Laster mit acht Rädern hinten und zwei Rädern vorne. Tatsächlich waren alle Lastwagen, die ich in Russland gesehen habe, amerikanische. Die Kohle aus den kleineren Minen wurde in Lastwagen zu den größeren Minen gebracht, um von dort aus mit der Eisenbahn weitertransportiert zu werden. Dies lief vierundzwanzig Stunden am Tag so ab, und wenn es ein wenig regnete, dann wurde der Lehmboden wie Klebstoff.

Ich zweifelte daran, dass ein normaler Lastwagen hier durchkommen könnte, aber die amerikanischen Fahrzeuge schienen unverwüstlich. Sie brummten, spuckten und wimmerten, aber sie kamen durch. Die wenigen russischen Lastwagen, die ich gesehen habe, hatten nur vier Räder und waren für den Transport von Lebensmitteln und Holz bestimmt. Manchmal blieben sie im Schlamm stecken, sogar wenn sie leer waren, und die amerikanischen Lastwagen mussten anrücken, um sie herauszuziehen. Währenddessen behaupteten die Propagandafilme, dass die Lastwagen und Automobile in Amerika auf Holzrädern fahren würden, weil es dort kein Gummi mehr gäbe.

Viertes Kapitel

Die Fahrt zum neuen Lager war schrecklich holprig. Und auch waghalsig. Wir waren offensichtlich nicht so wertvoll wie eine Ladung Anthrazit. Die Landschaft war flach und öde, abgesehen von einem Sonnenblumenfeld hie und da. Es gab nur sehr wenige Bäume, und die sahen verkümmert und fehl am Platz aus. Überall verstreut waren Minen unterschiedlicher Größe; die Schlackenhügel waren wie Punkte auf der endlosen Ebene. Wir kamen durch einige kleine Städte mit gepflasterten Straßen und solide aussehenden Steingebäuden. Außerhalb der Städte gab es Bahnübergänge. An einer Stelle fuhren wir unterhalb einer riesigen elektrischen Hochspannungsleitung. Die ganze Kohleminengegend wurde von dieser Leitung versorgt. Sie verlief, so sagte man jedenfalls, geradewegs auf den Dnjepr und Dnipropetrowsk zu, jener großen Stadt, in der wir gestoppt und Essen erhalten hatten auf dem Weg von Rumänien hierher. Dies war gut zu wissen, besonders wenn man gedachte, aus dem Arbeiterparadies zu fliehen.

Schließlich kamen wir zu einem umzäunten Gebiet am Außenrand eines Dorfes. Innerhalb der Umzäunung lag ein einziges Barackengebäude, etwa 50 Meter lang. Der Stacheldrahtzaun war nur etwa zwei Meter hoch. Wir fuhren durch das Tor, und sobald wir ausgestiegen waren, sausten die Lastwagen davon. Ein lächelnder Offizier tauchte auf in Begleitung einiger Zivilisten, die Soldatenmützen und Gewehre trugen. Der Offizier fragte, wer Russisch spräche, und einige von uns hoben ihre Hand. Er zeigte auf mich und fragte mich nach meinem Namen und dann, wie alt ich sei. Ich log und sagte: Bald achtzehn. Er lachte und sagte: »Wir werden junge, starke Männer wie dich in den Minen brauchen.« Er pickte sich einen etwa 30-jährigen Mann heraus, der so gut Russisch sprach wie ich und der offizielle Dolmetscher werden sollte.

Der Offizier erklärte ihm, dass Mine 28, die etwa zwei Kilometer entfernt lag, gerade die Arbeit wieder aufgenommen hätte. Vor dem Krieg sei dies die ertragreichste Mine in der ganzen Donbass-Region. Während der deutschen Besatzung habe sie unter Wasser gestanden und sei erst kürzlich ausgepumpt worden. Bald würde sie dreihundert Tonnen Kohle pro Tag produzieren. Wir seien hierher versetzt worden, weil jeder von uns sich im anderen Lager einen Ruf als guter Arbeiter erworben habe.

Nachdem der Dolmetscher dies dem Rest der Gefangenen übersetzt hatte, wurden wir zur Mine gebracht. Die Straße war ein wenig abschüssig. Als wir losfuhren, konnten wir die Mine bereits von Weitem sehen. Auf dem Weg kamen wir an einem Sonnenblumenfeld vorbei. Was für ein wunderbares Gelb dort herrschte!

Hinter der Mine war ein großer Platz mit Holzgebäuden, die einen Hof umgaben. Die *Stalovaya* beziehungsweise Kantine, die Lagerhalle, die Minenleitung und die Unterkünfte einiger Russen lagen alle hier. Obwohl wir unsere Brotration schon am Morgen vor dem Verlassen des bisherigen Lagers erhalten hatten, bekamen wir in der Kantine noch eine weitere Ration Brot sowie eine Mittagssuppe. Die Kantine war ein breiter weißgetünchter Raum mit langen Holztischen und -bänken. Die eine Seite war für die Russen, die andere Seite für die Gefangenen. An der Stirnseite waren zwei Fenster, durch welche das Essen von der Küche durchgereicht wurde. Die Suppe war besser und dickflüssiger als die, die wir bisher zu essen bekommen hatten. Die Küchenhilfen, meist weiblich, lachten und schäkerten herum. Der Koch war das blühende Leben selbst. Er war so groß und dick wie ein grinsender Vollmond. Sein Name war Borisoveiovich. Er war Georgier, kein Russe, und er war stolz darauf, denn Stalin war auch Georgier. Und er war auch ein Frauenheld. In der Küche, die sein Reich war, kniff er ständig die attraktiveren seiner Helferinnen in den Hintern.

Nachdem wir gegessen hatten, wurden wir zur Lagerhalle gebracht. Bevor wir das andere Lager verließen, hatte man uns alles weggenommen, was uns dort ausgehändigt worden war. Ein Offizier sagte auf Russisch: »Jeder wird Arbeitshosen, ein Hemd und Galoschen erhalten.« Ich war neugierig, was in meinem Fall geschehen würde, denn ich wusste: Galoschen in meiner Größe hatten sie bestimmt keine. Ich kam an die Reihe und trat ein. Der Offizier saß auf einem Stuhl, und ein russischer Beamter hinter einem Schalter gab mir ein Paar Hosen und ein Hemd. Sie waren neu produziert und aus einem festen, tuchähnlichen Leinen hergestellt. Das Hemd passte mir; die Hosen reichten bis zu den Knöcheln, weil die Taille zu weit war. Aber nachdem ich vier Paare Galoschen probiert hatte, sagten sie mir, ich solle warten.

Ich trat zur Seite. Es war lustig, dachte ich, dass die Hose und das Hemd schneeweiß waren. Diese reinen weißen Klamotten und die schwarze Kohle ... Warum hatten sie nicht schwarze Klamotten ausgegeben, oder etwas dunklere? Ich dachte, es wäre schrecklich für das Schwarz, in das unschuldige Weiß einzudringen. Schwarz stand für mich nicht nur für die Kohle. Sondern für das ganze Leiden und Elend um mich herum. Das Weiß würde zunächst in ein hässliches Grau verwandelt, dann in ein hässliches Schwarz, dann würden kleine Löcher auftauchen, dann größere Löcher, und wenn sie nicht instandgesetzt würden, der Tod.

Nachdem jeder etwas Passendes erhalten hatte, fing ich an, Stiefel anzuprobieren. Der Beamte maß die Größe meiner Füße, verfluchte die Galoschen und auch die Fabrik, in der sie hergestellt wurden, so dass der Offizier lauter und lauter lachte. Als ich das dreißigste Paar probiert hatte, hatte der Offizier sein Vokabular an Flüchen aufgebraucht und der Offizier war des Lachens müde. Sie stellten übereinstimmend fest, dass Galoschen in meiner Größe in der Sowjetunion nicht hergestellt würden. Der Offizier beschloss, dass ich im Sommer und solange ich im Freien arbeiten würde, barfuß gehen könnte.

Vom Ausstattungslager schickte uns der Offizier mit einem Wärter zur *Atkatka*-Plattform. Die *Atkatka* war oben auf einem kleinen Hügel, der etwa acht Meter hoch sowie um die 30 Meter lang und 20 Meter breit war. Der Eingang zum Minenschacht war an einer der kürzeren Seiten. Hinter der *Atkatka* lagen die Minenleitung und andere Gebäude, auf einer Seite war der Kohlenhügel und auf der anderen der Schlackenhügel. Es wurden immer drei Wagen gleichzeitig aus der Mine herausgezogen mittels eines Stahlseils, das so dick war wie das Handgelenk eines Mannes, sich um ein Rad am Eingang drehte und sie dann in einem Dreißig-Grad-Winkel zu einem Turm auf der anderen Seite der *Atkatka* weiterbeförderte. Dieser Turm erhob sich aus dem Boden genau hinter dem *Atkatka*-Hügel; er war etwa zwanzig Meter hoch und an der Basis so breit wie ein kleines Haus. Das Seil lief dort über ein schweres Rad oben auf dem Turm und dann hinab zum Maschinenhaus etwa zehn Meter weiter hinten.

Wenn die Waggons bei der *Atkatka* ankamen, wurden sie ausgehakt und das Kabel an leeren Wagen auf dem anderen Gleis befestigt, die darauf warteten, wieder in die Mine hinabzufahren. Die vollen Wagen wurden dann von drei *Atkatchiki* auf Plattformen aus Holz geschoben, wo sie seitlich ausgekippt wurden, so dass die Kohle auf die Halde darunterfiel.

Der wichtigste Mann auf der *Atkatka* war der *Nachal'nik Dvijeni*, dessen Name Sirienko war. *Dvijeni* bedeutet Bewegung, und der *Nachal'nik Dvijeni* oder Bewegungsmeister hatte das Kommando über alles außer der eigentlichen Kohleförderung in den Minenadern, wo es in jedem Stollen jeweils einen eigenen Vorarbeiter gab. Das Schienensystem und die Waggons, die Tunnels, der Hauptschacht und alles außerhalb der Mine war direkt unter Sirienkos Befehlsgewalt. Ich traf ihn auf der *Atkatka*-Plattform. Er war ein kleiner drahtiger Mann von etwa 50 Jahren; sein langes Gesicht war wettergegerbt mit einem wahren Labyrinth von Falten, und seine tiefliegenden Augen waren immer in Bewegung. Trotz seiner geringen Körpergröße strahlte er Autorität aus. Er sah auf meine Füße und dann in mein Gesicht und fragte mich, wie alt ich sei. Ich sagte es ihm, und dann fragte er mich, ob ich irgendetwas wüsste über

Gefangene in Mine 28, Wanja, stehend Mitte links; Getz, liegend vorne Mitte links.

Atkatkas. Ich sagte, dass ich vorher schon auf einigen *Atkatkas* gearbeitet hätte, und dass ich das, was ich nicht wüsste, lernen könne. Er zwinkerte mir zu und sagte: »Einer meiner Vorarbeiter ist ein hübsches Mädchen namens Marusja. Du fängst morgen früh in ihrer Schicht an.«

Und er rief mir nach: »Aber achte auf deine Füße!«

Ich war überrascht. Ein Russe, und zwar offensichtlich nicht irgendeiner, das merkte man schon daran, wie ehrfurchtsvoll sein Name ausgesprochen wurde, sagte mir, ich solle auf meine Füße achtgeben, weil ich mich sonst verletzen könne. Die Wärter klopften mir auf die Schulter und lachten und scherzten. Doch alles in allem schienen die Erfahrungen dieses Tages zu schön, um wahr zu sein. Im Vergleich zum anderen Lager war dies fast wie frei zu sein.

Nachdem alle auf verschiedene Schichten und Ebenen verteilt worden waren, gingen wir zurück zum Lager. Wir mussten nicht im Gänsemarsch laufen, sondern durften in Gruppen gehen. Auch das war etwas Neues. In der Baracke waren nur siebzig von uns, und wir fühlten uns überhaupt nicht beengt. Und trotzdem ging mir abends vor dem Einschlafen der Gedanke an die Flucht durch den Kopf. Dabei dachte ich auch, dass ich vielleicht sogar in der Lage wäre durchzuhalten, wenn ich nur wüsste, wie lange wir in Russland festgehalten werden sollten. Auch wenn der Krieg vorbei war, würde Russland Rumänien wahrscheinlich noch für einige Jahre besetzt halten. Aber was ich fürchtete, war der Winter. Ich musste mir bald darüber klar werden, ob ich versuchen sollte zu fliehen oder noch einen weiteren Winter auszuhalten. Diese Gedanken raubten mir in dieser Nacht den Schlaf. Aber am nächsten Tag fühlte ich mich gut. Bei der Arbeit wollte ich ihnen zeigen, was ich konnte.

Marusja, die Vorarbeiterin auf der *Atkatka*, machte mich mit zwei russischen Mädchen bekannt, die in meiner Schicht arbeiteten. Die eine hieß Nina und die andere war Lisa. Wir kamen sehr gut miteinander aus. Sie flirteten ein wenig mit mir, und Nina gab mir eine gute Scheibe Brot aus ihrer Tasche zu Mittag. Ihre Aufgabe war es, die Tonnen Kohle zu zählen, die aus der Mine gefördert wurden. Die Norm für unsere Mine lag bei dreihundert Tonnen Kohle in vierundzwanzig Stunden. Diese Norm war etwas zu hoch, aber die Normen waren immer etwas zu hoch angesetzt, um die Arbeiter anzuspornen, es zu versuchen. Ich arbeitete mit Lisa beim Abladen des ersten Wagens.

Das *Kanat*, das Stahlseil, zog drei Waggons auf einmal aus der Mine, die aneinander gehängt waren. Hinter der *Atkatka* war eine große Hütte, wo eine riesige Winde, die *Libjotka*, das dicke Seil mit drei vollen Waggons aus der Erde zog, um es anschließend mit den leeren wieder in den Schacht hinunterzulassen. Der *Libjotka* machte einen elenden Lärm. Der Bediener der Winde bediente die Bremsen, wenn die Waggons in den Schlund der Erde zurückrollten. Und es machte ein so traurig wimmerndes Geräusch, dass es in meiner Vorstellung so klang, als würden dabei alle Sorgen, die die Menschen hier durchlebten, zum Himmel geschrien. Ich konnte es selbst nachts in fast zwei Kilometer Entfernung hören, wenn ich in der Baracke wach lag. Die Mischung aus dem heulenden Wind mit dem Jammern der *Libjotka* war ein Geräusch, das ich bis zu meinem letzten Atemzug nie mehr vergessen werde.

Am ersten Tag sagte mir der Wärter nach der Arbeit, ich könne alleine zum Lager gehen. Das war wie ein Traum. Es war so schön, alleine laufen zu können und mir Zeit lassen zu können. Ich hielt an, um eine Sonnenblume zu pflücken und die winzigen Kerne zu kauen.

Als ich zurück im Lager war, sagte mir ein anderer freundlicher Wärter, dass ich fast einen Kilometer weit zu einem kleinen Bach gehen und mich dort waschen könne. Dieser Bach lieferte Trinkwasser für einige der nahegelegenen Dörfer. Ich folgte der Anweisung des Wärters und fand einen schmalen Wasserlauf von etwa zwei Metern Breite und an manchen Stellen mehr als einem Meter Tiefe. Es gab kleine Bäume und Büsche am Wasser, und ich lief den Bachlauf entlang, bis ich eine schöne Stelle unter einigen Büschen fand. Nachdem ich eine Weile dort ausgeruht hatte, entkleidete ich mich und wusch mich, dann setzte ich mich in das knietiefe Wasser. Die Sonne fühlte sich so warm an. Ich bespritzte mich über und über mit jenem klaren, kalten Wasser. Nachdem ich mich von der Sonne hatte trocknen lassen, zog ich meine Hose und das Hemd wieder an. Sie waren noch sauber. Ich lag unter den Büschen im Schatten. Alleine zu sein war wie eine wunderbare Nahrung. Nur zögernd beschloss ich nach einer Weile zum Lager zurückzugehen, denn ich wollte dieses Privileg nicht durch zu langes Wegbleiben riskieren.

Als ich in die Baracke zurückkehrte, sagte der Offizier zu einer Gruppe von Gefangenen, dass wir alle zu dem Bach gehen dürften, um uns zu waschen, bis sie ein Badehaus an der Mine gebaut hätten. Ich war ein wenig enttäuscht. Ich beschloss, etwas weiter den Bach hinabzugehen. Am nächsten Tag begann ich, ihn zu erkunden. Der Bach wand sich emsig nach Süden. Ich fand nie heraus, in welchen Fluss er einmündete. Vielleicht in den Donez. Der Lauf des Baches konnte von der *Atkatka* und von der Kuppe der *Poroda*-Halde aus verfolgt werden wegen den Bäumen und Büschen in der Nähe des Wassers.

Poroda wurden die Steine und der Schiefer und andere nutzlose Schlacken genannt, die aus der Mine herausbefördert wurden. Wenn eine Waggonladung herauskam, wurde diese an ein Stahlseil gehängt, das von einer schmalen Winde auf die Spitze des breiten und flachen Schlackenhügels geschoben wurde. Der Hügel war etwa zwei Stockwerke hoch und so breit wie eine Straßenkreuzung in der Stadt. Eine neue Ebene war herausgesprengt worden, und als Ergebnis davon produzierte die Mine nun zwischen dreißig und achtunddreißig Wagenladungen *Poroda* jeden Tag. Seitdem die Schlacke nicht mehr wegtransportiert wurde, wuchs und wuchs der Hügel.

Nach kurzer Zeit war ich ein *Porodchik* auf Dauer. Es brauchte drei starke Männer, um einen Wagen voll *Poroda* umzukippen und dann leerzuschaufeln. *Poroda* war etwa dreimal so schwer wie Kohle und viel schwerer zu handhaben; viele der Arbeiter, die auf der *Atkatka* mit Kohlewaggons arbeiteten, waren Frauen, doch nur Männer konnten mit *Poroda* hantieren. Jedes Mal, wenn wir eine Waggonladung fertig hatten, legten wir eine Pause ein und redeten. Im Allgemeinen war es viel weniger laut und nervenaufreibend als auf der *Atkatka*, wo etwa alle zwanzig Minuten eine Gruppe von drei Kohlewagen nach oben kam; sobald diese angekommen waren, standen wir unter starkem Druck diese auszuleeren, damit die Wagen zum Wiederbeladen nach unten geschickt werden konnten für mehr Kohle.

Ich wurde ein Favorit von Sirienko, weil ich mich anstrengte und – so glaube ich – er als kleiner Mann große Männer mochte. Wenn ich gebraucht wurde, war ich immer zur Stelle. Nach einigen Wochen wusste er, dass er auf mich zählen konnte.

Manchmal, wenn geringere Mengen *Poroda* hochkamen, half ich mit dem schweren 100-Pfund-Haken, der gebraucht wurde zum Hochziehen und Herunterlassen der Bahn. An einem solchen Tag stand der *Golovoi*, der der Chef der ganzen Mine war, an der *Atkatka* herum und sah uns rund sechs Stunden zu. Als er sich wieder zu seinem Büro aufmachte, sagte er mir, ich solle mich nach Ende meiner Schicht bei ihm melden. Er nannte mich Wanja. Das war etwas Besonderes. Er nannte sehr wenige Russen beim Vornamen und sprach überhaupt nie zu Gefangenen.

Das Büro des *Golovoi* war im Hauptgebäude, das neben der Kantine lag. Ich ging hinein, und der *Golovoi* wies seinen Sekretär an, mir zwei Essensbons extra auszuhändigen sowie einen Bon für sechs Meter kräftigen Stoff für Kleidung. Er sagte, dies sei für die Geschwindigkeit und das Geschick, mit dem ich die Haken wechselte. Binnen weniger Stunden hatte jeder davon erfahren. Ich wusste gar nicht, was ich mit dem Stoff anfangen sollte, so dass ich ihn schließlich für vierhundert Rubel, also rund hundert Dollar, an einen Vorarbeiter verkaufte.

Fünftes Kapitel

Ich sah dem Nachmittag immer freudig entgegen, wenn ich zu dem Bach gehen konnte und eine Stunde oder zwei alleine unter einem kleinen Weidenbaum verbringen konnte, den ich entdeckt hatte, und dort den Vögeln und dem Rauschen des Wassers lauschen konnte. Dies war mein privater Rückzugsort, wo ich meine Kräfte wieder sammeln konnte.

Eines Tages traf ich am Ufer einen alten Russen an, der Wasser holen wollte. Er trug einen Eimer an jedem Ende eines langen Bretts, das er auf seinen Schultern balancierte. Das war einfacher, als die Eimer mit den Händen zu tragen; manchmal musste das Wasser mehr als drei oder vier Kilometer zu Fuß geschleppt werden. Dieser alte Russe hatte ein sehr gütiges Gesicht und milde Augen. Sein Name war Nikolai und er erklärte mir, er sei eine Art Dorfältester oder Offizieller. Dann sagte er:

»Ich würde dich gerne mal in meinem Haus zum Essen einladen.«

»Nun«, sagte ich, »das könnte schwierig werden wegen der Wärter ... «

»Unsinn«, unterbrach er mich. »Der Unteroffizier der Wärter wohnt neben meinem Haus. Ich kenne ihn gut, und ich bin sicher, das mit ihm arrangieren zu können. Mach dir keine Sorgen.«

Wir plauderten eine Zeit lang miteinander. Ich erfuhr, dass die meisten der Russen, die in der Mine 28 arbeiteten, in seinem Dorf wohnten, das Takinya hieß und etwa zwei Kilometer entfernt lag. Schließlich war es Zeit zu gehen. Nikolai sagte, er würde mit dem Unteroffizier der Wärter sprechen und mich am nächsten Nachmittag wieder am Bach treffen. Als ich langsam zum Lager zurückging, wurde es mir warm ums Herz, als ich an den freundlichen alten Mann dachte. Ich freute mich darauf, einmal ein normales Essen zu genießen und ein russisches Haus zu besuchen. Ich war sehr neugierig zu sehen, wie diese Menschen lebten.

Die Zeit bis dahin verlief quälend langsam. Auf der Arbeit war es etwas besser, weil ich so beschäftigt war, aber ich entspannte mich nie wirklich, bis ich am nächsten Tag wieder auf dem Weg zum Bach war. Nikolai wartete auf mich und grüßte mich mit einem kräftigen »Hallo, Wanja!«.

Er sagte mir: »Du kannst morgen zum Abendessen kommen. Ich habe mit dem Unteroffizier gesprochen, und er hat gesagt, es sei in Ordnung, wenn du nicht länger wegbleibst als acht Stunden.«

Ich fühlte mich dankbar und beschämt. »Nikolai, kann ich dir mit irgendetwas zuhause helfen? Vielleicht kann ich dir mit Arbeiten an Haus und Hof helfen, die für einen alten Mann zu schwer sind.« Daraufhin legte er seinen Kopf zurück und lachte herzhaft. Dann sagte er: »Nein, nein. Aber wenn etwas Schwierigeres ansteht und ich Hilfe brauche, werde ich dich gerne fragen.«

Dann hielt er meinen Arm und ich spürte, dass ihn meine Geste berührte. Das machte mich erst recht verlegen.

Zurück im Lager stieß ich auf eine Gruppe von fünfzig deutschen Mädchen, die frisch aus Ostpreußen angekommen waren. Die meisten von ihnen waren zwischen zwanzig und dreißig Jahre alt. Ich sprach ein wenig deutsch mit ihnen. Sie schienen noch viel Mut zu haben, wenn man bedenkt, dass sie jahrelang unter dem Hitlerregime gelebt hatten. Ich wusste, was nach wenigen Monaten harter Arbeit aus all diesem Mut und Schwung werden würde.

Am nächsten Tag wurden mehrere dieser neuen Mädchen der Mine zugeteilt, einige der *Atkatka*. Vier von ihnen waren in unserer Schicht. Ich widmete ihnen nicht gerade viel Aufmerksamkeit, denn meine Gedanken waren schon bei dem Besuch in Nikolais Haus und dem Mahl, das ich zu mir nehmen würde. Die Zeit zog sich hin, und die Sirene ertönte zuerst um ein, dann um zwei und schließlich um drei Uhr. Ich schlang meine Ration Kohlsuppe und *Kascha* in der Kantine hinunter und lief zum Lager zurück, so schnell ich konnte. Als ich dort ankam, sagte mir der Unteroffizier der Wärter, dass ich mir den restlichen Nachmittag über keine Gedanken zu machen bräuchte, solange ich nur um neun Uhr abends zurück sei. Ich ging direkt zum Bach, um Nikolai zu treffen. Er wartete dort schon auf mich, ich wusch mich, er stand dabei und schaute zu. Ich war verlegen, weil ich so spindeldürr geworden war. Als ich fertig war, füllte er seine zwei Eimer mit Wasser, und wir gingen los. Ich bot ihm an, die Eimer zu tragen.

»Nein, Wanja, es wird schneller gehen, wenn ich sie selbst trage. Denn es braucht ein wenig Übung, um zu lernen, sie in Balance zu halten. Ein Andermal kannst du es gerne probieren.«

Auf dem Weg zu seinem Haus sagte mir Nikolai, dass er sein ganzes Lebens lang ein Minenarbeiter gewesen sei bis vor acht Jahren, als er einen sehr schweren Unfall gehabt habe und nicht mehr hätte arbeiten können. Dann habe der Krieg begonnen. »Ach, Wanja«, seufzte er, »der Krieg ist etwas Schreckliches. Jeder – ja die ganze Welt – muss leiden wegen Männern wie Hitler.« Er hielt an, drehte sich eine Zigarette, wofür er einen Fetzen Papier aus der *Prawda* benutzte. Dann fragte er mich nach meiner Heimat. »Leben dein Vater und deine Mutter noch? Wissen sie, dass du hier in der Kohlenmine bist?« Ich antwortete, dass meine Eltern noch lebten, dass sie aber nicht wüssten, wo ich sei.

Er schüttelte den Kopf und meinte: »Oh, was für ein Jammer.«

Wir kamen zu einem kleinen Dorf mit etwa fünfzig Häusern. Sie waren aus Lehm erbaut, und die meisten von ihnen waren weiß gekalkt. Nikolai hielt am fünften Haus in der Hauptstraße an. Vor dem Haus war ein kleiner Gemüsegarten. Eine junge Frau von etwa 30 Jahren tauchte im Türrahmen auf. Nikolai stellte uns vor. »Das ist Natascha, meine Frau. Natascha, das ist Wanja.« Ich muss wohl errötet sein, denn sie lachte. »Du musst sehr jung sein, Wanja«, neckte sie mich. Wir betraten das Haus und kamen in einen großen Raum mit weißen Mauern und einem gescheuerten Holzboden. In dessen Mitte befand sich ein schwerer Eichentisch, um den herum vier feste Holzstühle standen, und an einer der Wände war ein riesiger aus Lehm gemachter Herd mit einer gusseisernen Platte, die Ringe hatte, so dass sie mit Haken abgenommen werden konnte. Es standen drei große Töpfe auf dem Herd. Nikolai zeigte mir das Schlafzimmer. Es war halb so groß wie der andere Raum und ausgestattet mit einer groben Eichentruhe und einem von Hand hergestellten Doppelbett. Alles war sauber und ordentlich.

Natascha sagte uns, dass wir uns hinsetzen und essen sollten. Wir aßen aus großen Holzschüsseln. Sie servierte uns einen reichen *Borschtsch* – eine Kohlsuppe mit riesigen Stücken Schweine- und Rindfleisch drin. Danach gab es gebackene Bohnen. Ich aß zwei volle Teller des delikaten *Borschtsch*, und als ich den ersten Teller Bohnen gegessen hatte, sah ich zu Natascha. Sie lachte und goss den Rest des Topfes in meine Schüssel. »Du musst sehr hungrig sein«, sagte sie, »wenn du so jung und ein Gefangener bist.«

Als Dessert gab es Plätzchen aus Maismehl mit Honig darauf. Honig war auf dem Markt nur sehr schwer zu ergattern. Nikolai erklärte mir, dass er einige Bienen hinten im Garten habe, und sagte, ich solle essen, soviel ich wollte. Dann brachte Natascha eine große Tonschüssel voll Milch und drei Becher zum Schöpfen. Die Milch war schnell verbraucht. Ich war wirklich satt. Ich bedankte mich überschwänglich und sagte ihnen mehrmals, dass ich nicht mehr so gut gegessen hätte, seit ich von zu Hause weg sei. Natascha gab mir eine Handvoll gerösteter Sonnenblumenkerne, wünschte mir alles Gute und sagte, sie müsste ein wenig zu ihren Nachbarn gehen. Sie ging hinaus. Ich fragte Nikolai, ob ich ihm als Dank bei irgendetwas behilflich sein könne. Ich spürte, dass die einzige Möglichkeit, meine Dankbarkeit zum Ausdruck zu bringen, darin bestand, ihm etwas physische Arbeit abzunehmen.

Schließlich sagte er: »Denkst du wohl, Wanja, dass es im Lager jemand geben könnte, der eine Uhr zu verkaufen hat? Ich möchte Natascha eine schenken, aber man bekommt sie nirgendwo zu kaufen. Ich weiß, dass die Offiziere normalerweise alle solchen Luxusgüter beschlagnahmen, aber wenn du jemand findest, der eine versteckt hat, würde ich fünfzehn Becher Honig dafür zahlen.«

»Ich werde mein Bestes geben, um eine zu finden«, sagte ich, »und sobald ich es geschafft habe, werde ich den Unteroffizier informieren, dass er es dir sagt. Wer auch immer die Uhr hat, kann dann mit dir über den Preis verhandeln.«

Nikolai sagte, dass ich dem Unteroffizier nichts davon erzählen dürfe, da wir beide dadurch in ernste Schwierigkeiten geraten könnten. Wir beschlossen, dass wir uns jeden Freitag am Bach treffen wollten, um miteinander in Kontakt zu bleiben. Nach zwei oder drei Wochen würde er mich wieder zum Essen einladen.

Auf dem Weg zurück ins Lager dachte ich ein wenig nach über den Altersunterschied bei diesem russischen Paar. Nikolai war um die fünfzig und grauhaarig, ein von harter Arbeit aufgeriebener alter Mann. Seine Frau war zwischen fünfundzwanzig und dreißig und sah sehr gut aus. Das war schwer zu begreifen. Zusammen wirkten sie wie Vater und Tochter. Jedenfalls musste ich jemanden finden, der eine Uhr zu verkaufen hatte. Ich dachte mir, dass am leichtesten eine unter den Neuankömmlingen aus Ostpreußen zu finden war. Am nächsten Morgen wollte ich eines der deutschen Mädchen unserer Schicht fragen. Wenn eine von ihnen eine Uhr haben sollte, so würde es sicher nicht schwer fallen, sie zum Verkauf zu überreden, denn fünfzehn Becher Honig waren ein unwiderstehlicher Reichtum. Außerdem würde die Uhr, wenn sie sie nicht verkaufen wollte, sicher am Handgelenk eines Offiziers oder Übersetzers enden.

Als ich durch das Tor ging, fragte mich der Unteroffizier, ob alles in Ordnung gewesen sei. Mein heiteres Ja schien ihn zu erfreuen. Am nächsten Morgen fragte ich ganz beiläufig einige Gefangene nach einer Uhr. Die allgemeine Antwort lautete, dass niemand jemanden mit einer Uhr kannte, aber sie würden andere für mich fragen. Ich hatte das erwartet, so war ich nicht entmutigt.

Am nächsten Tag ruhte ich mich während der Arbeit zwischen den Wagen mit *Poroda* aus und beobachtete, was auf der *Atkatka*-Plattform los war. Eines der deutschen Mädchen versuchte mit aller Kraft einen leeren Wagen zurück auf die Schienen zu bekommen. Die Vorderräder waren entgleist, und sie war gerade stark genug, um den Wagen davon abzuhalten, noch weiter zu rutschen. Sie war ein sehr schlankes Mädchen, und ich war beeindruckt von der Mühe, die sie sich gab. Ich eilte zu ihr hinunter und setzte den Wagen für sie wieder auf die Schienen. Sie drehte sich zu mir um, überrascht von der unerwarteten Hilfe, und ich war hingerissen von ihrem hübschen ovalen Gesicht und ihren tiefblauen Augen. Ihr Name war Erika. Wir redeten miteinander, und nachher ging sie mir nicht mehr aus dem Kopf.

Einige Tage später sagte sie mir, dass sie jemanden gefunden habe, der eine Uhr hätte und an den fünfzehn Bechern Honig interessiert sei. Ich freute mich sehr. Insgeheim hätte ich nie gedacht, dass jemand noch eine besaß. Ich konnte es kaum erwarten, Nikolai die gute Nachricht mitzuteilen. Der nächste Tag war der Freitag, und ich eilte zum Bach. Ich musste etwa eine Stunde warten, bis er kam. Er war sehr erfreut und sagte mir, ich solle am Samstag mit dem Mädchen kommen – er würde den Honig bringen.

An diesem Abend im Lager teilte ich Erika den Plan mit. Sie sagte, dass das entsprechende Mädchen in einer anderen Schicht wäre und sie sie bitten würde, uns die Uhr zu geben, und wir würden dann den Honig zurückbringen. Am nächsten Tag teilte sie mir mit, dass sie die Uhr in ihrer Bluse versteckt hätte. Nach der Arbeit gingen wir gemeinsam zum Bach. Nikolai wartete dort mit einer großen Kanne Honig, es war mehr als die Hälfte eines Eimers. Er betrachtete die Uhr, die Erika vorsichtig in ein Taschentuch eingewickelt hatte. Es war eine kleine, runde Damenuhr mit einem vergoldeten Rahmen. Wir zeigten ihm, wie man sie aufzog und die Zeit einstellte. Er sagte, dass sie ihm gefalle, und ob der Preis in Ordnung sei. Ich übersetzte und Erika nickte zustimmend. Er gab ihr die Kanne mit dem Honig. Er bat mich allerdings, ihm die Kanne zurückzubringen, da er sie für seine Wege zum Markt brauche. Er schälte ein Stoffpäckchen aus seinem Gewand und gab es mir. Es war von Natascha. Ich faltete es sorgfältig auseinander und fand vier wunderschöne braune Plätzchen aus Maismehl. Ich gab Erika zwei ab und begann meine zu essen. Nikolai lachte und fragte mich, ob ich Erika mochte. Ich wurde rot, nickte und sagte, dass ich sie erst seit kurzer Zeit kannte, aber ... Er lachte wieder. »Du solltest sie heiraten.« Ohne ihn anzuschauen sagte ich, dass wir Gefangene seien und in einem Lager lebten. Er wurde plötzlich ernst und zuckte hilflos mit den Schultern und Händen. »Ich weiß, Wanja, aber was kann ich tun?« Etwas später verließ er uns und lud mich ein zum Abendessen am kommenden Freitag.

Ich zeigte Erika meine besondere Stelle am Bach. Dann zog ich mein Hemd aus und begann mich zu waschen. Erika verschwand ein wenig weiter bachabwärts und kam dann gewaschen zurück. Sie dankte mir für die beiden Stücke Gebäck. Allmählich wandte sich unser Gespräch ihrer Heimat zu. Sie hatte in einem Vorort von Königsberg in Ostpreußen gewohnt. Sie hatte ihren Vater und vier Brüder im Krieg verloren und war mit der Mutter übriggeblieben, die alt und krank war, sowie mit vier jüngeren Geschwistern. Sie lebten von einer kleinen Rente und Erika sorgte für die Kinder. Eines Tages waren dann die Russen gekommen und hatten sie mitgenommen.

Wir sprachen einige Stunden miteinander. Sie war überrascht von meinem Alter und beeindruckt, wie ich selbst mit den Russen zurechtkam, aber auch von meinen Deutschkenntnissen. Schließlich meinte ich, dass es besser sei, zum Lager zurückzugehen. Ich trug den Honig für sie. Wir sprachen sehr wenig auf dem Rückweg. Ich wusste, dass sie mich mochte, und so war es an mir, diese Beziehung voranzutreiben, aber ich konnte es nicht. Ich hatte alle Hände voll zu tun, mich um mich selbst zu kümmern. Dieser Tag war das Weitestgehende, was ich mir mit Erika erlaubte.

Sechstes Kapitel

Während mancher Schichten kam eine Menge an *Poroda* aus der Mine nach draußen, während anderer hatten wir nur wenige volle Waggons zu bewältigen. Drei von uns waren nötig, um einen Wagen umzukippen und die schwere und klobige Schlacke herauszuschaufeln. Es gab dabei keine Regelmäßigkeit in der Förderung, manchmal kamen fünf oder sechs Wagen gleichzeitig heraus; es dauerte dann einige Stunden, sie zu leeren, und die Wagen, die in der Mine gebraucht wurden, wurden dort aufgehalten. Wenn mehr Wagen herauskamen, dann wurden Arbeiter aus der *Atkatka* herbeigeholt, um beim Entladen zu helfen. Manchmal war die ganze Schicht der *Atkatka* auf der Schlackenhalde, schwitzte und fluchte, während Sirienko danebenstand und vor Wut schäumte.

Einige Male kam Sirienko herauf, während ich arbeitete, um das Geschehen zu beobachten. Sein Gesicht war nachdenklich, und er hatte einen Stift und ein Blatt Papier, auf das er Notizen kritzelte. Schließlich fragte ihn einer der russischen Arbeiter, wozu das gut sei. Sirienkos Gesicht legte sich in Lachfalten. Er erklärte, dass es zu lange dauere, einen Waggon *Poroda* zu entladen. Er wollte einen Turm von 15 Metern Höhe auf dem *Poroda*-Hügel errichten nahe der Kante mit Schienen, die auf einem Holzgerüst zur Spitze führten. Ein kleines Maschinenhaus sollte neben dem großen gebaut werden, und ein Kabel sollte um ein Rad auf dem Turm herum wieder zurück zu dem *Poroda*-Waggon geführt werden. Wenn der Waggon nach oben kam, sollte er einfach umgekippt werden und die Schlacke würde herausfallen. Er hatte einen Schmied beauftragt, einen speziellen Wagen zu konstruieren, der geleert werden konnte, ohne dass die Räder die Schienen verließen; man musste nur die Ladefläche des Waggons bewegen. Schließlich entwarf er eine Rutsche, die an der Kante der *Atkatka* angelegt werden sollte, so dass die *Poroda*-Waggons, die aus der Mine herauskamen, in diese Rutsche ausgekippt werden konnten. Die Schlacke konnte dann in den Spezialwagen fallen, der diese nach oben zur Spitze des Turms brachte. Es war ein einfaches System, aber Sirienko sagte, dass es unsere Zeit und Arbeit auf ein Viertel des Bisherigen reduzieren würde.

Zwei Tage später begannen fünf russische Zimmerer, den Turm sowie das Holzgerüst aus 30 Zentimeter breiten Balken für die Schienen zu bauen. Sie arbeiteten jeden Tag hart daran während der Schicht von sieben bis fünfzehn Uhr. Sirienko arbeitete an ihrer Seite, er trieb sie an und rief ihnen Kommandos und Anweisungen zu. Nur zwölf Tage später war alles fertig und bereit für einen Probelauf.

Sirienko hatte den *Golovoi* und einige der wichtigeren Aufseher eingeladen, um die Operation zu verfolgen. Der neue Waggon war noch ein wenig schwergängig, selbst wenn er gut geölt wurde – es war eben kein Produkt aus der Fabrik. Er wurde unter die Rutsche geschoben und am Kabel angehängt. Ein Waggon voll *Poroda* wurde von der *Atkatka* aus in die Rutsche gewuchtet, und es fiel geradewegs nach unten in den neuen Waggon. Einer der beiden Russen, die den Waggon oben umzukippen hatten, sprangen auf die vordere Trittfläche des Waggons und gaben dem Maschinenführer hinter dem kleinen Fenster des Maschinenhauses ein Zeichen. Der andere Russe hatte Angst mitzufahren, und sagte, er werde hinter dem Waggon nach oben gehen. Das Seil spannte sich, und die ganze Konstruktion begann zu ächzen. Der Waggon begann, sich langsam in einem 45-Grad-Winkel nach oben zu bewegen, zuerst auf der Seite der Schlackenhalde, dann auf das Gerüst, das dort begann, wo der *Poroda*-Hügel auslief. Als der Waggon sich der Spitze des Turms näherte, erhob der Russe seinen Arm und gab das Signal zum Halten. Der andere Russe erklomm die Schwellen wie ein Affe. Als er oben war, entfernten sie den Sicherheitshaken von dem Waggon. Sie standen neben diesem auf den Schwellen und versuchten, die Lademulde nach oben zu kippen, aber sie schafften es nicht über den toten Punkt hinweg. Sie versuchten es fünf oder sechs Mal ohne Erfolg. Der Turm schwankte sichtlich. Der *Golovoi* und die Vorarbeiter schüttelten die Köpfe. Sirienko schrie: »Versucht durch Hin-und Herschieben, den Waggon in Schwung zu bringen!« Sie schoben den Waggon mehrfach sachte an, und die ganze Konstruktion knackte und schwankte. Sirienko drohte ihnen mit der Faust und fluchte. Schließlich nahmen sie ihren ganzen Mut zusammen und stießen fester zu, und nach einem Dutzend Mal hin und her kippte der Waggon endlich über. Die *Poroda* donnerte abwärts.

Der leere Waggon kam mit den zwei Russen darin zurück. Sobald sie ausgestiegen waren, begannen sie sich bei Sirienko bitter zu beklagen, wie schwer es sei, den Waggon über seinen toten Punkt zu kippen. Während alle durcheinanderredeten und aufgeregt gestikulierten, ging ich zu dem Waggon hin und besah mir diesen näher. Ich hakte den Sicherheitshaken aus und versuchte, die Lademulde umzukippen, und das ging recht leicht. Natürlich war er leer, aber ich kam trotzdem zu der Überzeugung, dass das auch dann nicht so schwer sein könnte, wenn er voll wäre. Ich ging zu Sirienkio zurück und fragte ihn, ob ich es einmal ausprobieren dürfe. Jeder sah mich an, als wäre ich verrückt, aber Sirienko sagte: »Geh und versuch es, Wanja.«

Eine weitere Ladung *Poroda* wurde in den Waggon eingefüllt. Ich trat auf die vordere Trittfläche und gab dem Windenführer ein Zeichen, und schon ging es nach oben. Ich hatte etwas Angst, aber es war auch ein schönes Gefühl, immer höher und höher gezogen zu werden. Ich konnte das ganze Areal überblicken. Oben angekommen gab ich dem Windenführer ein Zeichen zu stoppen. Es war genug Platz auf den Schwellen, um bequem zu stehen. Ich entfernte den Sicherheitshaken, ruckelte einmal an dem Waggon und gab ihm dann einen festen Stoß – und er kippte über. Ich erkannte unversehens, dass es schlicht deshalb für mich einfach war, weil ich 1,88 Meter groß war, so dass ich ausreichend Hebelwirkung auf den Punkt hatte, an dem ein starker Stoß nötig war. Ein kleinerer Mann musste doppelt so viel Kraft aufwenden. Es sah so aus, als ob der Waggon speziell für mich gebaut worden wäre.

Die beiden Russen, die die erste Fahrt gemacht hatten, waren wie Bären gebaut, aber keiner von ihnen war über 1,73 Meter. Als ich nach unten kam, sahen sie mich mit offenen Mündern am, und Sirienko herrschte sie an: »Seht ihr? Ein Gefangener macht das besser als zwei Türken!« Und zu mir gewandt sagte er: »Sehr schön. Du wirst mein bester *Porodchik.*«

Ich empfand Stolz, aber auch ein wenig Mitleid mit den beiden Russen. Es war nicht ihre Schuld, dass sie nicht so groß waren wie ich. Es war ziemlich dumm von ihnen nicht zu begreifen, dass es eine Frage der Größe war. Jedenfalls konnte ich nun sicher sein, dass ich einen ziemlich leichten Job hatte. Das Schöne daran war, dass jeder dachte, es sei ein sehr schwerer Job und dass ich ein Herkules sein müsse, um das zu leisten.

Ich war alleine in meiner Schicht, während jede der anderen Schichten aus zwei Männern bestand. Das gefiel mir; da war niemand, der mir zu sagen hatte, was ich zu tun hätte oder wie ich es zu tun hätte. Ich kam alleine besser zurecht als jede der anderen beiden Schichten. Sirienko hatte es für mich arrangiert, dass ich eine Ration von tausend Gramm Brot pro Tag erhielt, was so viel war, wie die Arbeiter im Inneren der Mine erhielten; die normale Ration für Arbeiter auf der *Atkatka* und der *Poroda*-Halde betrug siebenhundert Gramm.

Es war ein enormer Unterschied zwischen der Arbeit in und außerhalb der Mine. Ich war nicht in der Mine 28 gewesen, aber ich wusste, dass sie nicht viel anders als die anderen sein konnte. Die Geschichten, die die Gefangenen abends ins Lager mit zurückbrachten, waren im Wesentlichen die gleichen. Von dem Turm aus konnte ich die Männer einer Schicht sehen, wie sie ziemlich sauber in die Mine hineingingen, fünfzehn Minuten später die der vorherigen, wie sie mehr oder weniger aus diesem dunklen abstoßenden Loch herauskrochen, die Gesichter schwarz und todmüde ... Im Unterschied zu den anderen Minen hatte die Mine 28 einen separaten Eingang für die Arbeiter. Da gab es Leitern, jede mit zehn Teilen von 40 Metern, die gerade nach unten führten von einer schmalen Bretterbude aus neben der Kantine; die Leitern gingen nur bis zum ersten Stollen; von da an mussten die Arbeiter durch verlassene Ebenen voller Ratten und Exkremente laufen. Es war sehr schwer, nach acht Stunden harter Arbeit diese Leitern wieder nach oben zu steigen. Sogar beim Hinausgehen wurden die Gefangenen getrieben, dieses Mal von ungeduldigen und wohlgenährten jungen russischen Arbeitern, die reichlich Ausdauer zeigten, aber auch möglichst schnell nach Hause wollten. Wenn die Gefangenen aus der Mine auftauchten, stand ein Wärter bereit und zählte sie.

Der Turm war der höchste Punkt im ganzen Areal. Oben konnte ich spüren, wie die Sonne schien, frische reine Luft einatmen und der Arbeit auf der Mine wie in einem Film zuschauen. Die *Atkatka* sah aus wie ein Ameisenhügel. Am Morgen, nachdem das Gewusel des Schichtwechsels vorüber und die Nachtschicht nach Hause gegangen war, wurden die Aktivitäten auf der Plattform monotoner und geregelter, während die Sonne stärker wurde und noch den letzten Tau auf dem Boden trocknete. Manchmal hatte ich nur fünfzehn oder zwanzig Waggons während der ganzen Schicht abzuladen, was nicht mehr als eine Stunde Arbeit beanspruchte. Zwischen Himmel und Erde verweilend, konnte ich den Vögeln beim Fliegen zuschauen. Ich sehnte mich danach, Flügel zu haben und frei zu sein.

Ein anderer Transport von hundert Gefangenen kam an. Sie wurden in einer alten Baracke einige Hundert Meter vom Lager entfernt untergebracht. Während der deutschen Besatzung wurden Pferde darin gehalten. An meinem freien Tag wurde ich zu einer Einsatztruppe eingeteilt, die einen Stacheldrahtzaun um das neue Lager errichten sollte. Nun betrug die Gesamtzahl der Gefangenen rund fünfhundert. Dieser letzte Pulk schien in einer schlechten körperlichen Verfassung zu sein, aber das berührte mich nicht besonders, denn ich hatte einen Job, bei dem ich mich selbst gut und sauber fühlte.

Allmählich wuchs meine Reputation, nachdem es sich unter den Russen mit der Zeit herumsprach, dass ich die *Poroda* während meiner Schicht allein bewältigte, während in allen anderen Schichten zwei Personen nötig waren. Ich fand unter den Russen immer mehr Freunde und erhielt oft Extrarationen an Brot, manchmal ein halbes, manchmal ein ganzes Kilogramm. Auch der Befehlshaber des Lagers und die Wärter erfuhren von meinem Arbeitsrekord, und ich wurde so etwas wie ein privilegierter Gefangener.

Einige andere Gefangene waren eifersüchtig auf meinen Status und nahmen mir meine Freundlichkeit gegenüber den Russen übel, aber nicht Getz. Wenn etwas Gutes passiert war, freute ich mich immer darauf, in die Baracke zurückzukommen und es ihm zu sagen; sein Gesicht strahlte dann. Der kleine Mann hatte das Herz eines Löwen.

Etwa zwei Wochen später lud mich Sirienko zum Abendessen in sein Haus ein. Ich freute mich sehr darüber, aber ich erinnerte ihn daran, dass ich ein Gefangener und den Regeln des Lagers unterworfen war. Er lachte nur und sagte, er würde mit dem Befehlshaber sprechen und alles würde arrangiert werden. Zwei Tage später kam er durch die *Atkatka*, um mir zu sagen, dass ich an diesem Nachmittag mit ihm nach Hause gehen könne.

Nach der Arbeit wartete ich bei der *Atkatka* auf ihn. Um vier Uhr sah ich ihn von der Direktion der Minenleitung kommen. Er torkelte ein wenig und als er näher kam, lallte er: »Wie geht's dir, Wanjuschka? Komm, lass uns zum Essen gehen.«

Wir machten uns auf den Weg. Er lebte in einer kleinen Siedlung etwa zwei Kilometer von der Mine entfernt, hinter unserem Lager. Diese war dem Dorf ähnlich, in dem Nikolai lebte, aber die Häuser waren etwas breiter und in einem besseren baulichen Zustand. Ich erfuhr später, dass einige der wichtigeren Vorarbeiter der Mine hier lebten. Sirienkos Haus war doppelt so groß wie das von Nikolai. Ein ordentlicher weißgetünchter Zaun umgab es. Sirienkos Frau kam uns entgegen, eine mürrische ältere Frau, die sich wie ein Hausdrachen aufführte. Sobald wir die Begrüßungsfloskeln ausgetauscht hatten, fing sie an, sich über Sirienkos Trunkenheit und sein Zuspätkommen »wie üblich« zu beklagen. Er wandte sich mir zu und sagte lachend: »Sie ist immer so. Ignoriere sie.« Er sagte ihr, dass sie uns zu essen geben solle.

Wir gingen durch die Küche in ein großes Wohnzimmer mit einem schweren Esstisch aus Eiche in der Mitte und Stühlen. In einer Ecke standen eine Couch und davor ein niedriger Tisch. Einige Papiere und ein paar Bücher lagen auf dem Tisch. Als wir hineinkamen, war alles ordentlich und rein, aber Sirienko fing sofort damit an, Dinge um sich herum zu verstreuen wie ein Bär in seiner Höhle. Er ging in einen anderen Nebenraum und kam mit einer Flasche Wodka und zwei großen Gläsern zurück. Er begann, mir ein Glas einzuschenken und ich sagte, dass ich nicht trinke. »Dann tust du es jetzt«, erwiderte er. »Sag, wann ich stoppen soll.« Ich stoppte ihn nach zwei Fingern, aber er ignorierte mich und schenkte das Glas halb voll. Ich nahm einen kleinen Schluck, und er brannte durch meine Kehle wie Säure; ich hustete eine Minute lang. Sirienko lachte, bis ihm Tränen aus den Augen kamen und seine Ehefrau fluchte flüsternd.

Das Mahl begann mit einem dampfenden reichhaltigen Borschtsch. Sirienko hatte nur einen halben Teller. Er sagte mir, dass ich ihn nicht beachten solle und so viel essen solle wie ich könne. Nach der Suppe gab es eine schmackhafte Kascha mit Hammelfleischstücken darin. Ich aß und aß. Ich war immer noch beim Essen, als Sirienko auf dem Tisch einschlief. Seine Frau servierte mir noch mehr zu essen, ohne ein Wort zu sagen. Zum Nachtisch reichte sie mir eine Schüssel Milch und Plätzchen aus Maismehl. Als die Bowle leer war, füllte sie sie wieder aus einem großen Krug. Dann wachte Sirienko auf und fragte mich, ob ich genügend gegessen hätte. Ich sagte, ich hätte hervorragend gegessen, und dankte ihm. Aber er wischte meinen Dank mit einer Handbewegung zur Seite und sagte nur: »Geh jetzt zurück ins Lager, Wanja, und ich werde dich morgen früh wieder treffen.«

Ich dankte seiner Frau. Zu meiner Überraschung lud sie mich ein wiederzukommen. Vielleicht gefiel es ihr, jemanden zu verköstigen, der wirklich aß. Als ich zum Lager zurückging, konnte ich mir nicht helfen und musste nachdenken darüber, was zwischen Sirienko und seiner Frau falsch lief. Er war so ein munterer und lässiger Typ, und sie war so melancholisch und unsympathisch, und ich sah, dass sie nicht sehr gut miteinander auskamen. Ich wusste auch, dass Sirienko nicht zu viel Zeit zu Hause verbrachte, sondern es vorzog, um die Mine herumzulaufen, von der *Atkatka* zu den Büros oder zu den Holzplätzen hinter der *Atkatka*, oder sogar von Stollen zu Stollen in der Mine. Dies war einerseits natürlich nötig, weil er für alle Bewegungen auf den Schienen verantwortlich war, aber ich war sicher, dass er manche seiner Wanderungen unternahm, weil ihm keine andere Beschäftigung einfiel.

Siebtes Kapitel

Einen Tag später sagte mir Sirienko, dass ich etwas früher zur Arbeit kommen sollte, so dass wir miteinander sprechen konnten. Er schien ängstlich und nachdenklich, und ich fragte mich, was er wohl auf dem Herzen habe. Vielleicht war er kritisiert worden, weil er mir eine Tagesration von tausend Gramm Brot zugestanden hatte. Aber nur der *Golovoi* könnte ihn kritisieren, und sogar mit dem kam er normalerweise gut aus. Es war wohlbekannt, dass es niemanden gab, der ihn ersetzen könnte. Niemand wusste mehr als er über die Kohleminen. Doch es gab ein Gesetz, das nur Arbeiter unter Tage eine Brotration von tausend Gramm erhalten durften. Ich arbeitete über Tage und war nicht einmal ein Russe. Vielleicht war es das.

Am nächsten Tag erhielt ich vom diensthabenden Offizier der Baracke die Erlaubnis, früher zur Arbeit zu gehen. Ich fand Sirienko, der an der *Atkatka* auf mich wartete. Er kam sofort zum Punkt. Er sagte, dass er mich aus dem Lager herausbringen wolle. Um dies zu erreichen, müsse ich ein russisches Mädchen heiraten. Er würde für mich einen Ort zum Leben finden, und ich könnte weiter für ihn arbeiten. Schließlich könnte ich russischer Staatsbürger werden und mich zum Vorarbeiter hocharbeiten. Das war noch nicht alles. Er sagte mir, er würde mir auch mit Kleidern und Lebensmitteln helfen. In der jetzigen Lage sei es schwierig, mir mehr zu helfen, denn einige hätten sich schon über meine Extraration Brot beschwert.

Ich war überwältigt. Das war ein unglaubliches Angebot. Das Erste, was ich sagte, war, dass ich nicht glaubte, dass dies möglich sein würde, da ich unter militärischer Jurisdiktion stand. Soweit ich wusste, hatte die Minenleitung nichts mit den Gefangenen zu schaffen, abgesehen davon, dass der wachhabende Offizier des Lagers drei Schichten an Arbeitern jeden Tag bereitzustellen hatte. Aber Sirienko lachte über meine Zweifel: »Wanja, ich werde mit deinem Hauptmann sogar in deinem Beisein sprechen. Ich kenne auch jemanden in der Partei, mit dem ich sprechen kann. Ich weiß, ich kann das arrangieren.«

Dies musste wohlüberlegt sein. Ich sagte, dass ich ein paar Tage darüber nachdenken müsse. Er sagte: Natürlich, doch ich sollte ihm so bald als möglich meine Entscheidung mitteilen. Gerade als er das sagte, kam der Hauptmann vorbei. Sirienko rief nach ihm, und er kam herüber. Wieder kam Sirienko direkt auf den Punkt. Er erklärte, dass er mich aus dem Lager herausbekommen wolle, und fragte den Hauptmann, welche Schritte er zu unternehmen hätte, wenn ich mich entschließen würde, eine Russin zu heiraten. Der Hauptmann sah sehr überrascht drein. Und er redete drauflos und sagte, dass Sirienko der *Nachal'nik Dvijeni* sei und dass er schon wisse, dass ich der einzige sei, der auf dem Turm oben auf der *Poroda*-Halde alleine arbeiten könne, aber er empfahl Sirienko, nicht zu vergessen, dass ich ein Gefangener sei und unter militärischer Beobachtung stünde. Dann erwähnte er noch, dass Rumänien drei Jahre lang gegen die Sowjetunion auf deutscher Seite gekämpft habe.

Auf diese letzte Bemerkung reagierte Sirienko wütend und sagte ihm, dass ich erstens erst 17 war und dass ich zweitens der beste Arbeiter auf der *Atkatka* war. Wenn ich ein russisches Mädchen heiraten wolle, werde er sich darum kümmern, dass alles in Ordnung gehe. An diesem Punkt der Diskussion musste ich mich aufmachen, denn meine Schicht hatte begonnen. Ich hörte, wie mich Nina rief, einen Waggon *Poroda* zu entladen.

Ich ging mit flauem Gefühl im Magen an die Arbeit bei dem Gedanken an die Diskussion, die ich zwischen Sirienko und dem Hauptmann ausgelöst hatte. Ich machte mir immer wieder Gedanken über den Vorschlag und betrachtete ihn von allen Seiten. Mir war unwohl bei dem Gedanken, auch wenn ich sicher war, dass Sirienko in der Lage war, das zu regeln. Eines der russischen Mädchen zu heiraten würde mir etwas Erleichterung bringen, aber welcher Zukunft konnte ich entgegensehen, wenn ich auf der *Atkatka* in Mine 28 arbeiten würde? Schließlich konnte ich einer von Sirienkos Vorarbeitern werden und vielleicht Sirienko selbst einmal ablösen. Aber ein Schauer durchlief mich, wenn ich an die Art von Leben dachte, das ich führen würde, wenn ich zustimmte. Nach zwei oder drei Jahren würden sie den Rest der Gefangenen nach Hause schicken, und wie würde ich mich dann fühlen, wenn ich wüsste, dass diese zu ihren Familien heimkehrten, während ich auf ewig in dieser verdammten Mine bleiben müsste?

Nein! Nein! Nein! Das war nichts für mich. Aber wie konnte ich Sirienko eine Abfuhr erteilen, ohne seine Gefühle zu verletzen? Die nächsten drei Tage dachte ich immer wieder darüber nach. Ich dachte während der Arbeit darüber nach. Ich träumte davon in meinen wenigen Stunden Schlaf. Nachdem ich innerlich zutiefst aufgewühlt war, war ich genau wieder am Ausgangspunkt meiner Gedanken. Wenn ich nur eine Möglichkeit finden könnte, es ihm zu sagen, ohne ihn zu verärgern!

Der Hauptmann hatte schon etwas von Sirienkos Vorschlag unserem Übersetzer gegenüber erwähnt. Sein Verhalten deutete einen neuen Respekt an. Ich war ein besonderer Gefangener schon von dem Moment an, als ich alleine auf dem *Poroda*-Turm zu arbeiten begonnen hatte; niemand belästigte mich mit Aufgaben an meinem Ruhetag, und ich hatte immer noch das Recht, alleine von der Arbeit nach Hause zu gehen. Aber was würde passieren, wenn Sirienko nicht mehr hinter mir stünde? Ich war mir nur einer Sache ziemlich sicher: Sie würden mich nicht vom *Poroda*-Turm abziehen. Aber ich würde vermutlich meine Privilegien verlieren. Das Extraessen, das ich erhielt, und die wenigen Momente des Alleinseins, die ich hatte, hielten mich am Leben.

Ich dachte, dass Sirienko wahrscheinlich Nina für mich in Betracht zog. Wir arbeiteten in der Mine sehr gut zusammen, und sie war ein femininer und häuslicher Typ. Während die meisten Mädchen wie Männer fluchten, wenn sie sich ärgerten, erhob Nina niemals ihre Stimme. Sie war eine ruhige Person, vielleicht sogar ein wenig zu introvertiert. Ihre klaren blauen Augen blickten aus einem vollkommen ovalen Gesicht.

Einmal hatte Ninas Mutter etwas außerhalb ihres Dorfes zu erledigen und kam an der Mine vorbei, um etwas zu plaudern. Nina hatte mich ihr vorgestellt, und ich erlebte eine nette alte Frau, eine typische Mutter. Ihr Ehemann und ihr Sohn waren im Krieg gefallen und nun lebte sie allein mit Nina. Sie besaßen eine Kuh und drei Ziegen. Wenn eine Familie in der Region vier solcher Tiere hatte, galt sie als wohlhabend. Während wir sprachen, hatten Nina und ihre Mutter mich in ihr Haus zum Abendessen eingeladen, und seither hatte Nina diese Einladung mehrfach wiederholt. Das einzige Problem war, dass ihr Dorf etwa 13 Kilometer entfernt lag, und ich würde Schwierigkeiten bekommen, wenn ich das Lager so lange verließe.

Ich dachte an den langen Weg, den Nina zu bewältigen hatte, als sie zur Mine kam und dann wieder nach Hause ging, an langen Winterabenden mit tiefem Schnee. Ich fragte mich, wie viele Stunden sie für die 13 Kilometer in einem Schneesturm brauchte. Wenn sie in der Nachtschicht arbeitete und die Arbeit um elf begann, dann musste sie wahrscheinlich schon etwa um acht von zu Hause losgehen.

Und was taten Nina und ihre Mutter zu Hause, wenn es am Nachmittag um halb vier schon finster wurde? Wahrscheinlich saßen sie zusammen im Haus und tranken Tee, redeten miteinander und strickten, oder aber sie schliefen. Man musste in etwas flüchten. Der Schlaf, stellte ich mir vor, war das Beste für sie. Aber wie würde ich in so ein Leben passen? Dicht gedrängt um den Ofen mit der Kuh und den Ziegen auf der einen und den beiden Frauen und mir selbst auf der anderen Seite? Was für eine Brutstätte für Melancholie!

In keinem der Häuser, die ich besucht hatte, hatte ich mehr als fünf oder sechs Bücher gesehen. Sirienko hatte einige Werke von Tolstoi, Dostojewski und Gogol, die unter zerstreuten Zeitungen lagen, aber die anderen Häuser hatten keinerlei Bücher abgesehen von der Bibel, die ich bei Nikolai und Natascha gesehen hatte. Nikolai nutzte das dünne Papier als Zigarettenpapier gegen die schwachen Proteste von Natascha, die erklärte, das sei eine Sünde. Aber der Drang zu rauchen war stärker als der Drang, nicht zu sündigen, so starb ihre Bibel Seite um Seite, bis bald nichts mehr übrig bleiben sollte als der Einband.

Ich war ein Gefangener, aber ich gedachte nicht, dies bis zum Ende meines Lebens zu bleiben. Ich hatte kein Verbrechen begangen, außer in einem anderen Land geboren zu sein, in einem Land, das in einem verrückten Krieg mit Russland gewesen war. Jetzt war Rumänien auf der Seite der Alliierten. Konnte ich die Tage, Wochen, ja vielleicht Jahre überdauern, bis sie die Gefangenen wieder nach Hause schickten? Oder sollte ich das Leben wählen, das Nina führte? Mein Hintergrund war so anders. Neunzig Prozent der Männer im Donbass waren Kohlearbeiter. Alle jungen Männer hatten in der Armee zu dienen, und wenn sie eine Armeekarriere wählten, dann war es in Ordnung. Wenn nicht, dann mussten sie nach der Rückkehr nach Hause in die Kohleminen. Wenigstens waren sie im Donbass geboren, und das war praktisch alles, was sie kannten.

Ich musste Sirienko eine Antwort geben. Ich kam auf keine, die ihn verstehen ließe, warum ich das Angebot nicht annehmen wollte. Es hieße alles aufzugeben, auch die Chance auf eine Rückkehr nach Hause. Glücklicherweise setzte er mich nicht unter Druck. Ich sah ihn am nächsten Tag, und am Tag darauf, und einige Tage später. Er grüßte mich wie immer und schien die Konversation vergessen zu haben, die er mit mir gehabt hatte.

Zu jener Zeit kamen die russischen Staatsbürger, die von den Deutschen während des Kriegs in Zwangsarbeitslager gesteckt worden waren, nach Hause. Während dieser Woche kehrten Sirienkos zwei Töchter aus Preußen heim, wo sie die vergangenen zwei Jahre in einer Fabrik gearbeitet hatten. Jeder sprach darüber. Einen Tag lang wurde Sirienko nicht gesehen. Ich dachte schon, dass die Rückkehr seiner Töchter ihn von mir ablenken könnte, zumindest vorläufig. Vielleicht machte seine Freude, die ganze Familie wiederzusehen, es leichter für ihn zu verstehen, dass auch ich eine Familie hatte und diese genauso froh sein würde mich wiederzusehen nach einer so langen Abwesenheit. Nun, ich täuschte mich.

Am nächsten Tag, als ich bei der Arbeit mit einem leeren Waggon vom Turm nach unten kam, sah ich, wie Sirienko mit einigen anderen Russen, alle sturzbesoffen, zur *Atkatka* torkelten. Sirienko sah mich und hob seine Faust und schüttelte sie, aber ich hielt es für ein Winken. Als ich nach unten kam, waren sie alle am Grölen, und Sirienko rief mir zu, dass ich herüberkommen solle. Als ich näherkam, fluchte er so heftig, dass ich dachte, ihm sei etwas passiert. Dann nahm er ein faustgroßes Stück *Poroda* auf und warf damit nach mir, wobei er mich, meine Mutter und alles Mögliche verfluchte. Er zielte schlecht aufgrund des Likörs, und ich konnte leicht ausweichen. Ich dachte, er sei verrückt geworden. Die anderen Russen versuchten ihn zu beruhigen. »Nicht ihn, nicht ihn. Er ist dein *Porodchik*, Wanja.«

»Keine Angst«, schrie ich zurück. »Ich will nicht hier bleiben und für dich arbeiten und ein russisches Mädchen heiraten. Ich will nach Hause gehen wie deine Töchter nach Hause gekommen sind!«

Ich wusste nicht, ob er mich gehört hatte oder nicht, aber in dem Moment, als ich meinen Gefühlen freien Lauf gelassen hatte, fühlte ich mich viel besser. Das Angebot, mit dem Sirienko mich seit einer Woche beschäftigt hatte, hatte mich deprimiert. Nun war es entschieden.

Diese Nacht lag ich lange wach. Ich war traurig, weil meine Freundschaft mit Sirienko scheinbar zu ihrem Ende gekommen war. Dann fing ich an, über meine Lage nachzudenken. Es war Frühherbst. Die windigen Tage wurden immer weniger gemütlich auf der *Poroda*-Halde. Es war gerade noch erträglich, doch der Gedanke an die Arbeit auf diesem Turm während des Winters, bekleidet nur mit meiner dünnen Jacke und dem Hemd, vom scharfen Ostwind hin- und hergeworfen, hatte meine Depression noch gesteigert. Mit jedem Tag, der verging, kam der Winter ein Tag näher. Nichts konnte ihn aufhalten, weder Gebete noch Befehle. Die Arbeit auf dem Turm war nur mit der richtigen Kleidung und Kost erträglich. Ich begann zu überlegen, ob es nicht besser wäre zu versuchen, wieder in die Mine zu kommen. Es war der einzige Weg, der gnadenlosen brutalen Kälte und den zischenden pfeifenden Winden oben auf dem Turm zu entkommen.

Während der letzten zwei Monate hatte ich einige Male mit Sirienko über das Innere der Mine gesprochen und ihn nach den Arbeitsbedingungen und seiner Funktion darin gefragt. Bei diesen Gesprächen entdeckte ich, wie viel er vom Bergbau wusste. Ich hatte auch beobachtet, dass die Vorarbeiter von den verschiedenen Ebenen häufig zu ihm kamen, um Sicherheitsprobleme mit ihm zu besprechen.

Der Erdboden spricht eine Sprache, die nur wenige verstehen. Sirienko hatte bereits einige Niederbrüche erlebt, doch er war immer entkommen dank seines schon unheimlichen Gespürs für Erdbewegungen. Der Erdboden knurrt, stöhnt und zittert, und manchmal herrscht Totenstille, unterbrochen nur von einem gelegentlichen Ächzen eines überlasteten Stützbalkens. Es gab nichts in der Mine, das Sirienko nicht kannte. Einmal, als er und einer der Vorarbeiter über die Mine diskutierten, ging Sirienko für ein paar Minuten weg, und ich fragte den Vorarbeiter, ob der *Golovoi* mehr über das Innere der Mine wusste als Sirienko. Er lachte nur und sagte: »Niemand weiß mehr über diese oder jede andere Mine, innen oder außen, als Sirienko.«

Er sagte außerdem, dass der *Golovoi* Sirienko hasste, weil er oft betrunken sei und häufig fremdgehe. Aber seine Kenntnisse waren unverzichtbar, und es war auch bekannt, dass er ein sehr kluger Mann war.

Der Vorabeiter warnte mich davor, ins Innere der Mine versetzt zu werden. Es bräuchte jahrelange Erfahrung, um zu lernen, die Reaktionen des Erdbodens richtig zu verstehen und zu wissen, wie man Gefahren meidet. Er sagte mir auch, dass die Mine heimtückisch sei und man ihr kaum trauen könne.

Was sollte ich tun? Sirienko war nun sauer auf mich. Meine Chancen auf Zusatzkleidung für den Winter waren praktisch dahin. Aber wenn ich an die heimtückische schwarze Mine dachte, war das genauso deprimierend. Schließlich beschloss ich, die Dinge so zu belassen, wie sie seit geraumer Zeit waren. Bisher hatte ich alles einigermaßen gut überstanden, alles in allem betrachtet.

Zu dieser Zeit kam etwas Ungewöhnliches auf. Anscheinend sollten die Gefangenen genauso bezahlt werden wie alle anderen. Natürlich hatten wir nichts davon gehört, aber einige Vorarbeiter im Inneren der Mine hatten darüber gemurrt. Das Ergebnis war, dass wir zu jedem Ersten des Monats Löhne erhalten sollten wie die Russen. Dies bedeutete, dass wir das Privileg haben würden, die Lagerverwaltung für unsere Verpflegung zu bezahlen. Mit dem Rest konnten wir tun und lassen, was wir wollten. Das klang gut, doch was sollte mit den Kranken passieren und was mit den Gefangenen, die es geschafft hatten, dauerhafte Jobs mit der Durchführung von Lagerarbeiten zu ergattern?

Ich müsste eigentlich zwei Löhne bekommen, denn jede der anderen Schichten benötigte zwei Personen, um das zu tun, was ich alleine schaffte. Der höchste Lohn für einen *Atkatka*-Arbeiter waren dreihundertfünfzig Rubel pro Monat. Ich wusste, dass ich das bekommen könnte. Dies war der Durchschnittslohn für einen Arbeiter, der in der Mine arbeitete. In den Stollen wurde man nach der jeweiligen Produktion bezahlt.

Später tüftelten sie das dann so aus, dass jeder, der einen Lohn erhielt, eine bestimmte Summe davon für seine Essensrationen an die Lagerverwaltung zahlen musste. Wenn der Lohn hundert Rubel pro Monat überstieg, dann musste man mehr bezahlen. Je mehr du erhieltest, umso mehr musstest du zahlen. Das war ein großartiges System ... Auch hatten die Übersetzer begonnen, gegen Leute für verschiedene kleine Vergehen Geldstrafen zu verhängen, und dieses Geld wurde zum Bezahlen von Kranken verwendet.

Trotzdem gefiel mir diese neue Regelung. Ich wusste, dass ich etwas Geld sparen konnte, um mir Winterkleidung zu kaufen. Als Erstes brauchte ich eine *Fufaika*, eine mit Baumwolle gefütterte Windjacke. Dann wollte ich eine Wintermütze mit langen Ohrenklappen, und schließlich einige Hosen, die auch mit Baumwolle gefüttert sein sollten. Doch das Wichtigste war die Windjacke, um meinen Oberkörper zu schützen. Der Wind war schneidend kalt in der Nacht. Man rechnete nun jeden Tag mit Schnee.

Wir fanden heraus, warum es plötzlich Geld gab: Einige Vorarbeiter hatten erfahren, dass unsere Löhne vorher immer dem Hauptmann übergeben worden waren. Was dieser, der Leutnant und die Übersetzer mit dem Rest des Geldes machten, nachdem die Rationen für das Lager bezahlt worden waren, wusste niemand. Es musste eine beträchtliche Summe gewesen sein, denn jeder Stollen hatte etwa zehn Gefangene, und es gab sechs Stollen mit drei Schichten pro Tag. Jedenfalls hatte der Vorarbeiter seine Entdeckung Sirienko berichtet, beide hatten sie sich beim *Golovoi* beschwert, und der *Golovoi* hatte den Oberst in Almazna angerufen, der für alle Minenlager verantwortlich war – und nun sollten wir unser Löhne bekommen.

Mitte Oktober erhielten wir eine Anzahlung. Ich bekam hundert Rubel. Einige Tage später ging ich zum Basar. Natürlich waren die Preise dort unverschämt hoch im Vergleich zu den regulären Preisen der Lebensmittel, wenn diese mit Essensmarken erworben wurden. Zum Beispiel kostete ein Kilogramm Brot mit einer Essensmarke einen Rubel, während es auf dem Basar dreißig Rubel kostete. Wenn ein Laib Brot drei Kilogramm wog, dann würde er etwa hundert Rubel oder rund fünfundzwanzig Dollar kosten.

Ein *Stakan* (etwa acht Unzen) Tabak bekam man für zehn Rubel, etwa zweieinhalb Dollar. Eine alte Prawda-Zeitung kostete zwischen zehn und zwanzig Dollar. So war auch das Rauchen teuer. Als ich zum ersten Mal den Preis von Milch auf dem Basar sah, lag dieser bei zwanzig Dollar, aber später ging er herunter auf zehn. Ein *Stakan* Salz kostete zehn Dollar. Ein *Stakan* Zucker vierzig Dollar. Fleisch war so rar, dass man gar nicht nach dem Preis zu fragen wagte. Auch Kleidung hatte Preise in schwindelerregender Höhe. Wie es diese Russen schafften, die Preise so hochzuschrauben, war erstaunlich, es schien keine Gesetze oder Beschränkungen zu geben, um diese zu kontrollieren. Es war ein geduldeter Schwarzmarkt. Nach einer Weile fand ich heraus, dass mit etwas Feilschen die Hälfte des Preises in Rubel und die andere Hälfte im Tausch gegen einen anderen Artikel bezahlt werden konnte. Das einzige Problem war, dass ein Gefangener nichts zum Tausch anzubieten hatte. Eine gebrauchte Windjacke aus zweiter Hand würde mich ungefähr zweihundert Dollar kosten.

Zweihundert Dollar – und ich hatte Aussichten, den Winter zu überleben.

So sehr ich mir auch eine Windjacke gewünscht hatte, so kaufte ich schließlich doch nur drei *Stakans* Maismehl, einen Liter Milch und einen halben *Stakan* Öl. Ich schlich mich heimlich zurück ins Lager wie ein Dieb und kochte mir ein Gebräu, das ich mit dem Öl vermischte. Mein Körper verlangte nach Fett. Ich hatte 50 Rubel übrig und rechnete mir aus, dass ich mit meiner nächsten Bezahlung genügend Geld haben würde, meine Windjacke zu kaufen.

Nach den Lagerregeln war es jeder Schicht gestattet, einmal pro Woche eskortiert von fünf Wärtern zum Basar zu gehen. Wie auch immer – schnell wurde uns klar, dass dieses Privileg ganz und gar von den Launen des Unteroffiziers oder der Wärter selbst abhängig war. Manchmal gingen wir überhaupt nicht. Manchmal, wenn die Wärter betrunken oder müde waren, begleiteten sie die Gefangenen bis zum Basar, führten sie außen herum und wieder zurück, ohne sie auf den Basar gehen zu lassen. Wie man sieht, war dies kein regelmäßiger Ausflug zum Einkaufen.

Ich selbst freilich hatte, seit ich alleine von der Mine nach Hause gehen durfte, die Gewohnheit, alle paar Tage an dem Basar Halt zu machen. Ich war voller Bewunderung und litt gleichzeitig, wenn ich all diese Lebensmittel anstarrte, weil ich doch nicht in der Lage war, auch nur irgendetwas davon zu kaufen. Ich begegnete immer wieder einigen meiner russischen Freunde dort, aber sie waren hier nicht so freundlich wie in der Mine oder zu Hause. Doch ich kannte den Grund: Sie wollten nicht mit einem Gefangenen gesehen werden. Es gab keine einzige Familie, die während des Weltkrieges nicht einen persönlichen Verlust erlitten hatte. Die Kämpfe hatten erst vor acht Monaten geendet. Ich sah ein, dass diese Leute Gründe genug hatten, mir feindlich gesonnen zu sein, die einen mehr, die anderen weniger, nur sehr wenige aber überhaupt nicht, war ich doch ein Gefangener aus einem verfeindeten Land.

Als ich am nächsten Tag nach dem Vorfall mit Sirienko zur Mine ging, fragte ich mich, wie er sich wohl mir gegenüber verhalten würde. Ich erblickte ihn während der ersten sechs Stunden meiner Schicht nicht, aber nachdem die Sirene erstmals läutete, fragte ich eines der Mädchen, ob sie ihn schon gesehen habe.

»Nein, Wanja, habe ich nicht«, antwortete sie, »aber er wird in den Minenbüros erwartet, und auch am Holzlager brauchen sie ihn.«

Eine weitere Waggonladung *Poroda* kam von der Mine herauf und ich war auf dem Weg nach oben zum Turm, um auszuleeren, als ich Sirienko die Straße herabkommen sah. Er blickte zum Turm herauf, doch ich sah woanders hin. Ich wollte nicht, dass er mich bemerkte, wie ich nach ihm Ausschau hielt. Er ging direkt zum Minenbüro.

Nach einer Weile kam ein weiterer Waggon herauf und auf meinem Weg nach oben zu dem Turm sah ich Sirienko zur *Atkatka* kommen. Er hielt bei der Werkstatt des Schmieds an, und als ich vom Turm herunterkam sah ich ihn. Er sah ein wenig verlegen aus und erhob seine Hand zum Gruß. Das sorgte dafür, dass ich mich wohl fühlte. Er war nicht mehr wütend auf mich. Als ich herunterkam, ging ich zu ihm hinüber und zeigte auf den Turm.

»Genosse Sirienko, es ist alles in Ordnung dort oben.«

»Ja, Wanja«, sagte er, »ich weiß, dass du auf deinen Bereich aufpasst, wenn ich nicht da bin. Ich wünschte mir, ich hätte mehr Arbeiter wie dich. Hier!« Er händigte mir eine Essensmarke für tausend Gramm Brot aus. Ich dankte ihm, und er sagte: »Gestern war ich betrunken. Vergiss, was ich zu dir gesagt habe. Ich habe immer noch Kopfweh.«

Seine Worte machten mich sehr glücklich. Ich ging hin, etwas Schlacke abzuladen, die angelangt war, während ich mit ihm redete. Als ich zum Turm hinaufging, sah ich, wie er zum Holzlager hinabging und auf seine übliche Weise dahintorkelte. Irgendwie mochte ich ihn sehr.

Achtes Kapitel

Gegen Herbstende lud mich Lisa, die auch auf der *Atkatka* arbeitete, zu sich nach Hause zum Essen ein. Von allen Mädchen interessierte sie mich am meisten. Ich spürte eine tiefe Melancholie in ihr und hatte das Gefühl, dass die endlos harte Arbeit allmählich ihre Seele zerstörte. Ich war mir nicht sicher, warum ich das fühlte. Vielleicht war es so, weil sie intelligenter wirkte als die anderen, aber ich glaubte zu sehen, wie sie jeden Tag etwas mehr verblasste.

Sie schien erfreut, als ich sagte, dass ich gerne käme, in der Hoffnung, dass ich an meinem nächsten freien Tag ohne Aufträge bliebe. Lisa lebte im selben Dorf wie Nikolai und Natascha, und auch sie kannte den Unteroffizier der Wärter, der ebenfalls dort wohnte. Sie sagte, sie würde mit ihm darüber sprechen und es mir erleichtern zu kommen. Am Tag vor meinem freien Tag war Lisa an der *Atkatka* und sagte, dass sie mich an dem Bach treffen wolle, sobald die Sirene das dritte Mal ertönte. Ich sagte niemandem etwas davon. Ich hatte ihr gegenüber liebevolle Gefühle. Der Unteroffizier der Wärter sprach mich am Morgen meines Ruhetages an und sagte mir, dass ich vor Einbruch der Nacht zurück sein solle.

Als die Sirene zum ersten Mal ertönte, ging ich zum Bach und setzte mich an meiner üblichen Stelle nieder. Ich begann, über Lisa nachzudenken. Sie hatte so wundervolle weiche blaue Augen. Im Westen würde sie als eine echte Schönheit gelten, aber hier in diesem düsteren Land war sie nur ein weiteres Mädchen, das in einer Kohlenmine arbeitete. Ich war gespannt auf ihr Zuhause und ob ihre Mutter und ihr Vater mich mögen würden. Bei welchen Luxusgedanken ich mich doch ertappte! Ein harter Winter klopfte bereits an die Tür, und ich gab mich hier sentimentalen Träumen hin.

Ich trat an das Ufer, zog mich aus und wusch mich gründlich. Dann zog ich meine Kleider wieder an und ging zurück zu meinen Platz unter den Bäumen. Als ich mich umdrehte, um mich niederzusetzen, sah ich Lisa. Sie trug eine einfache weiße Bluse und einen dunklen Rock und hatte einen roten Schal um ihren Hals. Sie sah wirklich wunderschön aus.

»Wie hast du mich gefunden?«, fragte ich.

»Ich kam ein wenig früh, und als ich am Bach entlang ging, hörte ich etwas plätschern. Als ich um die Kurve kam, sah ich dich, wie du dich gewaschen hast. Da habe ich gewartet, bis du fertig warst, und folgte dir hierher«, antwortete sie.

Während sie mir dies sagte, fühlte ich, wie ich ein wenig errötete. Sie merkte es mir an und sagte schnell: »Ich habe nicht die ganze Zeit zugeschaut. Ich habe nur gewartet, bis das Plätschern vorüber war, und dann bin ich dir mit etwas Abstand gefolgt.«

Ich war glücklich, dass sie schon so früh da war und wir eine Weile plaudern konnten. Sie setzte sich nieder, und ich fing an, ihr von meiner Heimat zu erzählen und wie sehr ich mir wünschte, dass wir beide gemeinsam dort wären und vor allem dieser Krieg nie begonnen hätte.

Plötzlich ertönte die dritte Sirene. Es war drei Uhr. Sie nahm meine Hand zwischen ihre Hände, während sie nur da saß und mich immerzu weiter reden ließ. Ich hätte nie gedacht, dass diese Begegnung so schön sein könnte.

Dann erzählte sie mir einiges über ihre Familie. Auch wenn alle schon vor dem Krieg hart gearbeitet hatten, so war es doch nicht so hart gewesen wie jetzt. Ihr Vater konnte nicht mehr arbeiten wegen seiner Kriegsverletzungen, und ihre Mutter war ebenfalls krank. Sie hatte zwei Brüder. Der ältere war Kriegsinvalide, er konnte seinen linken Arm und einen Fuß kaum bewegen. Der andere Bruder war erst zehn Jahre alt. Außer der kleinen Rente des Vaters und einer ebenfalls kleinen Kriegsrente, die der ältere Bruder von der Regierung bekam, verdiente Lisa das ganze Geld der Familie.

Bevor wir gingen, küsste ich sie, und sie sagte, dass wir nun besser zu ihr nach Hause gingen, denn es sei spät geworden und ihre Leute warteten. Die Art, in der sie »nach Hause« sagte, strömte warm durch meinen Körper. Hätte ich nur dieses Mädchen unter anderen Umständen in einem anderen Land kennengelernt ...

Sie fragte mich, ob es wirklich so schön sei dort, wo ich aufgewachsen sei. Sie bat mich auch, ihr einige Sätze auf Rumänisch beizubringen. Sie lernte die Worte schnell, und in kürzester Zeit neckte sie mich auf ihre zärtliche Art: »Ce face băiatul cu fata – Was macht der Junge mit dem Mädchen?« und lachte und lachte. Ich empfand eine große Welle der Zuneigung für sie.

Ihr Haus im Dorf war ein kleines Haus wie all die anderen. Ihre Eltern waren sehr freundlich. Ich konnte sehen, dass sie der Stolz der Familie war.

Ihr Vater hatte ein strenges, bärtiges Gesicht und klare blaue Augen. Er erwähnte, dass Lisa ihm gesagt hätte, dass Sirienko mich mochte. Er sagte, dass dies gut sei, denn Sirienko wäre ein sehr wichtiger Mann in der Mine. Dann saßen wir zu Tisch und aßen eine gute Kartoffel- und Krautsuppe. Lisas Mutter füllte meinen Teller mehrere Male und sagte, ich solle mir keine Gedanken machen, wenn ich etwas zu spät in das Lager zurückkäme, denn Lisa hätte mit dem Unteroffizier der Wärter darüber gesprochen.

Meine ganze Aufmerksamkeit galt Lisa. In mancher Hinsicht benahmen sich diese Leute, als wäre ich ein Verehrer ihrer Tochter, aber ich war nur ein Gefangener. Doch es waren wunderbare Menschen. Lisa musste ihnen nette Dinge über mich erzählt haben. Nach der Suppe gab es *Kascha* mit Röstzwiebeln und dann etwas Milch. Aus dem Samowar wurde Tee gereicht. Die Zeit ging schnell vorüber, und bald musste ich gehen. Nachdem ich mich bedankt hatte, gingen Lisa und ich nach draußen und sie begleitete mich einen Teil des Weges. Als wir uns trennten, küsste ich sie noch einmal. Es war sehr kalt, und ich rannte den ganzen Weg zurück zum Lager.

Dann kam der Schnee. Drei Tage und drei Nächte lang fiel er in dicken Flocken. Wie alles andere im Land der großen Mutter Russland kam auch der Winter gewaltig daher.

Zuhause hatte ich mich immer auf den ersten Schnee gefreut. Sogar jetzt schaute ich gerne auf die einzelnen Flocken, wie sie zum Boden hintanzten. Wenn sie auf etwas Warmes fielen, wie etwa eine Handfläche oder ein Gesicht, so folgte sogleich der Tod. Wenn sie auf den schneeweißen Boden auftrafen, dann überlebten sie, bis der warme Frühling sie alle vernichtete. Doch dieses Mal bedeutete der Schnee eine unheilverkündende Stille. Während ich oben auf dem Turm arbeitete, sah ich in den Himmel und betrachtete Millionen tanzender Flocken; dabei dachte ich, dass diese besser schwarz gewesen wären, sollten sie doch unweigerlich den Tod für alle geschwächten Gefangenen bringen.

Nachdem es zu schneien aufgehört hatte, fielen die Temperaturen steil ab. So weit das Auge sehen konnte, bedeckte eine weiße Schicht Russland. Wenn die Sonne schien und ich von meinem Turm aus auf die Tagesschicht sah, blendete das helle Weiß. Wenn ich länger als eine Minute auf den glänzenden Schnee blickte, begannen meine Augen zu schmerzen. Ich fragte mich, wie dies bei der Nachtschicht war. Ich sollte es bald herausfinden.

Ich hätte nicht geglaubt, dass der Turm so gut funktionieren würde, wie er es tat, aber es gab keine Schwierigkeiten, bis eine Woche später, als es noch viel kälter und der Schnee fester wurde. Während der nächsten drei Wochen lernte ich diesen verdammten Turm wirklich zu hassen. Zehn Tage nach Einsetzen der Schneefälle wurde ich wieder in die Nachtschicht versetzt. In der ersten Nacht musste ich 64 Tonnen *Poroda* abladen. Der *Poroda*-Wagen entgleiste einige Male aufgrund des Eises, das sich auf den Schienen genau unterhalb der Rutsche gebildet hatte, über die die *Poroda* vom Minenwagen aus nach unten befördert wurde. Man konnte nur den Waggon von Hand entladen, ihn wieder auf die Gleise stellen, von Hand wieder beladen und ihn dann auf den Turm hochziehen, damit er dort wiederum entladen werden würde – dies alles nahm viel Zeit in Anspruch; während ich an einem entgleisten Waggon arbeitete, kamen manchmal zehn oder zwanzig weitere Ladungen *Poroda* aus der Mine heraus.

Der Wagen entgleiste in dieser Nacht dreimal. Es war sehr windig. Der Schnee ächzte und knirschte, wenn ich meine Füße darauf setzte. Meine Ohren waren halb erfroren und meine Hände taub. Es muss etwa fünf Uhr morgens gewesen sein, als ich bemerkte, dass Sirienko mir zusah.

Er stand neben der Rutsche. Ich hatte keine Ahnung, wie lange er schon dort gestanden hatte. Als er sah, dass ich bemerkt hatte, blickte er düster drein und sagte: »Wanja, um sieben Uhr werden wir gehen und schauen, ob wir etwas für dich tun können.«

Um zehn nach sieben war ich mehr tot als lebendig, nachdem ich vierundsechzig Waggons *Poroda* abgeladen hatte. Ich fühlte es, unmittelbar nachdem ich die Arbeit beendet hatte. Sirienko brachte mich zum Ausstattungslager der Mine. Er gab mir eine schöne russische Mütze mit Ohrenklappen, die meine Stirn, den Kopf, die Ohren, die Wangen und das Kinn schützten. Er gab mir auch einige aus festem Stoff hergestellte Handschuhe, zwei neue Paar Galoschen und einige neue Gummihosen, die mit ungekämmter Baumwolle gefüttert waren. Was ich aber wirklich brauchte, war eine Pelzjacke. Alle vier Russen in den anderen beiden Schichten hatten solche, aber Sirienko sagte mir, er könne mir keine geben, da ich ein Gefangener sei. Das war es dann. Ich hatte mit Sirienko in den letzten Monaten mehrmals über meine Furcht vor dem Winter gesprochen, aber er hatte zu viele Dinge am Hals, und nun sah es so aus, als ob ich keine Pelzjacke bekommen könnte.

Ich beschloss, ins Innere der Mine zu gelangen, um dort zu arbeiten, denn wenn ich den Winter auf dem Turm verbringen würde, bedeutete das meinen sicheren Tod.

Es arbeitete ein Mädchen in der Mine namens Vasya, mit der ich öfter redete. Ich fand heraus, dass sie einen Vetter hatte, der im sechzehnten Stollen Vorarbeiter war. Ich beschloss, sie zu fragen, ob der Vetter irgendetwas unternehmen könne, damit ich in die Mine versetzt würde. Denn es gab eine Sache, bei der Sirienko überhaupt nichts tun konnte: So hatte der Vorarbeiter in der jeweiligen Kohlenförderung immer das erste Vorschlagsrecht bei der Auswahl seiner Arbeiter. Auch wenn ich alleine die Arbeit von zweien verrichtete, so hantierte ich doch mit *Poroda*, nicht mit Kohle. Zu jener Zeit förderte der sechzehnte Stollen am meisten in der Mine, und der entsprechende Vorarbeiter war beim Golovoi sehr geschätzt.

Eines Nachts erwarteten mich bei Arbeitsbeginn achtzehn Waggons, welche die vorherige Schicht mit zwei Männern nicht hatte abladen können. Sie waren stark in Verzug. Was konnte ich also anderes tun, als nach oben zu gehen, den jeweiligen Waggon zu rütteln, hart zu stoßen und hochzuhieven, damit er überkippte; ihn dann zurückzukippen und nach unten zu befördern. Dieses Stoßen und Heben wurde immer härter und schwerer, da ich immer schwächer und hungriger wurde und ich immer mehr durchgefrorener war. Jeden zweiten Tag fragte ich Vasya: »*Nichevo novaya* – Nichts Neues von Nikolaevich?« Und bisher war ihre Antwort immer negativ.

Meine neuen Galoschen, die ich selbst zusammengenäht hatte, waren sehr schön. Sie hielten meine *Partyanki,* meine Fußlappen, zusammen. Aber natürlich war stets etwas Schnee in den Falten der Fußlappen und in den Hosen, die von Drahtbügeln zusammengehalten wurden. Als ich die *Budky,* die Bretterbude, betreten konnte, schmolz der Schnee im flackernden Licht des rot glühenden Ofens. Nach zwei oder drei Minuten musste ich wieder nach draußen gehen und wieder eine Runde drehen, und schon bei dieser einen Runde würde die Nässe wieder gefrieren.

Diese Winde, diese sibirischen Winde, sie pfiffen durch mein Rückgrat, durch meinen leeren Magen, sie heulten und rasten und zischten, schleuderten dabei auf brutale Weise Schnee in meine Augen und in mein Gesicht. Ich fragte mich immer wieder, ob es auf dieser Welt noch einen warmen Ort gäbe, einen Ort, wo ich so viel essen könnte wie ich wollte, so dass ich diese schreckliche kalte Leere nicht mehr spüren müsste? Jeden Tag sagte ich mir: Nach diesem Winter wirst du fliehen. Komm nur durch diesen Winter. Nur durch diesen einen Winter.

Eines Tages dann, nachdem seine Schicht beendet war, kam Vasyas Vetter zu mir herauf.

»Wanja, hast du in einer Mine gearbeitet, bevor du zur Mine 28 geschickt wurdest?«

»Ja, Nikolaevich, ich habe in der Mine 31 gearbeitet.«

»Als was?«

»Als Belader.«

»Ich weiß, du bist ein guter Arbeiter«, sagte er, »aber Sirienko wird sich mit aller Kraft gegen deine Versetzung wehren. Unsere einzige Chance ist, dass der *Golovoi* ihn nicht mag. Vielleicht versetzt er dich deswegen. Du wirst doch gut für mich arbeiten, Wanja, wenn du versetzt wirst, oder?«

»Ja, Nikolaevich, ich werde mein Bestes geben wie immer. Nur eine Sache: Kannst du mir den Gefallen tun und niemandem sagen, dass ich um Versetzung gebeten habe und vorgeben, dass du mich haben willst, weil ich ein guter Arbeiter bin? Sonst wäre Sirienko sehr böse auf mich.«

»Natürlich!« Er zwinkerte mir zu und ging, wobei er sagte: »Wir werden das Ergebnis in ein paar Tagen erfahren.«

Am nächsten Tag gab es einen Einsturz im vierzehnten Stollen. Ein Russe und zwei Gefangene wurden verschüttet. Sie wurden geborgen, waren aber alle tot, so platt wie drei zusammengenagelte Bretter.

Ich fragte mich, was in aller Welt ich machen sollte. Einige der anderen jüngeren Gefangenen, denen ich meine Pläne anvertraut hatte, sagten, dass ich verrückt wäre, wenn ich versuchte, in die Mine zu kommen. Ich verstand sie gut; es war nicht nur die ständige Gefahr mit Tausenden von Tonnen an Erde und Felsen über deinem Kopf zu arbeiten. Ich wusste, was eine Mine bedeutete, vor allem eine nasse. Es war fürchterlich, in die schreckliche Kälte nach draußen zu kommen, nachdem du acht Stunden lang vollgeregnet wurdest. Sie hatten recht, und doch wusste niemand, wie es auf dem Turm ohne warme Kleidung war. Ich hatte wirklich keine Wahl.

Zwei Tage nachdem ich mit Nikolaevich gesprochen hatte, spürte ich Sirienkos Kälte. Zum ersten Mal ging er an mir vorüber, ohne ein »*Kak dela*, Wanja?«. So wusste ich, dass der *Golovoi* mit ihm gesprochen hatte und er mich nun verdächtigen würde, um meine Versetzung gebeten zu haben, worüber er sich jedoch nicht sicher sein konnte. Auf jeden Fall war die Schlacht eröffnet. Es war viel Stolz im Spiel, denn normalerweise setzte er seinen Kopf beim *Golovoi* durch. Wenn es nur um die Frage eines Gefangenen gegangen wäre, sogar eines wichtigen Gefangenen, dann hätten sie wahrscheinlich nicht so viel Zeit verloren für die Diskussion, aber es war ein Prinzip in Gefahr.

Am nächsten Tag, als ich vom Turm herunterkam, sah ich, wie Sirienko aus der Richtung des Büros des *Golovoi* auf die *Atkatka* zukam. Er grüßte mich nicht, sondern fluchte nur irgendetwas in dem Sinne, dass ich, wenn ich fertig wäre, mit ihm zum *Golovoi* gehen würde. Den ganzen Tag nun baute sich Nervosität in mir auf, doch am Ende meiner Schicht stellte ich plötzlich fest, dass das unnötig war, und für eine Minute oder so kam eine seltsame totale Leere über mich – es konnte mir in diesem Moment nicht gleichgültiger sein, was sie beschließen würden. Doch das ging vorüber. Als ich mit Sirienko zum Büro des *Golovoi* lief, war ich immer noch ziemlich ruhig. Wenn sie mich etwas fragten, so würde ich ihnen antworten. Ich wusste, dass ich ein wertvoller Gefangener war. Die Tatsache, dass sie mich zum Büro des *Golovoi* bestellt hatten, war etwas Außerordentliches.

Als wir ankamen, sah ich, dass auch Nikolaevich anwesend war. Er saß auf einem Stuhl. Der *Golovoi* saß hinter einem riesigen Schreibtisch. Er gab Sirienko ein Zeichen, sich hinzusetzen, zwinkerte mir mit einem Lächeln zu und sagte: »*Kak dela*, Wanja?« Dann wandte er sich Sirienko zu und fragte: »Warum macht ihr so viel Aufhebens um einen Arbeiter?«

»Genosse Golovoi, Sie wissen genauso gut wie ich, was dieser für mich leistet. Ich bräuchte zwei Männer, um ihn zu ersetzen.«

»Aber er ist nur ein Gefangener. Wie kann er so wichtig sein, und warum brauchen Sie zwei Männer, um ihn zu ersetzen?«

»Ich habe zwei Russen auf dem Turm in dieser Schicht und zwei Russen dort in der nächsten Schicht. Manchmal steckt einer fest, aber Wanja nie. Er bewältigt das alleine. Ich habe selbst versucht, einen Waggon oben auf der Halde auszukippen, und ich weiß nicht, wie er es schafft. Er ist einfach sehr kräftig, und ich brauche ihn auf dem Turm.«

»Aber schau doch, wie dünn er ist. Vielleicht sind die vier Russen nur faul. Ich verstehe das nicht.«

»Na schau, lassen Sie uns jetzt einmal dorthin gehen, und versuchen Sie selbst, den Waggon auszukippen. Ich möchte gerne sehen, wie Sie das alleine schaffen. Dann soll Wanja es vorführen, und Sie werden sehen, was ich meine. Auf geht's.«

»Sie wissen, ich bin ein sehr beschäftigter Mann. Wenn Wanja so ein guter Arbeiter ist, dann lass ihn doch für Nikolaevich arbeiten. Unser sechzehnter Stollen ist der produktivste Stollen. Er gibt uns die meiste Kohle, und ich denke, Wanja nützt uns dort mehr, als wenn Sie ihn auf dem *Poroda*-Turm behalten. Wenn Sie ihn nicht ersetzen können, werde ich ihn nach einiger Zeit zurückgeben.«

»Ich weiß nicht, wer für all das verantwortlich ist, aber wenn Sie ihn abziehen, will ich zwei andere Männer, und ich will sie heute noch. Und es sollen keine Gefangenen sein. Ich will, dass es Russen sind.«

»Ich werde sehen, was ich tun kann«, sagte der *Golovoi* schließlich, und zu mir sagte er: »Schau zu, dass du für Nikolaevich genauso gut arbeitest.«

Es war einfacher, als ich gedacht hatte. Als wir nach draußen gingen, sagte niemand ein Wort. Sirienko lächelte ein wenig, aber er war still. Nikolaevich hielt draußen an und nahm mich am Arm. Als sich die Tür des *Golovoi*-Büros schloss, spürte ich, dass ich einem kalten Tod entronnen war. Aber ich wusste auch, dass meine Privilegien dahin waren. Ich würde nicht mehr von der Arbeit zurück laufen können, so wie ich wollte. Ich verspürte eine Spur des Bedauerns.

Nikolaevich sagte, ich hätte am nächsten Tag mit der ersten Schicht die Arbeit aufzunehmen. Ich bräuchte mir keine Sorgen über Sirienko zu machen, der würde sich heute wahrscheinlich betrinken, dann wie ein Bär schlafen und morgen wieder mein Freund sein. Was für ein Optimismus!

Zweites Buch

Neuntes Kapitel

Ich war wieder bereit für die Mine. Ich war mir sicher, dass ich wacker standhalten würde, und schlief in dieser Nacht ruhig und friedlich. Um sechs Uhr morgens war ich fertig, um mit dem Rest der Gefangenen zur Arbeit zu gehen.

Der sechzehnte Stollen war der tiefste. Die Stollen starteten mit dem neunten und verliefen paarweise. Der elfte war der erste Stollen, in dem gegenwärtig gearbeitet wurde; der neunte Stollen war eingebrochen, und der zehnte wurde zur Lagerung benutzt. Wir stiegen über die Leitern hinab, was sehr anstrengend und schmutzig war. Ich hatte von Nikolaevich eine Lampe bekommen. Sie hing um meinen Hals, und ich atmete den Rauch von brennendem Kerosin ein, ein schon altbekannter Geruch. Als wir zum sechzehnten Stollen kamen, sah ich zu meiner Überraschung Lisa, die auf der Plattform arbeitete und mit dem Telefon und den Signalen für die Wagen hantierte. Sie lächelte und versicherte mir, dass wir uns so oft wie früher sehen würden. Ihre Freundlichkeit linderte meinc innere Anspannung ganz wesentlich.

Der Stollen, in dem ich arbeitete, war ein trockener, und ich erfüllte meine Norm von vierzehn Tonnen leicht. Ich arbeitete als Belader und schaufelte die herausgebrochene Kohle in eine Rutsche, zusammen mit einem großgewachsenen deutsch-rumänischen Kollegen namens Omar. Ich musste mich ein wenig umsehen, um eine Schaufel zu finden, die so gut war wie seine. Die Schaufel, die mir Nikolaevich gegeben hatte, war zu klein. Die Schaufel musste groß sein, um keine Kraft zu vergeuden. Sie musste außerdem versteckt werden, denn die Arbeiter hielten immer Ausschau nach Schaufeln, Hämmern und langen Meißeln. Auch der beste Arbeiter ist praktisch nutzlos mit schlechtem Werkzeug. Omar zeigte mir sein Versteck, und ich machte es auch zu meinem.

Drei Tage nach meiner Versetzung in die Mine begegnete ich zufällig Sirienko. Er sprach gerade mit einem Mädchen namens Katya, die auf dem Podest arbeitete. Er rief mich hinzu. Er war leicht angetrunken. Er zeigte mir, wie ich nach der Arbeit zwischen den Wagen auf eine Bahn aufspringen konnte, die aus der Mine herausfuhr, um nach oben zu gelangen. Das würde mir ersparen, über die Leitern zu klettern. Sirienko ermahnte mich, mich ausreichend niedrig hinzukauern, denn einmal sei ein russischer Arbeiter nicht niedrig genug gefahren, und ein von der Decke herabragender Stützbalken habe seinen Kopf abgetrennt. Die Wagen fuhren mit 40 Kilometer pro Stunde, und er war regelrecht zerstückelt, als er auf der *Atkatka* ankam.

Ich war überglücklich, dass Sirienko immer noch mein Freund war. Ich wusste, dass so mitzufahren von ihm und dem *Golovoi* strikt verboten worden war, insbesondere seit dem Unfall mit dem russischen Arbeiter. Nach einigen Monaten konnte ich leicht auf fahrende Bahnen aufspringen, ob diese nun nach oben oder abwärts fuhren. Einige der Russen einschließlich Nikolaevich beklagten sich bei Sirienko:

»Warum lässt du ihn das machen? Er könnte sich verletzen. Und wenn du ihn mit der Bahn fahren lässt, warum kann ich es dann nicht auch tun? Schließlich ist er nur ein Gefangener!«

»Na, schau«, antwortete Sirienko, »Wanja kann das machen. Er ist sehr schnell, und ich kenne und vertraue ihm.«

Meine größte Sorge war es, Sirienkos Freundschaft zu verlieren. Nun schien es so, dass er mich nach wie vor mochte. Ich hatte meine Zweifel, ob er überhaupt wusste, wie viel Zuversicht er mir gab.

Ich hatte eine neue Welt betreten. Nach einer guten Woche fühlte ich mich auf der sechzehnten Ebene akzeptiert und bei den russischen Arbeitern sogar beliebt. Omar und ich arbeiteten als Belader oder wo sie uns sonst einsetzten. Er sprach nicht viel, und es gab auch nicht viel, worüber zu reden war. Im Laufe der Zeit wuchsen wir zu einem eingespielten Team zusammen. Während wir gemeinsam schwitzten und arbeiteten, wurde Omar ein enger Freund.

Entgegen meiner Befürchtungen behielt ich mein Privileg, alleine zum Lager laufen zu dürfen. Alle Wärter kannten mich, und sie kamen gar nicht auf den Gedanken, dass ich Fluchtgedanken haben könnte. Die Tatsache, dass ich mittlerweile leidlich Russisch sprach, half, die Barriere abzubauen, mit der die meisten anderen Gefangenen konfrontiert waren.

Sirienko stand eines Tages auf der *Atkatka*, als ich nach der Arbeit herauskam. Ich sah sofort, dass auf dem Turm etwas nicht in Ordnung war. Etwa zwanzig Waggons voll *Poroda* warteten darauf, abgeladen zu werden. Sirienko sagte zu mir:

»Wanja, du siehst, was passiert ist, seit du mich verlassen hast. Ich hänge fest mit diesen Türken. Ich habe zwei an deiner Stelle, und seit du weg bist, sind sie jeden Tag steckengeblieben. Schau dir all diese *Poroda* an. Über zwanzig Waggons warten darauf, abgeladen zu werden.«

»Ich fahre mit dem nächsten Waggon nach oben und sehe nach, wo das Problem liegt.«

Auf dem Weg nach oben auf den Turm sah ich nichts Defektes. Der Wind war schneidend wie ein Messer, als ich oben ankam. Als der Waggon hielt, fing er an, seitlich zu entgleisen und sprang aus den Schienen. All dies ging sehr langsam vonstatten. Ich sah, dass eine der Schienen etwas locker war. Ich lud die *Poroda* schnell ab. Und dies gerade rechtzeitig, denn wenn der Waggon leer war, dann war er nicht schwer genug, um die Schiene nach außen zu drücken. Er fuhr die Schienen ruhig wieder hinab. Als ich nach unten kam, erklärte ich Sirienko, wo der Fehler lag. Er schickte einen der Russen zum Schmied, um vier Schienennägel und einen Vorschlaghammer zu besorgen. Sobald die Russen zurückkamen, fuhr ich mit einem leeren Waggon nach oben. Als ich an der kritischen Stelle ankam, schlug ich die Nägel in die Schwellen auf beiden Seiten der Bahn, so dass diese wieder sicher war. Um sicherzugehen, dass die Schienen nun gut befestigt waren, machte ich danach einige Fahrten auf den Turm hinauf und wieder hinunter. In fünfzehn oder zwanzig Minuten hatte ich die ganze *Poroda* abgeladen. Die beiden Russen starrten mich zornig an, während Sirienko sie verfluchte.

Sirienko nahm mich mit zum Speisesaal, wo ich ein Kilogramm Brot und zwei heiße Schüsseln *Borschtsch* erhielt. Ich war vollständig durchgefroren. Er erwähnte wieder, dass ich ihn nicht hätte verlassen sollen, aber ich antwortete: »Sieh mich an, Vassilivanovich, ich war weniger als eine Stunde auf dem Turm und bin schon völlig durchgefroren. Wie könnte ich das einen ganzen Winter lang durchstehen?«

Er nickte verständnisvoll.

»Ich weiß, Wanja, aber ich kann nicht mehr für dich tun, als ich bisher getan habe.«

Im Waschraum konnten Omar und ich nach unserer Schicht miteinander reden. Eine Zeit lang sprachen wir über unsere Arbeit, aber schließlich ...

»Wenn wir hier Essen hätten wie zu Hause«, sagte Omar, »mit viel Fett und Fleisch und Kartoffeln, um wie viel stärker könnten wir sein und wie viel besser könnten wir arbeiten!«

Unsere Gespräche drehten sich vor allem darum, wieder daheim zu sein und uns dort zu treffen. Wir würden zusammen kochen und speisen. Wir erfanden Gerichte, an die noch kein Chefkoch je gedacht hatte.

Omar war ein Riese von einem Mann, auch wenn er extrem unterernährt war wie der ganze Rest von uns allen. Er sprach im Lager selten. Er offenbarte nur in der Mine ein wenig von sich selbst, wenn wir für einige Minuten unter uns waren. Wir schaufelten zusammen einen Monat lang Kohle, dann wurden wir zur Arbeit als *Budshchiks* versetzt, die die Stollen abstützten. Während unseres Monats bei der Kohle erlangten Omar und ich Rekordlöhne. Jeder von uns erhielt achthundertsechzig Rubel. Die Tatsache, dass wir so viel verdienten, mag mit ein Grund dafür gewesen sein, dass wir versetzt wurden. *Budshchiks* hatten ein festes Gehalt. Die Qualität ihrer Arbeit wurde daran gemessen, ob es Einstürze gab oder nicht.

Die Kohleader wurde seitwärts vermint. Es gab eine fast einen Meter dicke Kohleschicht, die in einem 45-Grad-Winkel geneigt war. Deshalb war die Mine auch so angelegt, wie sie es war, mit den verschiedenen Ebenen und dem Hauptgefälle von 45-Grad-Winkeln. Alle hundert Meter lag eine Ebene, denn die einzelnen Ebenen konnten aus praktischen Gründen nicht länger sein.

Wenn ein Abschnitt der Kohleader ausgeschachtet war, musste der Hohlraum mit etwas aufgefüllt werden. Die Stützen waren nicht stark genug, um das enorme Gewicht der Erde tragen zu können, und sobald sich der Grund setzte, würden die Stützbalken zusammenbrechen. Einmal sah ich einen Stützbalken vom Durchmesser eines Oberschenkels so leicht zerbrechen, wie ein Mann ein Streichholz mit den Fingern zerbrechen kann. Um den Grund zu stützen, mussten *Budki* errichtet werden. Das waren feste Wälle von *Poroda*, die fünf bis zehn Meter breit waren und im Durchmesser wie die Stollen, die ohne Unterbrechung von der Hauptneigung aus verliefen, wo man mit dem Abbau begonnen hatte. Jeden Tag wurde die *Budka* in dem Maße, in dem die Ader zurückwich, um zwei oder drei Meter auf der anderen Seite der Stollen verlängert. Es wurden niemals mehr als neun Meter an Stollen leer gelassen. Die für den Bau der *Budki* nötige *Poroda* erhielt man durch Heraussprengen der Zwischenräume mit Dynamit.

Die Arbeit als *Budshchik* bedeutete härtere Arbeit und mehr Gefahr als die Arbeit an der Kohle. Ein *Budshchik* arbeitete auf einem Territorium, wo der Grund schon ächzte und stöhnte und die Stützbalken knarzten. Er musste doppelt so aufmerksam sein wie ein Arbeiter auf der anderen Seite des Stollens. Ich hatte immerzu Wunden am Rücken vom plötzlichen Aufspringen. Nach jedem heftigen Aufprall sagte ich mir, dass ich nächstes Mal vorsichtiger sein musste. Aber sooft ich ein verdächtiges knarzendes Geräusch hörte, sprang ich instinktiv auf. Ich fand keine Lösung. Omar hatte die blauen Flecken an denselben Stellen.

Der Bereich oberhalb der *Budka*, von wo die *Poroda* herausgesprengt wurde, war der einzige Ort, wo Omar und ich uns ausstrecken konnten. Es war ein Luxus aufzustehen und sich ein- oder zweimal zu strecken, bevor wir die Mine verließen. Aber wir konnten uns nie wirklich sicher fühlen, denn wir hatten zwei oder drei Meter lange Brocken *Poroda* ohne Vorwarnung herabbrechen sehen. Diese mussten fünfzehn oder zwanzig Tonnen schwer gewesen sein. Wenn du von etwas von dieser Größe getroffen wirst, bist du natürlich alle Sorgen los. Doch als Omar und ich erst einmal gemeinsam schwitzten, geschah nichts Außergewöhnliches, und der neue Job wurde bald monoton und langweilig.

Wenn ich nach der Schicht zum Lager lief, beschäftigte ich mich mit Tagträumen. Im Gegensatz zu den meisten Gefangenen kam ich aus einem Haus mit Büchern, und ich war ein unersättlicher Leser von Abenteuer- und Kriminalromanen. Nun tauchten diese Geschichten in meiner Vorstellung auf – die Bände von Sherlock Holmes, die Tarzan-Bücher, die exotischen Romane von Karl May – und kamen mir zu Hilfe. Ich konnte mich in diese Fantasiewelten flüchten, und das tat ich auch oft. Der geistige Schatz, den mir diese großen Schriftsteller geschenkt hatten, hielt meine Lebensgeister wach.

Diesen Winter fing ich an, einige dieser Geschichten Getz und fünf oder sechs anderen Gefangenen zu erzählen, die um den glühenden Lagerofen herum saßen. Ich erzählte von Edmond Dantes, seiner Zelle in dem schrecklichen Chateau D'If, seiner Flucht und schließlich seiner Rache als Graf von Monte Christo. Sie hingen an meinen Lippen und fragten mich immer wieder: »Ist es wahr? Ist es wirklich wahr?« Und ich schwor stets, dass es so sei. Für kurze Zeit nahm ich sie in Gedanken mit in die Ferne, und es bereitete mir Vergnügen, sie aus Stalins Reich zu entführen. Die Augen von Getz und seine Aufmerksamkeit waren für mich die schönste Belohnung, die ich kannte.

Ich selbst hatte noch andere Träume. Manchmal stellte ich mir vor, sobald der Frühling gekommen war, Sirienko aufzusuchen und ihm zu sagen, dass ich Lisa heiraten möchte. Zurück auf dem Turm würde ich anfangen, zwei Schichten pro Tag zu arbeiten. Wenn ich alleine die Arbeit von vier Männern erledigte, wäre es nur eine Frage der Zeit, bevor ich die Aufmerksamkeit von jemand Wichtigem auf mich ziehen würde. Dann träumte ich, dass ich nicht länger ein *Porodchik* bleiben würde. Ich wäre dann in der Lage, Lisa und ihrem invaliden Vater und der kranken Mutter zu helfen. Sie müsste nicht mehr in der Mine arbeiten und könnte für mich das Haus hüten. Ich war mir sicher: Wenn ich Lisa meiner Mutter vorstellte, würden sich beide trotz der Sprachbarriere mögen. Ich wusste nicht warum, aber ich war mir sicher, dass meine Mutter sie lieben würde.

Manchmal klammerte ich mich an diese Träume mit einer Inbrunst nahe der Verzweiflung. Jeden Tag war ich mit den harten, kalten, brutalen Fakten in der Mine und im Lager konfrontiert, wo die

Lebensbedingungen immer schlechter wurden und die Moral tiefer und tiefer sank. Es gab immer mehr Tote.

Eines Tages bat uns der Übersetzer, bevor wir zu unserer Nachmittagsschicht aufbrachen, ihm bei einem Mädchen zu helfen. Das Mädchen war seit einigen Wochen in einer Art Schreckstarre. Fast alle Frauen und Mädchen waren auf dem Weg zu einer solchen Schreckstarre, aber dieses bestimmte Mädchen, die Tochter eines Lehrers meines Lyzeums, war viel schlimmer dran. Sie hatte ihre Kopfbedeckung seit Monaten nicht abgenommen, und einige der anderen Mädchen sahen Läuse an ihrem Hals herabfallen. Sie berichteten dem Übersetzer davon, und er bat uns, für ihn herauszufinden, was mit ihr los war.

Sie lehnte es ab, mit uns hinauszugehen. Omar musste sie nach draußen tragen, sie leistete nicht lange Widerstand. Der Übersetzer stand daneben, während Omar sie festhielt, und ich nahm ihr die Kopfbedeckung ab.

Ihr Kopf bot einen abscheulichen Anblick. Die Schicht der Läuse war etwa einen Zentimeter dick. Sie weinte leise. Der Übersetzer ging weg und kam mit einer Schere zurück, die er mir gab, damit ich ihr die Haare abschneiden konnte. Ich steckte sie in diese Schweinerei von Läusen hinein und schnitt und schnitt. Dann gab ich die Schere Omar, denn ich fühlte mich plötzlich matt. Ich hielt sie an den Schultern fest, und Omar schnitt weiter. Der Übersetzer war noch einmal weggegangen und kam mit Kerosin zurück. Er sagte Omar, er solle ihr damit den Kopf waschen, und sogar Omar, der Hüne, sah blass aus. Ich nahm die Flasche mit Kerosin, verteilte es auf ihrem Kopf und fing an zu rubbeln und zu schrubben. Die Läuse fielen zu Tausenden vor meine Füße. Ihre ganze Kopfhaut war eine schreckliche Wunde aus Blut, Läusen und Kerosin. Dann kam eine Krankenschwester und führte das arme Mädchen weg zu einem der Wachräume, um sie medizinisch zu versorgen. Die Hälfte aller Bewohner der Baracken war draußen und hatte alles mit angesehen. Der Übersetzer setzte die kriechende Masse aus Läusen und Kerosin am Boden in Brand. Ich fühlte mich etwas besser, als ich diese Drecksviecher in Flammen aufgehen sah.

So war es, wenn jemand sich aufgegeben hatte. Aber zu unserer Überraschung kam das Mädchen schlagartig wieder zu sich, und nach einer Weile begann auch ihr Haar wieder zu wachsen. Diese Erfahrung hatte sie wahrscheinlich jäh ins Leben zurückgeworfen. Alle von uns hatten Läuse, und im Desinfektionsraum neben dem Badehaus war die Temperatur nie die richtige. Entweder war sie zu hoch oder zu niedrig. Wenn die Temperatur zu hoch war, zerstörte sie die lumpige Kleidung, die wir trugen, und wenn sie zu niedrig war, war es nett und warm, half aber den Läusen dabei, sich noch schneller zu vermehren. Der Desinfektionsraum wurde zur Zuchtfarm für die Läuse. Du konntest nichts tun, um sie zu bekämpfen. Sowie du eine getötet hattest, nahmen zehn neue deren Platz ein. Sie legten Hunderte Eier und über Nacht gab es Hunderte frischgeschlüpfter Läuse. Du konntest sie gar nicht alle töten, man konnte nur die eigene Kleidung ausschütteln, und die Mehrzahl fiel herunter. Dann und wann tötete man einige, um den Anschein zu wahren. Ich hasste sie.

Zehntes Kapitel

Allmählich ließ die Kälte nach. Zunächst war der Wetterwandel noch schwach, aber von Tag zu Tag gab es weniger Schnee. Der uns dem Gefühl nach ewig umgebende Feind brach sein Lager ab und zog sich zurück. Es war wunderschön, die ersten Zeichen grünen Lebens zu sehen. Wie im Jahr vorher schien der Frühling jeden wiederaufzubauen. Das gab uns Hoffnung, und man konnte gelegentlich wieder etwas Gelächter um den Ofen herum hören.

Ich hatte weiter Kontakt zu Lisa und den anderen russischen Mädchen, mit denen ich mich im vorherigen Sommer angefreundet hatte. Sie arbeiteten auf den *Plitas* (Plattformen) auf jeder Ebene und kontrollierten die Signale an der großen *Libjotka*, jener Winde, die die Kohle aus der Mine herausbeförderte. Sie waren immer noch genauso freundlich, wie sie es waren, als ich noch für Sirienko gearbeitet hatte – abgesehen von Katya, die viel freundlicher war. Als sie mich sah, stieß sie einen Schrei aus:

»Wanjuschka, komm her, lass mich dich anschauen!«

Sie kniff mich manchmal in die Wange, und wenn keine Russen dabei waren, küsste sie mich zweimal. Das ließ mich aufgerüttelt zurück. Ich wusste, dass Katya Sirienkos Geliebte war, und Sirienko war mein Beschützer. Auch wenn ich ihn verlassen hatte, war ich doch weiter von ihm abhängig.

Ich dachte an Katyas freimütigen Annäherungsversuch im vorherigen Sommer. Sie erinnerte mich auch an unseren gemeinsam verbrachten freien Tag. Sie hatte die Möglichkeit erwähnt, mich nach Hause mitzunehmen, ein vorzügliches Mahl zu kochen und dann ... Ich war rot geworden und lachte. Sie ließ das Thema fallen, aber offensichtlich hatte sie es nicht vergessen. Nun deutete sie an, dass wir uns an meinem nächsten freien Tag treffen sollten.

Mir war unklar, was sie wohl an mir schätzte. Niemand wusste besser als ich, wie geschwächt und unterernährt ich war, von dem Schmutz, den Läusen und meinen zerlumpten Klamotten ganz zu schweigen. Selbst das ärmste unter den russischen Mädchen wie Lisa lebte ein wesentlich besseres Leben als wir Gefangenen. Wenn ein Mädchen viel freie Zeit zur Verfügung hatte, dann war das Novum des Flirtens mit einem Gefangenen vielleicht anziehend für sie. Aber wenn sie einige Kilometer zur Arbeit zu gehen hatte und acht Stunden hart arbeiten musste, wie konnte sie noch diese Neugier haben oder das Begehren empfinden? Oder hatte sie einen raffinierten Plan im Kopf? Ich musste sehr vorsichtig sein oder die ganze Situation könnte mir entgleiten.

So ausgehungert und geschwächt ich war, nahm ich kaum wahr, dass eine Frau attraktiver als die andere war. Schon dachte ich an das hübsche deutsche Mädchen, Erika, die immer noch eine *Atkatchik* war und so hart arbeitete, wie ihre geschwächte Kondition es ihr erlaubte. Wäre sie wohlgenährt gewesen wie die russischen Mädchen, hätte sie eine genauso attraktive Figur wie Lisa gehabt, aber ihr Körper bestand nur aus Haut und Knochen. Ein weiteres deutsches Mädchen, das mit der Gruppe aus Ostpreußen gekommen war, ein zierliches und hübsches Mädchen, war die Geliebte des ersten Übersetzers geworden. Sie musste nicht arbeiten, und in drei Monaten hatte sie einen fetten Hintern bekommen. Die meisten weiblichen Gefangenen hatten keine Menstruation mehr wegen ihrer Unterernährung. Ich staunte darüber, wie Erika den Winter mit den brutalen Arbeitsbedingungen auf der *Atkatka* überlebt hatte. Sie zeigte große Stärke für ein Mädchen, das in diesem grausamen Kampf praktisch alleine dastand.

Als wir einmal ein wenig Zeit für uns hatten, fragte mich Omar ganz unverblümt, was zwischen Katya und mir war. Er hatte einmal mitbekommen, als sie mich auf die Wange küsste. Ich erzählte ihm von unserer Konversation im vorherigen Sommer. Er sagte, dass ich besser vorsichtig sein solle, wenn ich jemals etwas mit ihr anstellen sollte. Ich antwortete, dass ich nicht die Absicht habe, mit irgendjemandem irgendetwas anzustellen. Alles, was ich wollte, war Essen, und wenn ich ein Essen von ihr bekommen konnte, warum sollte ich es nicht nehmen?

»Sie eingeschlossen!«, sagte Omar und grinste.

Wir hatten keinen Grund zu lachen, aber sein anzügliches Grinsen ließ mich vor Lachen herausplatzen. Wir lachten so laut, dass Nikolaevich, unser Vorarbeiter, unter das Licht trat und ebenfalls lachte. »Ich konnte gar nicht glauben, dass ihr beide das wart«, sagte er und schüttelte seinen Kopf. »Ihr seid sonst immer so grimmig und ruhig.« Nachdem er weg war, sahen wir einander an und brachen wieder in Gelächter aus.

Als der Arbeitstag vorüber war, fuhr ich zwischen den Kohlewaggons nach oben. Auf der *Atkatka* fand ich einen wunderschönen herrlichen Tag vor. Ich sah zum *Poroda*-Turm hinauf und wünschte, ich wäre dort oben, jetzt, da der Winter vorbei war. Aber es wäre vergebens, mich darum zu bemühen, auf den Turm zurückzukehren. Unser Vorarbeiter würde mich niemals gehen lassen. Omar und ich waren ein zu gutes Team geworden.

Es waren nun sechs Russen dem Turm zugeteilt, zwei in jeder Schicht. Ich fragte die beiden Russen, die gerade dort arbeiteten, ob ich nach oben gehen und wenigstens einen Waggon *Poroda* für sie abladen könnte. Sie sagten: »Sicher, wenn du willst.« Ich fuhr nach oben und fand, dass die *Poroda* immer noch genauso leicht abzuladen war wie früher.

Ich sah mich um. Alles war friedlich, soweit ich sehen konnte. Was für eine frische Brise! Ich sah nach oben in die Sonne und dachte darüber nach, wo ich jetzt arbeitete, im siebzehnten Stollen dieser dreckigen dunklen Mine. Ich erinnerte mich, wie ich auf die Arbeiter heruntersah, als diese zum Schichtwechsel auftauchten und aus der Erde krochen wie müde schwarze Würmer. Jetzt war ich einer dieser Würmer. Aber ich war durch den brutalen Winter gekommen, und ich hatte überlebt.

Als ich vom Turm herabkam, war ich traurig. Auf dem Weg zum Badehaus suchte mich Katya und sagte, sie wolle mit mir reden, wenn ich fertig sei mit dem Waschen. Meine Seifenration war schon Tage vorher ausgegangen, und die nächste Ausgabe war erst in einer Woche, aber Vassily, der *Kripelchik* (Stützbalkenverleger) hatte noch ein großes Stück und ließ es mich mitbenutzen. Ich legte meine schmutzigen Klamotten wieder an und ging nach draußen. Katya wartete. »Wenn du saubere Kleidung anhättest«, sagte sie lächelnd, »wärst du der attraktivste Mann, den ich kenne.«

Das Blut schoss mir in den Kopf. Dann fragte sie, wann ich meinen nächsten freien Tag habe. In zwei Tagen, sagte ich ihr. Aber ich erinnerte sie daran, dass die Wärter viel strenger wären als im vorherigen Sommer. Sie antwortete flapsig: »Ich werde mit dem Unteroffizier reden. Du kannst deinen freien Tag bei mir verbringen und so viel essen, wie du willst.«

Das war es – *So viel essen, wie du willst*. Dieser Satz, *So viel essen, wie du willst*, machte mir meinen knurrenden Magen bewusster als je zuvor. Die nächsten beiden Tage dachte ich immerzu an diese Worte.

Katya war zuverlässig. Als Nächstes begegnete ich dem Unteroffizier der Wärter – es war nicht der freundliche, ältere Mann des vorherigen Sommers, sondern ein neuer, schroff und ernst. Dennoch sagte er: »Wanja, du kannst ausgehen an deinem freien Tag. Nachdem du deine Brotration bekommen hast, bist du von deinen Aufgaben befreit.« (Seit ich nicht mehr für Sirienko arbeitete, musste ich Aufgaben im Lager übernehmen wie jeder andere.) »Du kannst zu Katya gehen. Aber du musst vor Einbruch der Dunkelheit zurück sein, vor acht Uhr.«

Ich dankte ihm und dachte an das »*So viel essen wie du willst* ...« Ich fühlte mich wie ein Verräter gegenüber Omar, da ich ihm nichts davon sagte, aber es hätte nur dazu geführt, dass wir uns beide schlecht gefühlt hätten. Omar war sehr zurückhaltend. Er pflegte nicht viel Kontakt zu den russischen Arbeitern, obwohl er die Sprache sehr gut beherrschte.

Am nächsten Tag lief ich mit der Morgenschicht zur Mine. Ich aß meine Brotration und trank meine Portion dünner Suppe, dann ging ich ins Badehaus und wusch mich ohne Seife, so gut ich konnte. Ich zog meine dreckigen Klamotten wieder an und schlenderte hinüber zur *Atkatka*, um auf Katya zu warten, wobei ich auf einigen Stützbalken saß, die darauf warteten, in die Mine hinabgelassen zu werden. Nach etwa einer Stunde kreuzte Katya auf, lächelte fröhlich und flüsterte mir zu, mit ihr zu kommen.

Katya lebte in einer Gegend, in der ich noch nie gewesen war. Sie plauderte fröhlich auf unserem Weg und sagte mir, dass sie alleine lebte. Sie habe ihr eigenes kleines Haus und sehr früh geheiratet, doch ihr Mann sei im Krieg gefallen. Sie habe keine Kinder, aber sie schaffe es, ein recht gutes Leben zu haben. Sirienko sei ein netter alter Mann und behandele sie anständig. Sie dachte, er müsse eine sehr kalte und unausstehliche Frau haben. Sie redete und redete. Dann fragte sie mich, was ich essen wolle. Ich sagte: »Alles, was Du isst, werde ich auch essen.« Sie wollte wissen, ob ich einen Wodka trinken wolle. »Nein«, sagte ich, »ich will nur viel essen.«

Dann wurde Katya ernst. Sie sagte, dass sie es bedauere, dass ich in dem Lager sei und verfluchte mit viel Nachdruck den Krieg und seine Folgen.

Wir waren mindestens fünf Kilometer gelaufen, als eine kleine Gruppe von Häusern in einem engen Tal zu unserer Linken auftauchte. »Wir sind da!«, sagte Katya. »Das zweite Haus links ist meines.« Einige auf der Straße spielende Kinder grüßten sie.

Wir betraten das Haus durch einen schmalen Vorraum, wo sich ein mit Wasser gefülltes Fass und zwei Bänke befanden, auf denen zwei Waschschüsseln standen. Eine der Schüsseln war mit dreckig-schwarzer Minenarbeitskleidung gefüllt, die in Seifenwasser eingeweicht war. Dann waren da ein großer Raum, den man als Wohnzimmer bezeichnen konnte, und ein kleinerer Raum mit einem Bett, das fast den ganzen Raum in Anspruch nahm. Katya ging in das Schlafzimmer, und ich sah mich um. Es war sauber und ordentlich. Auf einem Tisch im Wohnzimmer lagen zwei Ausgaben der Zeitung *Prawda*, es gab einige Vasen mit Blumen, Salz und allem Möglichen an Kochzutaten sowie zwei Laib Brot.

Katya kam aus ihrem Schlafzimmer heraus. Sie hatte ihre Jacke ausgezogen, gab mir ein paar saubere Hosen und sagte: »Sie werden zwar zu kurz sein, aber einigermaßen passen. Hier ist ein Hemd. Geh zuerst in den Vorraum und gieße etwas Wasser aus dem Fass in das leere Waschbecken. Dort liegt ein großes Stück Seife. Zieh deine schmutzigen Sachen aus und schrubbe dich selbst sauber. Dann zieh' die saubere Hose und das Hemd an und komm wieder herein. Vielleicht ist bis dahin das Essen ja fertig.«

Ich schämte mich ein wenig, als ich mich auszog, aber mit meinen dreckigen Klamotten auf der sauberen Decke auf der Bank zu sitzen hätte dazu geführt, dass ich mich noch mehr geschämt hätte, denn ich hätte diese schwarz gemacht. Im vorherigen Sommer, als ich in russische Häuser zum Essen eingeladen gewesen war, hatte ich meine Kleidung sauberer halten können. Das war damals viel leichter, da ich auf dem Turm arbeitete.

Ich füllte ein Becken voll Wasser, zog meine dreckigen Klamotten aus und schrubbte und schrubbte, bis meine Haut rot wurde. Katya kam herein, und ich errötete noch mehr. Sie aber nahm das Stück Seife und fing an, mir ganz sachlich den Rücken zu reinigen. Sie reichte mir ein großes Handtuch und wandte sich wieder dem Kochen zu.

An der seitlichen Wand hing ein kleiner Spiegel. Ich hatte nicht viele Spiegel in den russischen Häusern gesehen. Ich betrachtete mein Gesicht. Es war sauber, doch ich hatte einen wilden Haarwuchs auf dem Kopf, auch war ich sehr schlaksig und dünn. Oh Mann! Ich war vielleicht ein Anblick! Ich konnte nicht verstehen, warum Katya mich mochte.

Ich zog die kurzen Hosen und das Hemd an und ging hinein. Sie lächelte, gab mir einen Kamm und sagte: »Geh noch mal raus und kämm dein Haar, dann siehst du viel besser aus.« Ich tat dies und verbesserte dadurch meine ausgemergelten Gesichtszüge irgendwie. Wir hatten einen Friseur im Lager, der unsere Haare alle fünf bis sechs Monate schnitt. Mein letzter Haarschnitt lag vier Monate zurück, deshalb war es buschig, aber mit reichlich Wasser konnte ich es scheiteln.

Ich hatte eine weiße Hose an (auch wenn mir diese nur knapp über die Knie reichte), dazu ein weißes Hemd, ich war einigermaßen sauber, mein Haar war gekämmt, und in wenigen Momenten sollte ich ein opulentes Mahl zu mir nehmen. Ich wusste von keinem anderen Gefangenen, der solches Glück für sich beanspruchen konnte, nicht einmal die Übersetzer.

Katya hatte den Tisch aufgeräumt. Eine große dampfende Schüssel stand darauf, und zwei tiefe Suppenschalen waren mit einer dicken, schmackhaften Bohnensuppe gefüllt. »Lass uns essen, Wanja«, sagte sie. »Es gibt reichlich Suppe, und ich habe danach noch andere Dinge für dich, die dir sicher schmecken werden.« Wir saßen beide auf einer Bank. Der Duft der Suppe drang in meine Nasenlöcher ein. Und was für ein Geruch! Dicke Brocken Schweinefleisch schwammen in der Suppe. Ich aß und aß. Katya füllte meine Schale nochmals und ein drittes Mal, während sie nur eine Schale zu sich nahm. Dann räumte sie die Suppe ab und servierte eine andere Schüssel.

»Das ist Hasenbraten«, sagte sie. »Iss, soviel du willst.«

Der Hase war zart, die Bratensoße köstlich und es gab reichlich davon. Mein Appetit schien unersättlich zu sein. Katya sah mir beim Essen zu, und es schien ihr Freude zu bereiten.

Schließlich hatte ich den Hasenbraten aufgegessen, und ich war voll, wirklich und ehrlich voll. Meine Augen wollten noch mehr essen, um Essen zu speichern, aber es war rein physisch nicht mehr möglich. Katya lachte und sagte: »Du hast ganz gut zugeschlagen, Wanja. Ich habe es so genossen, dir zuzuschauen, wie du dir das Essen hast schmecken lassen. Lass mich den Tisch abwaschen, und dann können wir noch ein wenig Zeit miteinander verbringen.«

Ich legte mich auf die große Bank, aber Katya protestierte. Sie bestand darauf, dass ich hineingehen und mich auf das große Bett legen sollte. Ich hatte längst vergessen, wie weich ein echtes Bett war. Was für ein Luxus, jeden Abend in so einem Bett zu schlafen. Da gab es Platz für noch zwei Wanjas.

Ich sah mich um. Mir gegenüber an der Wand hing ein altes Bild mit einer halbnackten Frau. In einem Eck standen eine kleine Kommode und zwei Stühle, und das war es – sehr ordentlich und rein und dezent.

Dann kam Katya herein. Sie legte sich neben mich nieder und sagte: »Nun belohne mich mit einem Kuss für das Mahl.«

Ich errötete wieder und versuchte, ihre Wangen zu küssen, aber wie ich es auch drehte und wendete, so wandte sie mir doch ihr Gesicht zu. So küsste ich sie auf ihre Lippen. Ihre Arme umschlangen mich und sie zog mich an sich.

Nachdem die erste Wallung vorüber war, sahen wir uns an und lächelten uns zu. Ich wusste nicht warum, aber ich fühlte mich viel besser, als es ein Gefangener der Sowjetunion tun sollte. Die Aussichten waren nicht mehr so übel; und mein inneres Gleichgewicht hatte sich verbessert.

Wir redeten darüber, wie es wäre zusammenzuleben, in derselben Schicht zu arbeiten und gemeinsam zur Mine zu gehen und von dort zu kommen. Sie sagte: »Wanja, ich würde mich viel besser fühlen, wenn ich diesen langen Weg immer mit dir gehen könnte, vor allem im Winter. Wenn du auf den Turm zurückkehren könntest und wir zusammenleben würden, dann wärst du nicht mehr länger so dünn. Du bist jetzt so kräftig – wenn ich dich fütterte, könntest du der stärkste Mann in der Mine 28 sein! Aber wenn wir verheiratet wären, würde ich keine Kinder wollen, denn dann wären wir an die Mine gekettet. Sirienko achtet darauf, dass ich nicht zu viel arbeite, aber ich hasse die Mine. Du weiß nicht, wie sehr ich sie hasse. Der Vater meines Vaters, mein Vater und einer seiner Brüder starben in der Mine. Die 28 tötete sie alle. Ich wollte den Donbass immer verlassen, aber wohin kann ich gehen? Ich war mit einem Bergarbeiter verheiratet, er gab sein Leben für Stalin und das Vaterland – und ich bin immer noch in der Mine.«

Sie kuschelte sich an mich. Ich fühlte eine so völlige Erschöpfung und gesunde Müdigkeit, dass ich mich kaum bewegen konnte.

Ich musste in ihren Armen eingeschlafen sein, denn als ich aufwachte, war es später Nachmittag. Katya schlief eng an mich gekuschelt. Ihr Gesicht sah so friedlich aus, wie das eines Kindes. Ich löste mich sanft aus ihren Armen. Katya öffnete ihre Augen. Sie lächelte mich an. »Fühlst du dich gut?«

»Natürlich«, antwortete ich, »aber Katya, ich bin schon wieder hungrig. Und ich muss bald zurücklaufen.« Sie sprang auf. »Ich werde den Rest der Bohnensuppe für dich wärmen.«

Sie legte etwas Kohle in dem immer noch glühenden Ofen nach und stellte den Suppentopf auf die Platte. Dann zog sie ihre Schuhe an und sagte, sie würde versuchen, etwas Milch von ihren Nachbarn zu bekommen. Ich ging in ihr Schlafzimmer zurück und legte mich wieder hin. Was für ein weiches, großes, wunderbares Bett! Ich war sicher, dass nur ganz wenige Russen damit prahlen konnten, ein solches Bett zu haben.

Katya kam bald zurück, sie sang und summte eine ihrer traurigen wunderschönen russischen Volksweisen. Ich hatte sie schon vorher dieses Lied singen hören, aber in der Mine klang es nie so schön wie hier in ihrem Haus. Ich war leise und lauschte ihr. Plötzlich wurde mir klar, dass ich sie wirklich sehr gern hatte. Das machte mich traurig, denn es erinnerte mich an meinen Status.

Sie rief mich herein. Die Suppe war heiß, und sie hatte zwei Liter Milch auf dem Tisch und einen frischen Laib Brot. Und schon wieder aß ich und aß und aß. Katya sah mir zu. Sie sah sehr glücklich aus. Ich musste an ihre mütterlichen Instinkte appelliert haben. Als mein Teller leer war, füllte sie ihn wieder auf und sagte mir, ich solle weiteressen. Nach dem dritten Teller Suppe war diese alle, aber Katya brachte mir ein Stück gesalzenen und geräucherten Hinterschinken vom Schwein und sagte: »Das wird dir schmecken.« Ich mochte es. Nach drei Schüsseln Suppe, einem Liter Milch, etwa einem Pfund Hinterschinken und einem Laib frischen Brotes war ich wirklich voll. Ich war etwas verlegen, als ich ihr dankte. »Ich möchte etwas für dich tun, Katya. Sag mir, was ich für dich tun kann.«

»Du hast deine Sache schon sehr gut gemacht«, sagte sie. »Niemand hat mich so fest in seinen Armen gehalten wie du, und du bist ein Gefangener. Jetzt wechsle deine Kleidung und geh, oder ich werde dich nicht mehr gehen lassen! Hier ist ein halber Laib Brot für dich und noch ein Stück Schweineschinken und Seife. Nimm es mit, ich weiß, du wirst es mehr brauchen als ich.«

Es fühlte sich schmutzig an, wieder in meine Minenarbeiterkleidung zu steigen und meine verdreckten Galoschen anzuziehen, aber ich hatte an meinen Platz zurückzukehren und mich wieder der Wirklichkeit zuzuwenden. Der Weg schien alleine wesentlich länger zu dauern als vorher mit Katya. Ich sah zum Mond hoch, und er lächelte mir freundlich zu. Aber dann verdeckte ihn eine schwarze Wolke wie eine Warnung. Was würde passieren, wenn Sirienko das herausfand? Wenn sie das nächste Mal miteinander trinken und streiten würden (und ich hörte sie schon reden), dann würde ihm Katya ganz impulsiv erklären, dass ich bei ihr zu Hause gewesen war. Was würde er dann von seinem Wanja halten?

Aber was für einen Unterschied machte das im Moment? Mein Magen war wirklich voll. Ich hatte ein gutes Stück Seife und etwa ein Pfund Schweineschinken, das ich für morgen aufheben wollte. Ich hatte wirklich nichts Schlechtes getan.

An der Pforte belästigte mich niemand. Die beiden Wärter nickten mir zu, und das war alles. Es war dunkel. Omar schlief in der Koje über mir. Als ich seine riesige Gestalt dort liegen sah, weckte ich ihn spontan auf. Ich fragte ihn nach dem Messer, von dem ich wusste, dass er es versteckt hatte. Er griff unter seine dünne, strohgefüllte Matratze und gab es mir.

Ich schnitt den Schweineschinken in zwei Teile und bot ihm die Hälfte an. In der Dunkelheit nahm er es, befühlte es, roch daran und biss hinein. Zwischen einigen Bissen grummelte er ein gerührtes »Danke«. Ich glaube, dass er keine Minute brauchte, um alles zu verschlingen. Obwohl ich mich selbst zweimal sattgegessen hatte, nahm ich in der ausgehungerten Atmosphäre des Lagers wahr, dass ich immer noch genauso hungrig war wie Omar. Nicht lange nachdem er seinen letzten Bissen des Schweineschinkens hinuntergeschlungen hatte, war auch mein Teil dahin.

Elftes Kapitel

Einige Tage später begegnete ich Sirienko auf der *Atkatka*. Er zwinkerte mir zu, grinste und fragte mich, wie es mir gehe. Dann sagte er: »Katya hat mir erzählt, dass du bei ihr warst.«

Ich war sprachlos. »Bist du wütend auf mich?«, fragte ich ihn.

Er lachte laut auf. »Warum sollte ich auf dich wütend sein? Du bist jung. Wenn ich auf jemand böse sein sollte, dann auf sie, nicht auf dich. Sie war es, die dich eingeladen hat, und sie gab dir eine Menge zu essen – so hat sie mir erzählt.« Er zuckte mit den Achseln. »Sie weiß, was sie tut. Ich wusste schon vorher, als du für mich gearbeitet hast, dass sie neugierig auf dich war und dich mochte. Nein, Wanja, ich habe nichts gegen sie oder dich. Sei nur vorsichtig, dass der Hauptmann nichts herausfindet, denn dann kann ich dich nicht mehr beschützen. Also, bis demnächst!«

Was für ein Verständnis er zeigte! Ich war glücklich, ihn zu haben. Ich fühlte mich nun viel besser. Aber nächstes Mal, als ich Katya sah und sie fragte, ob wir wieder einen freien Tag miteinander verbringen sollten, sagte ich zu ihr: »Katya, sag es bitte niemandem. Wenn es der Hauptmann herausfindet, dann wird er drastische Maßnahmen ergreifen. Ich bin ein guter Arbeiter und ich bin beliebt, aber ich bin immer noch ein Gefangener, und du bist eine Russin.« Sie stimmte zu, und damit endete das Gespräch.

In diesem Frühjahr und Sommer schätzte ich meine Freiheit wirklich. Ich konnte alleine zur Arbeit gehen und zurückkommen, konnte jederzeit zu meinem Bach wandern, wenn ich Lust darauf hatte, und ich durfte nach Ende meiner Schicht ein bis zwei Stunden später ins Lager zurückkehren.

Es gab einen Wärter, der ziemlich freundlich war, und als er eines Tages Dienst hatte, beschloss ich, ihn etwas zu fragen. Ich kam aus der Mine am Ende meiner Schicht heraus und lief dann von der *Atkatka* zu dem Loch im Boden, wo sich die Leitern befanden. Der Wärter wartete auf die herauskommenden Leute. Ich fragte ihn höflich, ob ich Omar einmal mit zum Bach nehmen könnte. Ich erklärte ihm, dass wir in der letzten Zeit sehr hart gearbeitet hätten, und dass dies Omar gut tun würde.

»Lass ihn zum Badehaus gehen«, antwortete er barsch.

Was konnte ich tun? Ich muss sehr traurig ausgesehen haben, denn als ich mich umdrehte, sagte er: »Wanja, denke daran, dass du für ihn verantwortlich sein wirst. Wenn du ihn wirklich zum Bach mitnehmen willst, dann werde ich dem Wärter am Lagertor sagen, dass du und Omar ein oder zwei Stunden später kommen werdet. Aber vergiss nicht, dass du für alles verantwortlich gemacht wirst, wenn irgendetwas passiert, und kommt nicht zu spät ins Lager zurück.«

Die Wärter blickten auf, als wir bei unserer Rückkehr gemeinsam durch das Tor liefen. Ich war froh, dass ich Omar hatte mitnehmen können. Von diesem Tage an gingen wir alle zwei oder drei Tage gemeinsam zum Bach. Fünf oder sechs Wochen lang ging alles gut. Während wir am Fluss faulenzten, erzählte Omar gerne von der Vergangenheit, auch wenn uns dies unweigerlich traurig machte. Dann aber fand Omar ein neues Thema – die Flucht.

Ich mochte Omar wirklich, aber er war schrecklich introvertiert. Ich glaube nicht, dass ihn jemand wirklich gut kannte. Wenn du mit jemandem fliehen willst, musst du ihn wirklich gut kennen. Dein Leben steht auf der Kippe. Körperlich war Omar zuverlässig genug, aber emotional war er zu weich. In einer brenzligen Situation würde er zu viel meiner Aufmerksamkeit benötigen. Ich musste der Wirklichkeit ins Auge schauen: Eine Flucht wäre zu riskant für zwei sehr große Männer.

Nachdem ich ihn zwei oder drei Wochen von seinen Plänen und über die Flucht hatte reden hören, wurde ich zunehmend gleichgültiger gegenüber seinen Vorschlägen. Er beendete dann mitten im Gespräch plötzlich das Thema. Nachdem ich alles andere als begeistert war von seinen Plänen, realisierte ich, dass er auf eigene Faust fliehen könnte. Dann würde ich wirklich in Schwierigkeiten geraten.

So sagte ich eines Tages in der Mine Omar ganz offen, dass ich ihn nicht weiter zum Bach mitnehmen könne, weil er versucht sein könnte zu fliehen. Ich könne nicht für ihn verantwortlich sein. Wenn er versuchen sollte, aus dem Lager oder aus der Mine zu entkommen, so habe er meinen Segen. Wenn ich ihm irgendwie helfen könne, dann täte ich das gerne. Während er mir zuhörte, nickte er einige Male mit dem Kopf. Schließlich antwortete er: »An deiner Stelle würde ich genauso handeln, also keine bösen Gefühle.«

Dann schüttelten wir uns die Hände. Omar machte es mir leicht, da er meine Position verstand. Mein Respekt für ihn wuchs beträchtlich an.

Viele Gefangene waren gestorben. Über die Hälfte des Lagers. Vierhundertfünfzig geschwächte und kranke Menschen mussten nicht länger leiden. Der Frühling ließ die Ernte des Sensenmannes erlahmen; einstweilen hatte ihn das warme Wetter fast vertrieben. Aber sein Freund, der kalte, harte und unerbittliche Winter, würde sich in wenigen Monaten wieder mit ihm verbünden – gerade dann, wenn wir ein wenig Ruhe gehabt hatten. Ein grausames Bündnis: der Winter und die Krankheit. Ich wusste, dass ich nicht noch einen Winter wie den letzten überleben würde, wenn die Bedingungen hier sich nicht zum Besseren ändern würden. Die Reihen der Gefangenen hatten sich beängstigend gelichtet, aber ohne Zweifel würde bald die nächste Lieferung ankommen.

Tatsächlich traf Wochen später ein neuer Transport ein. Dieser kam vom ersten Lager her. Mit ihnen kamen zehn neue Wärter und einer von ihnen war der schrecklichste Sadist, dem ich je begegnet bin. Üblicherweise dauerte die Schicht eines Wärters vierundzwanzig Stunden, auf die eine Ablöse von achtundvierzig Stunden folgte, aber dieser neue Wärter drangsalierte todmüde Gefangene, die von der Arbeit kamen, nur zum Spaß, selbst wenn er gar nicht im Dienst war. Ich sah, wie er entkräftete Frauen mit den Füßen trat, in leidende Gesichter spuckte und die müdesten und erschöpftesten Gefangenen auf jede Art und Weise erniedrigte. Aber das alles hinterließ bald Spuren bei ihm. Tagsüber verbrauchte er so viel Energie für das Drangsalieren der Gefangenen, dass er sich selbst verausgabte. Mehr als einmal fand ich ihn um ein oder zwei Uhr morgens, wenn wir von der Spätschicht zurückkamen, im Wärterhäuschen schlafend vor, wenn er die zurückkehrende Schicht kontrollieren sollte.

Zweimal hielt mich dieser Wärter, er hieß Kolya, an, als ich alleine von der Mine zurückkam, um mich zu fragen, warum ich nicht beim Rest meiner Schicht war. Ich antwortete, dass mir Sirienko die Erlaubnis erteilt hatte, zur Mine zu gehen und von ihr zu kommen, wie ich wollte. Er hatte offensichtlich von den anderen Wärtern gehört, dass ich auf dem Turm alleine gearbeitet hatte, dass ich ein wohlgelittener Gefangener und einer der besten Arbeiter hier war. Das missfiel ihm, denn er konnte mich nicht schikanieren.

Als er mich das zweite Mal aufhielt, war der Hauptmann am Tor des Wärterhäuschens. Ich wusste, dass er mich mochte, auch dass er mit Sirienko über meine Heirat mit einem russischen Mädchen diskutiert hatte. Aber das war in der Vergangenheit. Jetzt lächelte er mir hinter dem Rücken des Wärters zu und beendete das Gespräch genau zu dem Zeitpunkt, als der Wärter mich fragte, ob ich mich für einen besonderen Gefangenen halte, worauf ich mit Ja geantwortet hatte. Ich freute mich darüber, dass der Hauptmann nichts dazu sagte, dass ich allein zur Arbeit ging und von der Arbeit kam, aber das ärgerte den Wärter weiterhin. Die besseren Minenarbeiter nahmen diesem Bastard gegenüber eine immer feindseligere Haltung ein. Die anderen Wärter, der Hauptmann, der Leutnant, die Verwalter und die Übersetzer mussten das bemerkt haben.

Kolya war verantwortlich für eine beängstigende Veränderung im späten Frühling. Er redete mit dem Hauptmann und dem Unteroffizier der Wärter, bis diese auf ihn hörten, dann besorgte er sich die Erlaubnis, ein Kabel von der Hauptstromleitung mit dem Stacheldraht zu verbinden, der das Lager umgab. Er erklärte, dass dies die Gefangenen von dem Versuch abhalten würde, zu fliehen oder durchzukriechen und eine halbe Stunde oder so zum Basar zu laufen. Ich weiß nicht, wie stark der Strom war, aber er war stark genug, um die Pfosten, um die der Stacheldraht gewickelt war, gelegentlich zum Rauchen zu bringen.

An einem Tag verfing sich ein Hund in den Drähten und war sofort tot. Zwei Tage später verfing sich eine der dürren Kühe, die außerhalb des Lagers grasten, im Draht und wurde ebenfalls getötet. Leute aus dem Nachbardorf mussten sich beschwert haben, denn der Strom wurde abgeschaltet. Wir dachten, dass sie die tote Kuh vielleicht den Gefangenen geben würden, aber wir hatten nicht so viel Glück. Sie hing nur im Draht verheddert herum. Omar und ich kamen auf unserem Weg daran vorbei. Auf dem Weg zurück war sie weg. Man sagte uns, einige Dorfbewohner hätten das Tier weggeschafft.

Der Weg zur Mine führte an dem Lagerzaun aus Stacheldraht vorbei. Die Mine lag unterhalb des Lagers, so dass es einfacher war, zur Arbeit zu gehen, als nach der Arbeit müde und verdreckt zum Lager zurückzukehren. Nach der Arbeit waren die Wärter nicht so streng, und einige Nachzügler kamen in einer langen Schlange hinten nach. Bisweilen setzten sich einige nieder und ruhten sich aus. Der schwierige Part bestand darin, danach wieder aufzustehen und anzufangen weiterzugehen. Ich musste üblicherweise als Letzter gehen und die Nachzügler in der Reihe halten. Wenn die Schicht durch das Tor des Lagers ging, wurden wir gezählt, beim Gehen und beim Kommen.

Eines Morgens hörten wir in den Baracken Schüsse. Wir wussten nicht, was das war, aber als wir uns beim Tor zum Zählen in einer Reihe aufstellten, sahen wir den üblen Wächter mit geladenem Gewehr außerhalb des Wärterhäuschens stehen. Er hatte an einen Pfosten im Inneren des Lagerzauns ein Brett angenagelt, und er veranstaltete Schießübungen.

Die Schicht begann loszulaufen. Als wir das Ende der Einzäunung erreichten, hatte ich ein mulmiges Gefühl ... und dann wurde ich in den Rücken getroffen. Ich wollte mich gleich umdrehen, um zu sehen, wer mich geschlagen hatte, als ich den Schuss hörte. Ich stolperte noch ein paar Schritte weiter, und dann – Dunkelheit.

Das Nächste, was ich wieder wusste, war, dass ich auf einem Paar Bretter von zwei Russen und zwei Gefangenen den ganzen Weg zur Mine hinunter zum Erste-Hilfe-Raum getragen wurde. Die diensthabende Krankenschwester kannte mich. »Wanja, was ist denn passiert?«

»Ich weiß es nicht«, sagte ich ihr. Sie entfernte mein Hemd, und ich sah ein Loch neben meiner linken Brustwarze. »Ich denke, ich bin angeschossen worden.«

»*Nu pochemu*? Aber warum?« Als sie meinen Brustkorb verband, sagte ich ihr, dass ich zur Arbeit gehen müsse, meine Schicht habe schon begonnen. »Wanja, du kannst nicht arbeiten! Man hat direkt durch deine Brust geschossen!«

Ich konnte immer noch nicht begreifen, was eigentlich passiert war. Es gab eine Pritsche in einem kleinen Raum hinter dem Büro der Krankenschwester, und sie sagte mir, ich könnte mich dort niederlegen. Als ich dort lag, wurde mir klar, dass Kolya mich angeschossen haben musste. Aber warum? Was hatte ich getan?

Die Schwester brachte mir eine Tasse Tee. »Wenn du dich kräftig genug fühlst, kannst du ins Lager zurückgehen. Dann schau, wie es dir morgen geht.« Ich trank den Tee, stand auf, dankte ihr und ging langsam zurück zum Lager. Bisweilen schwankte ich, und ich wusste nicht warum. Dann fiel mir wieder ein: Ich war angeschossen worden. Zum Beweis hatte ich einen klobigen blutigen Verband um meinen Brustkorb herum.

Kolya war nicht an der Pforte. Ein anderer Wärter fragte mich: »Na, Wanja, wie geht's dir?«

»Etwas benommen, aber in Ordnung«, sagte ich ihm.

»Du musst morgen nicht arbeiten«, sagte er. »Geh schlafen.«

Das tat ich. Als ich gegen Abend erwachte, war die linke Hälfte meines Brustkorbs geschwollen und schmerzte. Die ganze Nacht wälzte und drehte ich mich hin und her. Ich musste Fieber gehabt haben. Am nächsten Tag, als ich den blutgetränkten Verband abnahm, war meine linke Brusthälfte noch mehr geschwollen, und beim Berühren schmerzte es. Am Nachmittag ging ich hinunter zur Mine, um die Krankenschwester wieder aufzusuchen. Sie reinigte meinen Rücken, wo die Kugel eingedrungen war, dann reinigte sie die Austrittswunde, wo die Kugel wieder herausgekommen war. Sie gab mir zwei Tabletten und sagte mir, ich solle in zwei Tagen wiederkommen. In der Küche bekam ich etwas Suppe, aber dann bemerkte ich, dass ich kaum hungrig war.

Am nächsten Tag ging ich mit Omar zur Arbeit. Ich konnte ihn einfach nicht im Stich lassen. Ich vermochte nicht viel zu arbeiten, aber ich tat, was ich konnte. Meine Brust schmerzte noch mehr als am Tag zuvor. Was konnte ich tun? Ich ging weiter zur Arbeit. Dann merkte ich, dass ich eine sehr geschwollene linke Brust hatte. Nach zwei weiteren Tagen platzte die Wunde, und übelriechender Eiter trat aus. Ich ging zu der Krankenschwester, und sie reinigte die Wunde, so gut sie konnte. Nach einigen Tagen reinigte sie diese noch einmal. Ich musste wieder gesund geworden sein, denn mein Hunger kam unerbittlich zurück.

Nicht lange danach wurde ich in das Büro des Hauptmanns gerufen. Er war mehr als einen Monat weg gewesen, aber gleich nach seiner Rückkehr wurde ihm von dem Zwischenfall berichtet. Er wollte meinen Brustkorb sehen. Ich zog mein Hemd aus, und er betrachtete die beiden Löcher darin, dann die zwei Wunden. Er schüttelte seinen Kopf. »Wenn er dich noch einmal belästigt«, sagte er, »dann gib mir Bescheid.« Und er gab mir zwei große Rationen Brot.

In einer Nacht gegen zwei Uhr lief ich auf dem Rückweg von der Mine etwas hinter der Reihe der Gefangenen her und genoss das Mondlicht. Als das Knurren meines Magens nachließ, hörte ich jemanden hinter mir pfeifen. Ich hielt an und drehte mich um. Es war der Hauptmann. Er ging oft alleine spazieren. Ich freute mich, ihm zu begegnen, denn wenn niemand dabei war, sprach er offener mit mir. Einmal fragte er mich, warum Omar nicht offener und gesprächiger war gegenüber den Russen in der Mine. Ich sagte ihm, dass Omar einfach lieber arbeitete statt zu reden, aber ich war überrascht, dass der Hauptmann sich solche Gedanken um Omars Verhalten machte. Wir waren doch nur Gefangene. Gute Arbeiter, ja, aber immer noch Gefangene.

Bald kamen wir zum Tor des Lagers. Kolya saß auf der Bank neben dem Wärterhäuschen und schlief mit seinem Gewehr zwischen den Beinen. Der Hauptmann flüsterte mir zu: »Wanja, hast du Angst vor ihm?«

»Nein«, antwortete ich, aber ich fürchte mich vor den kleinen Kugeln aus seinem Gewehr.«

»Mach dir darüber nicht weiter Sorgen. Wenn du ihn das nächste Mal schlafend findest, dann sag es mir.«

Ich sagte, dass ich das tun würde, und ging in die Baracken zum Schlafen. Ich konnte mir vorstellen, was Kolya täte, wenn ich ihn aufweckte. Und wenn ich es dem Hauptmann sagte, dann verlöre Kolya lediglich seinen freien Tag.

Die Zeit verging, und Omar und ich wurden zuerst in die Nachtschicht versetzt, dann in die Morgenschicht, und dann wieder zurück in die Nachmittagsschicht. Meine Brust war geheilt, und ich hatte die Anweisung des Hauptmanns schon vergessen. Ich ging immer noch etwas nach meiner Schicht zurück zum Lager, als ich in einer ruhigen Nacht den sadistischen Bastard wie ein Kind seelenruhig schlafend vorfand. Als ich ihn so sah, dachte ich sofort an die Anweisung des Hauptmanns. Sein Quartier befand sich etwa hundert Meter vom Tor entfernt in Richtung des Dorfes. Ich beschloss, keinen Ärger zu riskieren, und ließ den Wärter allein. In der Baracke legte ich mich nieder, um auf meinen zwei Brettern zu schlafen.

Ich hatte wohl noch keine halbe Stunde geschlafen, als mir jemand einen Stoß in meine Rippen gab. Ich sprang auf und sah, dass es der Hauptmann war. Er winkte mich herbei, ich solle nach draußen kommen. Ich folgte ihm, und sobald wir alleine waren, fragte er mich barsch: »Wanja, habe ich dir nicht gesagt, dass du mich aufwecken sollst, wenn du diesen Parasiten wieder beim Schlafen findest?«

Ich sagte: »Als ich vor einer halben Stunde vorbeikam, hat er noch nicht geschlafen.«

Er dachte nach und sagte: »Nun, jetzt schläft er. Komm mit mir.«

Wir liefen leise durch das Tor zu seinem Quartier. Der Hauptmann ging hinein und kam mit einem Stück Brot und einer brandneuen Decke zurück. Er überreichte sie mir und sagte: »Hier. Nimm die Decke. Lass uns zurückgehen. Du nimmst ihm still das Gewehr ab. Dann gibst du es mir, legst die Decke auf ihn und prügelst ihn, so heftig du kannst.«

Ich war verblüfft. Die Angst davor und die Lust dazu durchströmten mich gleichzeitig. Aber die Angst war stärker, als ich daran dachte, was der Wärter mir und einigen der geschwächten und kranken Gefangenen angetan hatte. Ich sagte kein Wort und stand nur stumm da. Dann gab mir der Hauptmann das Stück Brot, und ohne etwas zu sagen, begann ich damit, es heißhungrig zu verschlingen. Was konnte ich tun?

Ich schlich mich klammheimlich an Kolya heran. Der Hauptmann blieb ein paar Meter hinter mir stehen. Ich hörte ihn leise kichern. Ich betrachtete das schlafende Gesicht des Wärters. Sogar im Schlaf sah es böse aus. Das Gewehr befand sich zwischen seinen Beinen und ragte zwischen seinen beiden Armen hervor. Zuerst begann ich das Gewehr mit zwei Fingern langsam anzuheben, dann ergriff ich es mit zwei Fingern der anderen Hand. Allmählich gelang es mir, ihm die Waffe wegzunehmen, ohne seinen Schlaf zu stören. Als ich den Kolben des Gewehrs zwischen seinen Armen herauszog, grummelte er ein wenig, aber er schlief weiter. Einige Sekunden lang beschleunigte sich mein Herzschlag. Ich drehte mich um und gab das Gewehr dem Hauptmann, der nun unmittelbar hinter mir stand. Er blinzelte mir zu und sagte, ich solle den Wärter ordentlich verprügeln. Dann sollte ich zurück zur Baracke rennen, die Decke mitnehmen und sie behalten.

Es war so, als ob ein Major in der Armee dir den Befehl gab, einen Unteroffizier zu verprügeln. Natürlich müsstest du dem Major gehorchen, weil er einen viel höheren Rang hat, aber der Unteroffizier lebt in der Baracke mit dir und ist näher an dir dran als der Major. Der Major hingegen lebt im Offiziersquartier, das sich oft genug nicht einmal im Armeelager oder in der Kaserne befindet.

Ich fragte mich immer noch, ob ich mit dem Verprügeln durchkäme oder ob ich zwischen die Räder geraten würde. Dennoch war ich froh, dass der Hauptmann mich für den Job ausgewählt hatte, denn ich hasste Kolya so sehr, wie er mich hasste. Und einen Teil meiner aufgestauten Wut auf das Lager herauszulassen, das konnte mir auch gut tun. Ich sah mit Vergnügen herab auf den miesen Schweinehund. Jetzt gehörte er mir. So unterernährt und geschwächt ich mich auch fühlte, so wusste ich doch, dass ich ihn hätte vernichten können, selbst wenn er wach gewesen wäre.

Ich legte die Decke über ihn. Der Bastard bewegte sich überhaupt nicht. Ich legte einen Arm unter seine Knie und den anderen Arm um seine Schultern. Als ich ihn hochhob, fing er an sich zu bewegen. Ich ging von der Bank weg mit ihm und warf ihn auf den Boden. Dann ließ ich mich mit meinen Knien auf seinen Bauch fallen, um ihm den Wind aus den Segeln zu nehmen und jeden Mut aus ihm herauszuprügeln. Als ich seine ersten leisen Hilferufe hörte, begann ich so heftig wie ich konnte in die Richtung zu schlagen, wo diese herkamen – in sein Gesicht.

Ich versetzte ihm einen Schlag nach dem anderen mit aller Kraft, die in mir war. Ich prügelte ihn für die Kugel, die mich hätte töten können, für jeden Gefangenen, den er vor meinen Augen belästigt hatte. Ich prügelte ihn für den Hunger, den ich verspürte, für die elende schwarze Kohlenmine, für die hundsgemeinen Übersetzer, für die ganze dreckige, schmutzige und korrupte Welt, in der wir lebten. Es war ein schönes Gefühl, solange es dauerte. Nach einer Weile war ich sehr erschöpft, und er begann, unter mir schlaff zu werden. Wahrscheinlich war er bewusstlos geworden. Während sich all dies abspielte, wurde ich immer noch ermutigt von dem Gelächter, das ich vom Hauptmann zu mir dringen hörte, meinem einzigen Zuschauer. Am Anfang war sein Lachen noch unterdrückt, aber es steigerte sich zusehends bis fast zu tosendem Gebrüll. Wenn ich nicht so erschöpft gewesen wäre, hätte ich den Wärter wahrscheinlich zu Tode prügeln können, aber das wollte ich nicht.

Ich hob die Decke nicht hoch. Ich stand nur auf und rannte, ohne auf den Hauptmann zu blicken so schnell ich konnte zu meiner Schlafkoje und legte mich nieder. Ohne konkreten Grund begann ich hysterisch zu kichern. Ich konnte nicht verstehen warum. Ich horchte auf, doch alles draußen schien ruhig zu sein. Nachdem ich mich etwas beruhigt hatte, konnte ich endlich schlafen. Ich glaube, dass ich in keiner einzigen Nacht in Russland so tief und fest geschlafen habe wie in dieser.

Am nächsten Morgen weckte mich Omar, was überraschend war, denn üblicherweise weckte ich ihn auf. Meine ersten Gedanken gingen dahin, mir bildlich vorzustellen, wie das Gesicht des Sadisten aussehen würde. Ich hoffte es auf dem Weg zur Mine herauszufinden. Ich wollte mein Geheimnis mit Omar teilen, denn ich war mir sicher, dass er mehr als jeder andere an meinem Abenteuer Gefallen finden würde. Wir hatten über Kolya schon öfter diskutiert, und Omar hasste ihn so sehr wie ich es tat. Als wir durch das Tor gingen, stand der Sadist an der Tür seines Wärterhäuschens. Er war eine Sehenswürdigkeit! Sein Gesicht war gelbgrün und blau, und an den Augen hatte er Veilchen. Gegen Mittag würde er eine Wassermelone als Kopf haben.

Ich wusste, dass sobald wir das Tor passiert hätten, ein Gewisper mit Fragen über Fragen einsetzen würde. Ich beschloss, Omar davon zu erzählen, und Getz und vielleicht noch manchen anderen. Ich dachte, es wäre gut für sie zu wissen, dass einer ihrer Mitgefangenen für diese Verletzung verantwortlich gewesen war. Ich wollte es sie wissen lassen, dass wir doch nicht völlig machtlos waren. Als ich Omar die ganze Geschichte erzählte, schien seine einzige Sorge zu sein, dass ich ihn nicht heftig genug verprügelt hatte. Er wäre gerne dabei gewesen. Wenn er dabei gewesen wäre, hätten wir das Schwein getötet, denn Omar war noch größer und stärker als ich.

Ein Gefangener sagte es dem anderen, und als wir die Hälfte des Weges zur Mine zurückgelegt hatten, sahen mich die meisten an wie einen Helden. Der Weg zur Mine war wie ein Triumphmarsch.

Die acht Stunden gingen sehr schnell vorbei, und ich nahm nach der Arbeit die Bahn aus der Mine heraus. Ich dachte, ich würde Sirienko treffen und ihm von der Schlägerei erzählen können. Ich sah ihn zwar nicht an diesem Tag, aber ich erzählte ihm die Geschichte am nächsten Tag. Er fragte: »Hast du ihn fest geschlagen?« – und ich sagte Ja. Er lachte, aber nicht so wie der Hauptmann.

Zurück im Lager war ich der Held. Aber ich hatte das Gefühl, dass ich eine Dummheit begangen hatte, als ich es jeden hatte wissen lassen. Ich hatte den Hauptmann nicht mehr gesehen, seit ich ihn in der vorherigen Nacht verlassen hatte, dabei wünschte ich, dass ich ihn gesehen hätte, denn das hätte mir mehr Vertrauen eingeflößt. Ich realisierte, dass Tage und sogar Wochen vergingen, ohne dass ich ihn sah, und ich vermisste ihn nun sehr. Auch der Sadist war nicht zu sehen. Ich hatte eine leise Hoffnung, dass er versetzt worden war.

Zwölftes Kapitel

Drei Tage später war ich um ein Uhr nachts nach der Arbeit auf meinem Weg ins Lager etwa 180 Meter hinter die Schicht zurückgefallen. Als ich mich dem Tor näherte, sah ich Kolya in der Tür des Wärterhäuschens stehen und mit seinem Gewehr auf mich zielen. Er schmunzelte, sein Gesicht sah aber immer noch verfärbt aus. Er sagte: »Wanja, ich habe gute Nachrichten für dich. Unser Hauptmann wurde versetzt. Er ist seit einigen Stunden weg.«

Da wusste ich, dass er wusste, dass ich es gewesen war, der ihn zusammengeschlagen hatte. Es machte keinen Sinn, ihm gut zuzureden. Unter normalen Umständen war er voller Quällust und Wut; sein Hass auf mich kannte keine Grenzen mehr. Alle Welt um mich herum gab klein bei, aber ich glaube, dass ich das nicht zeigte. Das hätte ihn noch böser gemacht. Hinter ihm im Wärterhäuschen waren zwei Hilfswärter, die ich nur selten gesehen hatte.

Kolya rief mich in das Wärterhäuschen. Die anderen beiden richteten ihre Waffen auf mich und entsicherten die Hebel. Der Sadist stieß mich in ein Eck, schloss die Tür und sagte: »Ich könnte dich jetzt erschießen und berichten, dass du fliehen wolltest, aber das wäre zu leicht. Ich werde dich jeden Abend verprügeln, wenn du von der Arbeit zurückkommst, und zuletzt werde ich dich umbringen.«

Dann ging es los. Ich fing an zu schwitzen. Der Schweiß fühlte sich kalt an auf meinem Rücken. Ich versuchte, mein Gesicht zu schützen, aber er schlug mich mit seinem Gewehrkolben in meine Leiste. Ich muss geschrien haben, aber ich hörte auf, weil er seine Fußtritte in mein Gesicht richtete. Alles wurde verschwommen. Kaltes Wasser wurde auf mich gegossen, und dann gab es weitere Tritte und Schläge mit dem Gewehrkolben. Als ich versuchte tief durchzuatmen spürte ich stechende Schmerzen. Dann blieb nichts mehr außer Schmerz. Das Wärterhäuschen war leer, und ich versuchte aufzustehen, aber einige Zeit lang konnte ich es nicht. Schließlich schleppte ich mich zu der Baracke, fiel auf meine Pritsche und fluchte mich ins Delirium. Der Schmerz wurde dumpf und pochend, und egal wie ich mich bewegte, gab es nur neue stechende Schmerzen in meinem Leib. Es wäre besser gewesen, wenn sie mich erschossen hätten, dachte ich mir. Ich schaffte es am nächsten Tag aufzustehen und zur Arbeit zu gehen, und als ich durch das Tor taumelte, grinste Kolya mich von der Tür des Wärterhäuschens aus an.

»Ich warte auf dich heute Nacht«, grummelte er. Und dieser Bastard wartete auf mich. Er machte nicht einmal seine achtundvierzig Stunden frei. Mir war klar, dass ich es nicht aushalten würde, noch einmal verprügelt zu werden. Das hätte mich sicher umgebracht. In der Mine begegnete ich unserem Vorarbeiter Nikolaevich. Ich musste eine Sehenswürdigkeit sein, denn er schreckte vor mir zurück und fragte mich, was geschehen sei. Ich erzählte ihm die Geschichte und meinte, er solle nicht überrascht sein, wenn ich heute nicht allzu gut arbeiten würde. Er sagte, ich solle mein Bestes geben, und wenn ich gar nicht arbeiten könne, sei es auch gut. Er gab mir recht, dass weitere Prügel wie diese mich töten würden oder mich endgültig zum Krüppel machen würden, und er versprach mir, mit dem Vorarbeiter des dreizehnten Stollens zu sprechen, der mir vielleicht erlauben würde, die Nacht in dem engen Stall zu verbringen, wo sie die Pferde hielten. Er würde auch mit Sirienko und dem *Golovoi* reden, und sehen, was er tun könne, dass Kolya versetzt oder bestraft würde. Ich war innerlich verbittert und kalt, aber dieses Gespräch mit Nikolaevich führte dazu, dass ich mich besser fühlte. Die Aussicht, dass ich nach der Arbeit nicht ins Lager zurückgehen musste, baute mich etwas auf. Ich versuchte, Omar zu helfen, aber er ließ mich nichts tun. Er kam allein zurecht. Ich war von seiner aufrichtigen Sorge um mich gerührt. Er war kein großartiger Redner, aber was auch immer er sagte, das meinte er ernst. Er war in jeder Hinsicht ein Gigant.

Der schlimmste Schmerz kam immer dann, wenn ich versuchte, tief einzuatmen. Omar bestand darauf, dass ich nach wenigen Stunden zu dem Stall gehen und mich niederlegen solle. Das wäre besser, als in der Mine zu bleiben, wo ich rein gar nichts tun könne. Er wollte schauen, ob sie ihm am nächsten Morgen im Speisesaal meine Brotration geben würden und er mir diese bringen könne. Ich verließ Omar und ging langsam den Stollen entlang zur Plattform. Das dafür verantwortliche Mädchen war Katya. Ich musste ihr erzählen, was passiert war. Ich sagte, dass ich diese Nacht und vielleicht die nächsten paar Nächte in der Mine bleiben wollte, und sie versprach, mir am folgenden Tag etwas zu essen zu bringen. Ich war entschlossen, nicht zurück ins Lager zu gehen, solange der Sadist in der Nähe war.

Ich humpelte hundert Meter den Hang zum dreizehnten Stollen hinauf und kroch in den Stall. Er war leer. Ich legte mich auf etwas Stroh nieder, das vollgesogen war mit Pferdeurin. Was für ein penetranter Gestank! Ich war sehr durstig, und in einem Eck stand ein Eimer Wasser für die Pferde. Ich trank etwas davon, aber es war Wasser aus der Mine und schmeckte schmutzig. Ich konnte nicht allzu viel erkennen, denn ich hatte meine Lampe so schwach wie möglich eingestellt, so dass sie weniger Öl verbrauchte. Ich hoffte, dass sie mindestens vierundzwanzig Stunden brennen würde. Ich versuchte zu schlafen, aber ich dachte weiter über die Wärter nach. Würden sie

Alarm schlagen, wenn ich diese Nacht nicht in das Lager zurückkäme? Würden sie unseren Vorarbeiter befragen?

Mitten in meinen sorgenvollen Überlegungen döste ich ein. Ich wachte auf, als ich einen heftigen Tritt in meinen Rippen spürte. Ich schrie und sah, dass es der Vorarbeiter der nächsten Schicht im dreizehnten Stollen war. Als er sich mit seinem Licht über mich beugte und mein geschundenes Gesicht sah, sagte er, dass es ihm leid tue, und fragte mich, was ich hier täte. Mitten während meiner Erklärungsversuche kam Sirienko in den Stall und bat den Vorarbeiter, uns beide alleine zu lassen. Der Vorarbeiter ging weg, und ich sah, dass Sirienko ein kleines Bündel bei sich hatte. Er bat mich, aus der Ecke hervorzukriechen, damit er sehen konnte, wie es mir ging. Er sah mich an, gab mir das Bündel in dem sich etwas zu essen befand. Er sagte, dass Nikolaevich ihm die ganze Geschichte erzählt hätte. Er erwähnte auch, dass *der Parasit* bestraft werden müsse. Genauso nannte er ihn, einen Parasiten. Aber ich wusste, dass er nur sehr wenig tun konnte. Das Lager stand nicht unter der Jurisdiktion der Mine. Er sagte, dass er wieder nach mir sehen würde, bevor er nach Hause ginge oder wenn er am nächsten Tag wieder zur Arbeit zurückkäme.

Nachdem er gegangen war, sah ich auf das Bündel, und als ich es öffnete, packte mich der Hunger. Da war etwa ein Kilogramm Brot und ein Stück Hinterschinken vom Schwein, der kostbare Speck. Das war auf dem Basar einer der teuersten Artikel.

Während ich das Essen verschlang, wurde eines der Pferde zurückgebracht. Diese arbeiteten immer in Zwölf-Stunden-Schichten. Dann beobachtete ich einige dicke Ratten. Dem Pferd wurde etwas Mais zum Fressen gegeben, und mir gab der Russe, der das Pferd fütterte, auch eine Ähre. Dann ging er hinaus, und die Ratten starrten mich an, als wollten sie sagen: »Was machst du hier? Du bist ein Fremder. Gib uns das Korn. Es gehört uns.«

Es war strikt verboten, in der Mine eine Ratte zu töten, denn sobald sich ein Abbruch zu ereignen drohte, wurden die Ratten sehr unruhig. Die großen und hässlichen Tiere wurden als Barometer für Unglück verwendet. Es gibt etwas Kaltes und Unpersönliches in den Augen einer Ratte, das dir Schauer über den Rücken jagen kann. Das passiert nicht, wenn du mit vollem Magen in einem schönen komfortablen Esszimmer sitzt. Aber wenn du in einer Lage bist, wo es durchaus möglich ist, dass die Ratten anfangen dich aufzufressen, dann wird es Zeit, einige Gedanken auf sie zu verwenden.

Ich döste während der ganzen Schicht immer wieder ein, wurde aber aufgeweckt, als sie die Pferde wechselten. Niemand kam in den Stall. Ich wollte nach draußen und auf die Plattform gehen, um eines von Sirienkos Mädchen zu sehen, aber ich war immer noch schrecklich wund und voller blauer Flecken. Die Leute von der Kohlenmine waren auf meiner Seite. Ich war einer ihrer besten Arbeiter, und sie würden mir helfen, wenn sie könnten. Ich trank noch etwas von dem schmutzigen Wasser und fand etwas trockenes Stroh. Ich machte es mir darauf bequem und schlief ein.

Er kam in die Mine, um nach mir zu sehen, und fand mich im Stall. Er hatte eine starke helle Lampe und richtete deren Strahl direkt auf mich. Ich hörte ihn mit Genugtuung und Hass rufen. Er stellte sein Gewehr auf den Boden, nahm es wieder auf und kam zu mir. Er trat mich einmal brutal und fing dann an, mich mit dem Gewehrkolben direkt in meine schmerzenden Rippen zu schlagen. Ich schrie, und während ich schrie, hatte ich eine vage Hoffnung, dass Omar mich hören würde und mir zu Hilfe käme. Der Sadist schlug zu und verprügelte mich. Dann sah ich Omar hinter ihm kommen. Er schlich auf Zehenspitzen heran, bis er dem Rücken des Sadisten zum Greifen nahe war. In seiner Hand trug er seine Minenlampe, die aus Gusseisen gemacht war. Als er dem Wärter nahe kam, blies er das Licht aus, da es ihn verraten hätte. Dann war er plötzlich mit seinen riesigen, schrecklich starken Händen über dem Sadisten. Omar hielt ihn mit einer Hand fest und legte ihn über sein Knie. Mit der anderen Hand gab er ihm schmetternde Schläge in den Rücken. Dann richtete Omar ihn auf und gab ihm einige brutale Schläge in den Magen. Als der Sadist gellend aufschrie, formte Omar eine Faust aus seiner Hand, die sich wie ein schrecklicher Knüppel über dem Gesicht des anderen Mannes abzeichnete. Dann schlug er zu, und kein Schreien war mehr zu hören. Aber sein Gejammer hatte die Wärter in den Stall gelockt. Der Sadist kollabierte, und Omar warf ihn weg. Ich hatte das Gewehr in der Hand, das während des Gerangels in meine Richtung geschleudert worden war. Es war von meinem Körper halb bedeckt. Und als die Wärter hereinkamen, machte ich Omar darauf aufmerksam. Er sagte, ich solle es versteckt halten, damit sie es nicht sehen würden.

Als sie berieten, was sie mit uns machen sollten, richtete Omar das Gewehr auf sie und fing an zu lachen. Plötzlich lachte ich auch trotz meiner Schmerzen. Dann erschoss Omar den ersten und ...

Ich erwachte unter Schmerzen und befand mich immer noch in dem dunklen stinkenden Stall. Omar hielt meine Brotration in seiner riesigen Hand. Es tat mir gut, ihn zu sehen. Er sagte mir, dass die Wärter Alarm hatten geben wollen, aber sie hatten es nicht getan, weil die Mine ruhig war. Sie waren damit zufrieden, von Nikolaevich zu hören, dass ich in der Nähe war. Sie dachten wahrscheinlich, dass ich früher oder später auftauchen würde. Omar hatte keine Probleme, an meine Brotration zu kommen. Er riet mir, noch eine Weile versteckt zu bleiben, bis er sicher war, dass im Lager alles in Ordnung sei. Und es würde den Sadisten ärgern, nicht zu wissen, wo ich war oder wer mich versteckte. Er wusste, dass es einige recht einflussreiche Leute im Umfeld der Mine gab, die mich mochten, und ich war sicher, dass ihn dies störte.

Am zweiten Tag wurde ich sehr unruhig, und ich spürte mehr Schmerzen als am Tag unmittelbar nach der Abreibung. Jede meiner Bewegungen sandte schmerzvolle Stiche durch meinen Leib. Ich erbrach Blut und eine Art gelben Schleim, der grauenhaft roch. Lisa brachte mir etwas Brot. Sie erschrak, als sie mich sah. Ich hatte blutunterlaufene Augen und böse geschwollene, schmerzende Wangen. Und ich hatte mich seit drei Tagen nicht gewaschen. Trotzdem war dies immer noch ich.

Omar brachte meine Brotration, und ich klagte ihm gegenüber über schlimmere Schmerzen als am Tag vorher. Er sagte mir, dass ich ruhen und nicht mit ihm in die Mine zur Arbeit gehen solle. Ich stimmte widerwillig zu, da ich selbst nicht glaubte, es irgendwie schaffen zu können. Ich schlief wieder ein und wurde von Sirienko geweckt. Er gab mir etwas Brot, das ich aß, so schnell ich konnte. Er sagte: »Ich habe eine Überraschung für dich. Ich habe gerade den Hauptmann in seinem Büro gesehen.«

Ich bat ihn, mit Nikolaevich zu sprechen und zu fragen, ob ich nicht sofort gehen dürfte. Ich musste sofort mit dem Hauptmann sprechen. Sirienko stimmte mir zu. Er sagte, dass Nikolaevich mich entschuldigen würde und ich sofort gehen solle. Ich kroch aus dem Stall, stand auf und ging zur Plattform. Ein Zug von Waggons kam von dem sechzehnten Stollen herauf, und Sirienko wies das Mädchen an, diesen Zug zu stoppen. Er gab mir ein Zeichen, auf den Zug aufzuspringen, und gab die beiden Signale zum Start. Ich war auf meinem Weg nach oben und fuhr zwischen dem ersten und dem zweiten Waggon. Ich drehte meinen Kopf zu der verschwindenden Gestalt von Sirienko hin, und genau bevor der dunkle Stollen mich verschluckte, winkte ich ihm ein Dankeschön zu.

Als ich bei der *Atkatka* ankam, konnte ich nicht abspringen, aber Nikolaevna hielt den Zug an, und ich stieg langsam herunter. Beim Laufen wurde ich von Russen und Gefangenen gleichermaßen angestarrt. Das Laufen war für mich immer noch schmerzhaft, aber nicht mehr so schwierig wie vor zwei Tagen. Ich klopfte an die Tür des Büros des Hauptmanns und hörte seine tiefe Stimme »Herein« rufen, bevor ich eintrat. Er sah auf, blinzelte mit seinen Augen und sagte: »Wanja, was ist mit deinem Gesicht passiert? Hast du dich in der Mine verletzt, oder hat der Wärter herausgefunden, wer ihn verprügelt hat?« Er gab etwas frisches Wasser in den Samowar auf dem kleinen Kanonenofen, den er in der Ecke hinter seinem Tisch hatte, und ich fing an, ihm zu erzählen, was passiert war. Als ich mit meiner Geschichte fertig war, nahm er den Telefonhörer in die Hand und fragte die Vermittlung nach einer Nummer. Dann bat er wen auch immer, der am anderen Ende der Leitung war, den Wärter Kolya zu ihm ins Büro zu schicken. Er würde auf ihn warten. Er legte den Hörer auf und sagte mir, ich solle mir etwas Tee nehmen und das Schwein vergessen, er würde die Dinge wieder ins Lot bringen, sobald dieser hier sei.

Ich betrachtete mich in dem kleinen Spiegel, den der Hauptmann an der Wand hängen hatte. Ich hätte niemals geglaubt, dass eine Person so böse ausschauen könnte. Mein Gesicht war aufgedunsen, meine Augen blutunterlaufen, und mein Gesicht war völlig schwarz von den zwei Tagen, die ich in der Mine verbracht hatte. Ein Stück Seife lag auf dem Tisch des Hauptmanns, und ich fragte ihn, ob ich es nehmen, hinausgehen und mich damit waschen könne. Er sagte ja, aber ich solle in einer halben Stunde fertig sein, weil er wolle, dass ich hier wäre, wenn der Wärter auftauchte. Ich sagte, dass ich mich beeilen würde, und ging zum Badehaus.

Es war etwa drei Stunden nach der Morgenschicht und das Badehaus war relativ leer. Ich musste nicht lange warten. Ich war schmutzig von Kopf bis Fuß. Die Seife und das Wasser taten meinen Blutergüssen recht gut, und ich fühlte mich viel besser, als ich zum Büro des Hauptmanns zurücklief. Wir tranken noch etwas mehr Tee, und der Hauptmann sicherte mir zu, dass er mich, sobald er mit dem Wärter fertig wäre, zum Erste-Hilfe-Raum schicken, um herauszufinden, ob ich gebrochene Rippen hätte, und um Erlaubnis bitten würde für einige freie Tage.

Wir hörten Schritte. Jemand klopfte an die Tür, und der Hauptmann hieß ihn einzutreten. Kolya kam herein und hatte sein Gewehr dabei. Als er mich sah, traf mich sein hasserfüllter Blick. Der Hauptmann fragte ihn, ob es Neuigkeiten im Lager gebe. Kolya sagte nein, abgesehen von meiner Abwesenheit. Der Hauptmann forderte ihn auf, sein Gewehr niederzulegen. Nachdem er es in eine Ecke gestellt hatte, bat mich der Hauptmann aufzustehen. Ich tat es.

»So, hier ist Wanja. Na los, bestrafe ihn. Denk nur daran, dass er dieses Mal in der Lage sein wird, sich zu wehren.«

Kolya sah auf den Hauptmann, dann auf mich und dann wieder zurück auf den Hauptmann und blieb stumm. Der Hauptmann wiederholte seine Aufforderung, aber Schweigen war die einzige Antwort des Wärters. Dann schrie der Hauptmann: »Los, bestrafe ihn!« Aber Kolya bewegte sich nicht. Der Hauptmann forderte mich auf, mich in die Ecke zu setzen, wo ich zuvor gesessen hatte. Er zog hautenge Handschuhe an, ging zu Kolya und schlug ihn flach auf das Kinn. Kolya stolperte zurück und bekam einen weiteren Schlag auf die Nase. Blut spritzte heraus. Dann wurde der Hauptmann wild. Er trat den Wärter und schlug ihn, bis dieser am Boden wimmerte. Dann goss er Wasser über ihn und begann ihn als den ekelhaftesten, miesesten und schäbigsten Parasiten auf der Erde zu verfluchen. Er verfluchte seine Mutter, seine Familie, Jesus Christus und jeden anderen, der ihm in den Sinn kam. Dann schrie er den Wärter an, er solle aufstehen, sonst würde er ihn erschießen. Als Kolya aufstand, gab der Hauptmann ihm eine Ohrfeige. Das Schwein taumelte wieder zu Boden.

»Lass dich niemals wieder in diesem Lager sehen!«, sagte der Hauptmann. »Ich werde dich versetzen, und wenn du noch einmal hier auftauchst, werde ich dich erschießen, sobald ich dich sehe.« Dann ging er zu dem am Boden liegenden Wärter und schrie: »Ich werde auf dich eintreten, bis du dieses Büro verlassen hast.«

Er fing wieder an, auf ihn einzuprügeln, und der jammernde Wärter verkroch sich ziemlich schnell. Ich schwitzte und zitterte. Der Hauptmann wies mich an, die Blut- und Wasserlache auf dem Boden zu beseitigen. Er hatte einen Mopp in einem Eck, und ich gab mein Bestes. Dann nahm der Hauptmann eine Flasche Wodka aus seinem Schreibtisch. Er goss etwas davon in ein Wasserglas und trank es aus, dann bot er mir ein halbes Glas an. Ich wusste, dass es nicht richtig war abzulehnen, so nahm ich es und trank es aus. Mir kam es vor, als würde ich eine Feuerflamme trinken. Meine Zehen rollten sich in den Schuhen zusammen. Ich vergaß sogar meinen schmerzenden Körper für einige Minuten.

Der Hauptmann schrieb mir eine Bescheinigung, die ich in den Erste-Hilfe-Raum mitnehmen und der Schwester geben sollte. Ich dankte ihm. Mit voller Überzeugung sagte ich ihm, dass er mein Leben gerettet habe. Er sagte, dass ich künftig nichts mehr zu fürchten habe; was ihn betreffe, sei das Schwein schon versetzt.

Ich wusste, dass ich diesen Wärter nie mehr von Angesicht zu Angesicht sehen würde. Ich hatte die Angst in seinen Augen gesehen, als er halb aus dem Büro kroch und halb hinausstolperte. Einerseits war ich überrascht, da ich nicht erwartet hatte, dass der Hauptmann so brutal sein würde. Andererseits musste wohl auch die Erfahrung den Hauptmann gelehrt haben, dass solche Leute nur die Sprache von Macht, Gewalt und Angst verstehen. Ich ging zum Erste-Hilfe-Raum, und die Schwester war nett und freundlich, als sie mich untersuchte. Ich atmete erleichtert auf, als ich erfuhr, dass ich keine gebrochenen Rippen hatte. Sie gab mir ein Attest, das mir die Erlaubnis für drei freie Tage gab. Und sie sagte mir, ich solle meine Kleidung waschen und in der Sonne bleiben, wenn es möglich wäre, und einfach die Natur mich heilen lassen. Ich konnte es kaum erwarten, Omar zu sagen, was passiert war.

Dreizehntes Kapitel

Mit demselben Transport, der uns den sadistischen Wärter gebracht hatte, kam auch ein Gefangener, den ich aus Kronstadt, meiner Heimatstadt, kannte. Er war mit demselben Zug aus Rumänien gekommen, in dem auch ich mich befunden hatte, aber in einem anderen Waggon. Sein Name war Puri. Zu Hause war er ein Tänzer gewesen mit einer vielversprechenden Zukunft. Wie schrecklich er jetzt aussah! Aber wir sahen wahrscheinlich alle genauso aus. Als ich ihn nach den Bedingungen in dem anderen Lager während des Winters fragte, starrte er mich bedrückt an und sagte: »Schau mich und diesen Transport an. Das ist alles, was von uns übrig geblieben ist.«

Die ganze Ladung war in einer erbärmlichen Verfassung: zerlumpt, unterernährt, hohlwangig, traurig. Und das waren noch die stärksten Gefangenen. Sie waren dafür vorgesehen, die zu ersetzen, die gestorben waren.

Wenn ich nicht gerade arbeitete, verbrachte ich die wenigen Stunden, die ich für mich hatte, meistens mit Puri. Ich wollte einen Ausbruch mit ihm versuchen. Ich spürte, dass ich mich auf ihn mehr verlassen konnte als auf Omar. Er war nicht so groß, wie ich es war, aber er war drahtig und robust. In Mine 31 hatte er sich einen guten Ruf als *Budshchick* erworben, und hier in der Mine 28 arbeitete er im dreizehnten Stollen.

Manchmal begegnete ich ihm, wenn ich aus der Mine herauskam, und einige Male konnte ich ihn auf den Waggons mit nach oben nehmen. Ich überprüfte aber immer vorher mit dem russischen Mädchen auf der Plattform, ob keiner der Vorarbeiter auf der *Atkatka* war. Ich versuchte es nicht oft, weil es zu riskant war, aber die paar Male, die ich es tat, war mir Puri sehr dankbar.

Wenn dann einer der etwas humaneren Wärter Dienst hatte bei der Beaufsichtigung des Schichtwechsels, fragte ich, ob Puri mit mir zum Fluss kommen könnte. Ich mochte ihn sehr. Er sprach fließend Russisch, und in kürzester Zeit wurde er neben Omar und mir zum Favoriten der russischen Arbeiter. Im Moment fanden die Russen zu Omar nicht so leicht Zugang. Sie respektierten ihn, aber sie hatten Ehrfurcht vor seiner Körpergröße. Seine Hände allein waren schon grotesk in ihrer Größe. Und wenn die Arbeit nicht recht voranging, hatte er eine besondere Art zu knurren, bevor er etwas sagte.

Er zeigte sich mir gegenüber kühler, seit ich ihm gesagt hatte, dass ich ihn nicht mitnehmen konnte zum Fluss, und als er sah, dass ich die meiste Zeit mit Puri verbrachte, wurde er introvertierter denn je. Aber auch wenn wir weniger Zeit im Lager miteinander verbrachten, blieben wir doch eng verbunden. Das Zusammenarbeiten im Team in der Mine hatte ein besonderes Band geknüpft, das nicht so einfach zerrissen werden konnte. Manchmal erzählte er mir während der Pausen aus seinem Leben. Eines Tages erfuhr ich, dass sein Großvater in einer kleinen Stadt unweit von Kronstadt gelebt hatte, wo mein Großvater ein Restaurant betrieb, eine *Bodega*. Omars Großvater war dort jahrelang Stammkunde gewesen. Jeden Morgen um neun Uhr machte er dort eine Pause und trank einen doppelten *Rachiu*. *Rachiu* ist ein starkes feuriges Getränk, das aus Kartoffeln gemacht wird. Nach vielen Jahren wurde er krank und starb wenige Tage später. Die Leute waren der Überzeugung, dass der doppelte *Rachiu*, den er jeden Morgen trank, seine Innereien verbrannt hatte. Aber niemand hatte ihn je wirklich betrunken gesehen. Diese Standhaftigkeit musste auf die Familie übergegangen sein, denn er war körperlich ein Hüne wie Omar. Er war ein sehr netter alter Mann und pflegte allen Kindern aus der Nachbarschaft Lakritz zu kaufen. Er war eine lokale Legende, seit er als junger Mann einmal rund acht Pfund auf offenem Feuer gegrilltes Schweine- und Rindfleisch gegessen und dazu zehn Karaffen Wein getrunken hatte – und das alles bei einem einzigen Treffen. Später einmal hatte er auf eine Wette hin fünfzehn Minuten mit einem Zweihundert-Pfund-Mann auf seinen Schultern getanzt. Er verblüffte jeden. Keiner seiner Exzesse schien negative Auswirkungen auf ihn zu haben.

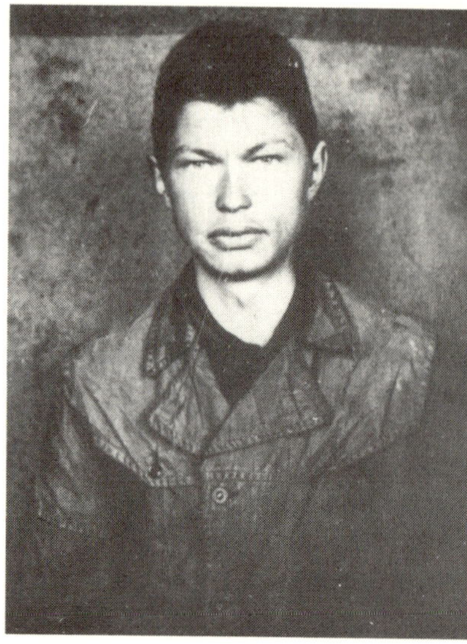

Omar

Als er mir dies erzählt hatte, sagte Omar, dass er gerne zehn oder zwölf Pfund Fleisch essen wolle, dass er aber statt Wein lieber einen Eimer Milch trinken würde. Ich wusste, dass er das geschafft hätte; ich aber auch. Während er mir dies sagte, begann er unter bitterem Seufzen mit leisen Schluchzern zu weinen.

Er sagte, wir müssten zusammenhalten und diese schreckliche Zeit gemeinsam überstehen; wir müssten all diese schrecklichen Feinde besiegen und lebend herauskommen. Ich hatte niemals jemand so weinen sehen. Die Tränen waren wie Milch, die ihren Siedepunkt erreicht, und sie quollen nur so nach außen. Wie konnte er sich so gehen lassen – Omar, der so introvertiert war und so wenig sprach?

Schließlich sagte ich zu ihm: »Schau, wir haben so lange durchgehalten, wir werden auch den Rest noch überstehen. Wir müssen nur durchhalten und es schaffen. Wenn zwei Kumpels zusammenhalten, haben sie eine Chance gegen die ganze Welt.«

Er fühlte sich dann besser und gab zu, dass es ihm sehr gut getan hatte, sich einmal so frei auszusprechen. Das gab mir aber auch die Gewissheit, dass ich selbst niemand hatte, dem ich mich anvertrauen konnte, mit dem ich reden und vor dem ich weinen konnte. Ich hatte das nicht realisiert, bevor Omar mir gegenüber sein Innerstes offenbarte. Auf dem Weg zurück ins Lager und als ich mich in dieser Nacht zum Schlafen niederlegte, dachte ich darüber nach, und ich musste Schluchzer unterdrücken aus Angst, jemand würde mich hören. Ich hätte mich geschämt, wenn jemand mich gehört hätte. Ich vertraute niemandem so sehr, nicht einmal Omar oder Puri, dass ich meine innersten Gefühle offenbart hätte.

Im Hintergrund hörte ich das Wimmern der *Libjotka*, die die leeren Waggons in die Mine hinabfahren ließ. Ich hasste dieses traurige Geräusch. Oh, wie sehr ich es hasste. Aber wenn ich jetzt darüber nachdenke, scheint es doch irgendwie schön gewesen zu sein.

Den ganzen Sommer über hörten wir alle drei nicht auf, über Flucht zu reden. Im weiten Donezbecken gab es viele Kohlenminen. Die beste Art zu entkommen war zweifellos mit der Eisenbahn. Zu Fuß zu gehen wäre nur nachts möglich und sehr kompliziert, denn jede große Mine hatte ein großes Lager mit Wärtern daneben, und jeden Tag hatten zwei Drittel der Wärter immer ihren freien Tag und würden in der Gegend um die Mine herumschnüffeln. Selbst außerhalb der Minenregion waren viele Felder zu überqueren. Jeder landwirtschaftliche Kollektivbetrieb hatte die Nacht über Patrouillen im Einsatz. Auch wenn diese nicht so zahlreich waren wie in den Minensektionen, so waren sie doch ein großes Problem. Selbst wenn wir das Glück gehabt hätten, aus dem Donezbecken sicher herauszukommen, würden wir uns dann an den Uferbänken des Dnjepr wiederfinden. Für einen guten Schwimmer wäre es zwar möglich, in der Nacht hinüberzuschwimmen. Ich war ein guter Schwimmer, Puri aber war es nicht und hätte dies nie geschafft. Und Omar, der konnte überhaupt nicht schwimmen.

Den Fluss über eine Brücke zu überqueren war indiskutabel, denn es gab schwerbewaffnete Wärter auf beiden Seiten. Dann kam als zusätzliches Problem hinzu, dass wir ausreichend Nahrung als Wegzehrung zusammenbekommen mussten, was fast unmöglich war. Nein, das Beste war eine Flucht mit der Eisenbahn. Viele der Züge, die den Donbass verließen, fuhren in westliche Richtung, wo die Rote Armee gegenwärtig viele osteuropäische Länder besetzt hatte, die allesamt Kohle brauchten. Aber alle Bahnhöfe waren bewacht, und sooft sie fünf oder sechs leere Waggons zu unserer Mine gebracht hatten, um mit Kohle beladen zu werden, hatten wir einen Wärter als Zugbegleiter gesehen.

Als wir alle Hindernisse diskutiert hatten, mit denen wir konfrontiert waren, erkannten wir, dass auch wenn alles im Winter weniger streng bewacht war, dieser doch deren bester Verbündeter und unser bitterster Feind war. Die Gewalt des Winters zu unterschätzen wäre ein fataler Fehler. So wäre nun der beste Zeitpunkt. Wenn wir das Essen zusammenbekommen hätten, hätten wir es versuchen sollen, aber wir konnten es nicht. Wie auch immer hielt uns das nicht davon ab, darüber zu reden.

Gegen Herbst erhielt unser Hauptmann einen Monat Urlaub, und ein anderer Offizier nahm seinen Platz ein. Er war jung, ehrgeizig und schrecklich aggressiv. Er zeigte sich von seiner schlimmsten Seite an den Stakhanov-Tagen, und wir hatten zwei davon diesen Monat. Dies waren Zeiten, in denen die Arbeitszeit und die Leistung auf ein irrsinniges Tempo gesteigert wurden, um die Kohlenausbeute auf die von der Partei vorgegebene Norm hochzupeitschen. Diese Tage waren benannt nach einem russischen Minenarbeiter, Stakhanov, dessen tägliche Ausbeute die jedes anderen um dreißig bis vierzig Prozent übertraf.

Zu diesen Zeiten zog sich der junge Offizier selbst gewöhnliche Minenarbeitskleidung an und ging für einige Stunden in die Stollen hinab. Dann kehrte er aus der Mine in sein Büro zurück, trank seine Flasche Wodka und ging wieder zurück in die Mine. Er trieb sich selbst an, bis der Alkohol wieder ausgeschwitzt war, dann ging er sofort nach oben, trank noch eine Flasche Wodka und kam wieder nach unten – nur um sicherzugehen, dass jeder Gefangene seine Quote erfüllte. Manchmal riss er auch jemandem die Schaufel aus der Hand. Dann arbeitete er wie wild eine Stunde oder so, bis er erschöpft war. Sein besonderes Talent war das Fluchen. Er wütete gegen Gott und seine Familie und zog sie in den Dreck. Er war ein schwärmerisches und fanatisches Parteimitglied. Er machte es sich zur Aufgabe, einen bestimmten Gefangenen zu haben, der seine Norm praktisch jeden Tag vier Wochen lang steigerte. Dieser Gefangene war so stark, wie man es von jemand in unserer Lage erwarten konnte, und er war stärker als viele andere, aber er war faul von Natur aus – so behauptete jedenfalls der Hauptmann.

Einige Tage stand der neue Hauptmann buchstäblich die ganze Schicht lang hinter ihm im dreizehnten Stollen. Der arme Kerl durfte keine einzige Minute während der ganzen acht Stunden Pause machen, abgesehen vom Wechsel auf einen anderen Platz, wo noch mehr Kohle herauszuschaufeln war. Es war schrecklich brutal. Am Ende dieses Monats bekam er ein höheres Gehalt, als er je zuvor erhalten hatte. Der Hauptmann rief alle Gefangenen außerhalb der Baracken zusammen und sagte uns, dass selbst der faulste Gefangene ein gutes Gehalt erzielen könne, aber er müsste angestachelt werden, auch entsprechend zu arbeiten. Natürlich erwähnte er nicht, dass ein weiterer Monat mit dieser Behandlung unseren Kameraden zweifellos umgebracht hätte. Nach seinem so spartanischen Monat waren seine Wangen so ausgehöhlt und sein Gesicht so fahl, dass er nachts im Lager oder in der Mine mit seiner schweren Lampe um den Hals aussah wie der wandelnde Tod.

Drei Wochen später fand der Gefangene eine Fischkonserve, die auf den Müll hinter dem Büro des Offiziers geworfen worden war. Der Hauptmann und ein anderer Russe hatten am Morgen etwas davon gegessen und dann die Konserve hinausgeworfen. Nachdem er sah, dass dort noch etwas Fisch übrig war, aß unser Kamerad es auf. Dies geschah um halb vier am Nachmittag, gerade nachdem seine Schicht vorüber war. Zurück im Lager klagte er bald über schreckliche Magenkrämpfe. Omar und ich hatten Nachtschicht, so gingen wir etwa um zehn Uhr zur Arbeit weg. Er begann furchtbar zu stöhnen. Als wir am nächsten Morgen von der Schicht zurückkamen, war er tot. Einige der Gefangenen sagten, dass die Geräusche und die Schmerzensschreie unbeschreiblich gewesen seien. Er muss furchtbar gelitten haben.

Der fanatische junge Hauptmann kam bald mit einer weiteren Idee daher. Er sagte dem Übersetzer, dass er nach der nächsten Seifenausgabe, die in zwei Tagen sein sollte, keinen weiteren schmutzigen Gefangenen mehr sehen wollte, wobei er Hände und Gesicht meinte. Der Witz war, dass die einzigen Klamotten, die wir hatten, diejenigen waren, die wir am Leibe trugen. Nach der Arbeit in der Mine gingen wir alle ins Badehaus und wuschen uns so gut wir konnten, aber dann war es nur eine Frage der Zeit, bis wir die Kleidung, die wir trugen, wieder berührten, und unsere Hände waren schon wieder schwarz.

Wenn du eine Fliege verjagt hast oder dir das Auge abgewischt hast, war dein Gesicht gleich wieder verschmiert. Nichtsdestotrotz wies der Hauptmann, wenn er jemanden sah, den er für schmutzig hielt, diesem sofort eine Strafarbeit zu. Selbstverständlich hatte er binnen kürzester Zeit das ganze Lager mit Strafarbeiten überzogen, abgesehen von den beiden Übersetzern, deren Geliebten und einem oder zwei von den schwachen Schweinehunden, die sich durch Bestechung von der Arbeit in der Mine freigekauft hatten. Omar und ich versuchten es zu vermeiden, dem Hauptmann zu begegnen, aber mindestens jeden zweiten Tag wurden wir gesucht und aufgezogen dadurch, dass wir mit dem Rest der Gefangenen irgendeinen albernen Teil der Baracke putzen mussten. Ein besonderer Arbeitsauftrag wurde dahingehend geschaffen, dass hinter den Baracken nach Wasser gegraben werden sollte. Der Hauptmann behauptete, er habe ein Gefühl, wonach es dort Wasser gäbe, und solange er die notwendigen Männer für solch verrückte Sonderaufgaben hatte, warum sollten wir nicht nach Wasser suchen? So schritt das Projekt voran, bis wir eine Grube von zwei Meter Tiefe, drei Meter Breite und drei Meter Länge gegraben hatten. An diesem Punkt ließ der Hauptmann die Idee fallen, denn es war nicht nur extrem schwer, in die Grube hinunterzusteigen und aus ihr wieder herauszuklettern, sondern es war auch praktisch unmöglich, die lockere Erde herauszuwerfen. Und so endete das Projekt. Aber der fanatische Hauptmann gab nicht auf. Er erfand immer neue Arbeitsaufträge. Einmal kam er am Basar vorbei und sah, dass der Platz schmutzig war. Wenige Tage später rückte er am Nachmittag, als der Markt leer war, mit einer Fünfzig-Mann-Truppe an, allesamt natürlich schmutzige Gefangene, und als Bonus schenkte er ihnen noch eine kurze Ansprache.

»Wir Bürger der UdSSR erlauben selbst euch Gefangenen, unseren Basar zu betreten. Deshalb will ich von euch Gefangenen, dass ihr diesen ganzen Platz reinigt.«

Die Hetze ging noch etwa zwei Wochen weiter. Der Hauptmann ließ niemanden zu Schlaf kommen. Er kam mitten in der Nacht in die Baracken, schrie und fluchte herum. Mehrere Male führte er das ganze Lager um drei oder vier Uhr morgens zum Fluss hinunter zum Waschen. Schließlich fingen einige Vorarbeiter an, Fragen nach ihren Arbeitern zu stellen, die jeden Morgen müder zur Arbeit kamen. Ein Vorarbeiter erzählte dem *Golovoi* davon, und der *Golovoi* rief den Hauptmann in sein Büro und sagte ihm, er solle uns in Ruhe lassen.

Am letzten Stakhanov-Tag hatte der junge Hauptmann wieder etwas, was ihm als eine gute Idee erschien. Er beschloss, die Gefangenen etwas früher zu wecken, so dass sie diese Zeit entsprechend länger in der Mine arbeiten konnten. Auf diese Weise sollte die ruhmreiche Sowjetunion etwas mehr Kohle erhalten. Ich war in der Schicht, die gerade mit der Arbeit fertig war, als die nächste Schicht hereinkam, eine Stunde zu früh, bei jedem Atemzug brummelnd und fluchend. Die Männer sagten, dass der Hauptmann in die Baracken gestürmt sei und wild zu gestikulieren begonnen hatte, wobei er gegen niemand Konkreten tobte und schimpfte. Dann mitten in seinem Wutanfall drang ein stechender Schrei aus seiner Kehle, gefolgt von einigen wilden Flüchen: »Ihr faulen Schweine, ihr schlaft, statt für die große Sowjetunion und Stalin zu arbeiten, die euch den

Weltfrieden geschenkt haben.« Es war ein solcher Unsinn, aber er glaubte tatsächlich alles, was er sagte.

Einige Tage später kehrte unser Hauptmann aus seinem Urlaub zurück, und der Fanatiker wurde versetzt. Ich empfand Mitleid mit dem jungen Offizier, denn es gab keinen Weg zu erfahren, was er im Krieg erlebt hatte, das ihn so verrückt hatte werden lassen. Aber noch mehr sorgte ich mich um die Gefangenen im nächsten Lager, dem er zugewiesen worden war.

Es dauerte einige Tage, bis die Spannung abklang. Dann kehrte wieder ein gewisser Friede im Lager ein. Vassily, der junge russische Holzfäller, lud mich zum Essen in sein Haus ein. Er wohnte in den Baracken hinter dem Lager. Ich war im vorigen Sommer dort gewesen. Sein Bruder war nicht zu Hause, denn er arbeitete in einer anderen Schicht, aber seine Mutter war dort, und sie sorgte dafür, dass ich mich willkommen und behaglich fühlte. Wir aßen nur Borschtsch und Kascha, denn sie waren eine sich fast vergeblich abrackernde Familie. Aber sie waren sehr anständig und ehrenhaft. Beide waren sehr betroffen und sogar verärgert darüber, dass keiner der Gefangenen die Erlaubnis hatte, von zu Hause Post zu bekommen, aber auch sehr hoffnungsvoll, dass die Dinge sich rasch bessern würden, denn es war jetzt schon fünfzehn Monate her, seit der Krieg zu Ende gegangen war.

Doch die Jagd nach der Kohle und das Elend blieben gleich. Zweifellos würden sich die Bedingungen verbessern, aber die russischen Menschen waren durch einen schrecklichen Krieg gegangen und litten furchtbar wie der Rest von Europa auch. Die Nachwirkungen waren so schlimm wie der Krieg selbst. Es würde Jahre dauern, um die Wunden zu heilen, besonders im Donezbecken. Aber wenn die Bedingungen in unserem Lager und in der Mine dieselben blieben, würde kein Gefangener noch einen Winter überleben.

Vassily und seine Mutter gaben mir immer noch etwas Hoffnung. Ich musste nur über die Runden kommen. Manchmal dachte ich daran, Vassily zu vertrauen und ihn wegen der Flucht um Rat und Hilfe zu bitten. Aber ich wusste, was er sagen würde, noch bevor ich ihn fragte: Versuch es nicht! Er mochte Sirienko sehr, und er wusste, dass Sirienko mich mochte. Wenn ich versuchen würde zu fliehen, dann würde man Sirienko mitbeschuldigen oder verdächtigen, weil er so sehr mit mir geprahlt hatte. Das Militär würde denken, dass er mir auf irgendeine Weise geholfen hätte. Auch Vassily und seine Mutter stünden vielleicht unter Verdacht.

Nach dem Essen dankte ich beiden und ging zum Fluss. Ich wollte für eine Weile alleine sein. Es war eine Kühle in der Luft zu spüren, bald würde der Winter kommen. Während der kalten Monate nagte der Hunger mehr denn je in meinen Innereien. Er war grausam, dieser kalte, leere Hunger!

Ein Arbeitsauftrag, der uns während der Schreckensherrschaft des jungen fanatischen Hauptmanns erteilt worden war, bestand im Reparieren eines Kellers, der etwa zehn Minuten vom Lager entfernt in der Nähe der Bäckerei lag. Es war ein riesiger Keller, und dieser wurde schon im Krieg zur Lagerung von Gemüse, Kartoffeln und Kraut genutzt. Ein Einsatzkommando unter Beteiligung von russischen Bauschreinern hatte diesen repariert, so dass er im kommenden Herbst und Winter wieder genutzt werden konnte. Sobald der Herbst einsetzte, fingen die örtlichen Bauern an, ihre Produkte aus der Ernte hier abzuliefern für die spätere Verteilung. Ich beobachtete, wie Wagenladung um Wagenladung an Kartoffeln eingelagert wurden. Da hatte ich eine Idee.

Als ich das nächste Mal spät in der Nacht von der Mine nach Hause lief, blieb ich stehen und sah mir das Schloss an. Es schien nicht besonders kompliziert oder schwer zu öffnen zu sein. Ich wusste, dass Puri etwas über Schlösser wusste, und einige Tage später fand ich ihn im Lager, nachdem wir von der Arbeit zurückgekommen waren, und erzählte ihm von meinem Plan. Wenn das Schloss vorsichtig geöffnet und geschlossen werden könnte, würden wir uns einige Male helfen können.

Puri ging mit mir hin, um sich die Sache anzuschauen. Nach einem Blick sagte er: »Lass es uns morgen machen. Alles, was du machen musst, ist mit dem Wärter zu sprechen und es zu arrangieren, dass ich mit dir von der Arbeit zurücklaufen kann. Wenn wir es schaffen hineinzukommen, dann können wir Kartoffeln in unseren Klamotten verstecken und im Lager für uns kochen.«

Am nächsten Tag bat ich den Wärter, Puri mit mir gehen zu lassen.

»Borisoveiovich hat einiges an Arbeit in der Küche, die bis zum Morgen erledigt werden müsste. Ich hätte gerne, dass Puri mit mir kommt, weil ich seine Hilfe brauche.«

Ich wusste, dass der Wärter zustimmen würde, und er tat es auch. Eine halbe Stunde nachdem unsere Schicht zurück ins Lager gegangen war, gingen wir zu dem Lagerkeller. Wir schlichen zum Eingang, und Puri begann, das Schloss aufzubrechen, während ich Schmiere stand.

In wenigen Minuten öffnete er die Tür und drang ein. Licht war keines nötig, denn wir waren an die Dunkelheit in der Mine gewöhnt. Er stopfte so viele Kartoffeln wie er nur konnte in seine Kleidung, dann kam er wieder heraus, nahm meinen Platz ein, während ich hineinging und meine Taschen füllte. Dann kam ich heraus und hielt Wache, während er das Schloss wieder verschloss. Wir schlenderten ganz lässig zurück zum Lager. Die Wärter nickten, als wir eintraten. Wir gingen sofort in die Baracke und brieten unsere Kartoffeln auf dem Feuer. Niemand sah uns zu. Natürlich waren wir so ausgehungert, dass wir gar keine Geduld hatten zu warten, bis die Kartoffeln fertig waren, und aßen diese noch halb roh.

Wir wurden dabei unterbrochen von einem Übersetzer, der in die Baracke schlurfte. Er hielt am Feuer an, sah uns gierig Kartoffeln verschlingen und fragte, wo wir diese herbekommen hätten. Ich sagte, dass wir etwas für Borisoveiovich gearbeitet hätten und er uns dafür einige Kartoffeln geschenkt hätte. Das klang nicht wirklich glaubhaft, denn jeder, der dem fetten Borisoveiovich half, bekam im Speisesaal etwas zu essen, aber im Moment war das noch das Plausibelste, auf das ich in der Eile kam. Der Übersetzer ging weg von dem Ofen, an dem wir saßen, schlenderte ein wenig herum und ging dann zurück zu seinem Quartier. Puri sah mich an. Ich zuckte mit den Schultern. Wir verdrückten die letzten unserer Kartoffeln und gingen schlafen.

Ich schlief durch, und als ich am nächsten Morgen erwachte, bemerkte ich Aufregung im Quartier der Übersetzer. Puri und ich schenkten dem keine Aufmerksamkeit und gingen wie üblich zur Arbeit. Als wir indessen nach der Schicht zu den Baracken zurückkamen, riefen uns die Übersetzer herein und stellten uns Fragen nach den Kartoffeln. Natürlich blieb ich bei meiner Geschichte. Wir wurden bis zum Morgen getrennt voneinander verhört, dann brachten sie uns zusammen herein. Sie sagten, dass jemand aus ihrem Quartier Geld gestohlen hätte und wir deshalb Kartoffeln gehabt hätten. Nachdem erst in wenigen Tagen Zahltag war, konnte keiner Geld haben; die einzige Art und Weise, wie wir zu Geld gekommen sein konnten, wäre durch Diebstahl gewesen, und das erklärte, wie wir zu den Kartoffeln gekommen wären. Sie durchsuchten uns mehrmals, aber sie konnten bei keinem von uns Geld finden. Das verwirrte sie völlig. Dann aber sagten sie, dass wir es irgendwo unten in der Mine versteckt haben mussten und dass wir sehr vorsichtig sein sollten bis zum Zahltag, denn wenn wir mit vollen Händen Geld ausgeben würden, dann würde das nicht unbemerkt bleiben.

Was konnten wir mit diesen beiden Bastards tun? Sie drohten damit, den Hauptmann einzuschalten, und sie sagten, sie würden auch Borisoveiovich fragen, um herauszufinden, ob wir für ihn gearbeitet hätten oder nicht. Mehr brauchten wir nicht. Schließlich sagten wir ihnen, wo wir die Kartoffeln gestohlen hatten. Das wirkte. Sie ließen uns gehen und sagten, dass sie sich eine geeignete Strafe für uns ausdenken würden.

Wir setzten unsere tägliche Routine fort. Schließlich fingen sie am Zahltag den Dieb. Es war ein alter Mann, der sehr krank war. Er hatte versucht, einen Wärter einen Tag vor dem Zahltag mit einer

Zehn-Rubel-Note zu bestechen, damit dieser ihn zum Basar gehen ließ. Seit er alt und krank und sehr geschwächt war, hatte er wahrscheinlich dem Übersetzer eine Uhr oder irgendetwas anderes gegeben, um nicht mehr in der Mine arbeiten zu müssen, wo er auf jeden Fall gestorben wäre. Der Wärter, den er zu bestechen versucht hatte, wurde selbst verdächtigt, und nachdem er das Geld angenommen und dem alten Mann erlaubt hatte, zum Basar zu gehen, ging er zu dem Übersetzer und erzählte ihm davon. Der arme alte Mann kam zwei Stunden später vom Basar zurück. Er hatte einiges an Essen verschlungen, und er brachte Maismehl, Schweineschinken, Zucker und zwei *Stakans Machorka*-Tabak mit zurück. Er begann zu heulen und gestand alles.

Sie nahmen ihre siebenhundert Rubel zurück, genauso wie den *Machorka*, den Zucker, das Maismehl und den Schinken. Wenn sie ihm das Essen, das er auf dem Basar gegessen hatte, aus dem Magen hätten holen können, so bin ich sicher, dass sie ihm auch das weggenommen hätten. Als Strafe musste der alte Mann im Holzlager hinter der Mine arbeiten, wo die Stützbalken gesägt wurden. Drei Wochen später starb er.

Wegen des Diebstahls der Kartoffeln wurden wir verpflichtet, zwei Stunden täglich in dem Loch weiterzugraben, wo der Hauptmann uns alle nach Wasser hatte suchen lassen.

Drei Tage nachdem Puri und ich unsere Strafe abgebüßt hatten, traf ich Vassily auf meinem Weg in die Mine. Er lud mich ein, zu seinem Haus herüberzukommen, um etwas zu essen. Omar war schon gegangen, und ich kletterte mit Vassily aus der Mine heraus, statt mit den Waggons nach oben zu fahren. Wir waren allein im Badehaus, und ich erzählte ihm die Geschichte von unserem Kartoffeldiebstahl. Ich wusste, er würde es verstehen, und das tat er auch. Dann erzählte er mir von einem Artikel, den er in der *Prawda* ein Jahr zuvor gelesen hatte, über eine etwa 80 Kilometer östlich von uns gelegene Mine, die der Partei eine große Menge an Kohle schuldete. Die Behörden hatten alle verfügbaren Arbeiter aus den Nachbarfarmen abgezogen, um in die Mine zu kommen und ihnen dabei zu helfen, ihre Schulden zu bezahlen. Dies geschah genau zur Erntezeit und hatte zum Ergebnis, dass die Kartoffeln niemals geerntet wurden. Vassily konnte sich nicht an die Schätzung erinnern, wie viele Tausende Pfund Kartoffeln auf den Feldern nicht abgeerntet liegen geblieben waren. Es schien mir unglaublich, dass sie diese Kartoffeln verrotten ließen, wenn hier die Rationen so klein waren. Vassily hatte mir diese Story erzählt, damit ich kein schlechtes Gewissen mehr haben sollte wegen der Kartoffeln, die wir gestohlen hatten, aber es machte mich nur wütend. Später bei sich zu Hause zeigte mir Vassily ein Bild vom

Vater seiner Mutter. Es war ein altes, vergilbtes, beflecktes Bild, das ein runzliges altes Gesicht zeigte mit einem dichten Bart und sehr buschigen Augenbrauen. Vassily erzählte mir, dass sein Großvater sehr gerne Spaziergänge im Schnee unternahm; manchmal lief er bis zu 25 Kilometer auf einmal. Wenn er von solchen Spaziergängen zurückkam, war sein Bart immer voller Eis. Vassily half ihm immer, seine Stiefel auszuziehen und anschließend die Eisklümpchen aus dem Bart herauszuzupfen.

Sooft ich eine Weile in sein Haus kam zum Essen und Plaudern, fühlte ich mich gleichzeitig wohl wie auch ein wenig traurig. Viele Gefangene waren nur hasserfüllt, wenn sie über irgendetwas im Zusammenhang mit Russland sprachen. Aber sie hatten unrecht. Die Russen waren Menschen wie alle anderen auch. Es gab gute und böse Menschen unter ihnen.

Wenn die physischen Beschwerden nicht so hart gewesen wären, hätte es ganze Herden von Psychopathen gegeben, die verwirrt im Lager herumgeirrt wären. Ich glaube nicht, dass es auch nur einen Gefangenen gab, den eine ehrliche medizinische Kommission für gesund erklärt hätte. Die eine Hälfte der Gefangenen sorgte sich nicht mehr darum, was mit ihnen geschehen würde – sie waren zu abgekämpft und krank und geschwächt –, während die andere Hälfte wusste, dass der kommende Winter sich als fatal erweisen würde.

Wenn ich zur Arbeit ging und von der Arbeit kam, bemerkte ich, dass die zwei Russen, die auf dem Turm arbeiteten, bereits ihre Pelzkleidung trugen. Die Spitze des Turms war nun schon etwa zehn Stockwerke über dem Erdboden. Die Nachtwinde von Nordost waren bereits sehr kalt, aber mitunter wehte ein Wind vom Südwesten vom Schwarzen Meer her, und diese sanfte Brise fühlte sich an wie eine Botschaft der Wärme aus der Heimat. Und doch würde dieses endlose Land bald mit einer Schneedecke überzogen sein.

Vierzehntes Kapitel

Die von der Mine zurückkehrenden Schichten wurden am Tor gestoppt, und jeder Gefangene, der nicht ein großes Stück Kohle mitbrachte, wurde bestraft und zum einen oder anderen Arbeitseinsatz eingeteilt. Auf diese Weise wurde ein Vorrat angelegt, so dass bei plötzlichem Kälteeinbruch alle Feuerstellen und Öfen im Lager rund um die Uhr brennen konnten.

In manchen Nächten gab es schon Temperaturen unter dem Gefrierpunkt. Morgens sahen die Felder weiß aus vom Frost, doch in zwei Stunden verwandelten sie sich in ein kräftiges Gelbgrün. Die Sonnenblumen auf den Feldern rochen verblüht. Die Blütenstängel starben ab, und der erste heftige Schneefall würde sie ganz auslöschen. Die Abende waren endlos. Die russischen Mädchen auf der *Atkatka* sangen wunderschöne traurige Volksweisen, sooft sie die Gelegenheit dazu hatten. Im Hintergrund war das traurige Wimmern unserer Winde zu hören, verbunden mit dem schwächeren und noch traurigeren Wimmern der Winde von Mine 68.

Wenn man an der Plattform vorbeiging, konnte man manchmal das russische Mädchen, das Dienst hatte, singen hören, zusammen mit dem Mädchen, das auf der nächsten Plattform arbeitete, hundert Meter oberhalb oder unterhalb der *Uklon*. Das Gelände wurden mit elektrischem Licht beleuchtet, und man konnte einander nur undeutlich sehen und nur hin- und herrufen. Sie kommunizierten üblicherweise per Telefon, aber sobald sie nicht mehr am Arbeiten waren und nicht mehr gebohrt und gehämmert wurde, kam eine Gruppe von ihnen zusammen und sang.

Es gab ein weiteres russisches Mädchen namens Dusya, die üblicherweise im dreizehnten oder vierzehnten Stollen arbeitete. Sie, Lisa, Marusja und Nina waren gut befreundet und sie sangen gerne miteinander. Manchmal konnten sie es einrichten, dass sie in der gleichen Schicht arbeiteten, und da sie im gleichen Dorf wohnten, würden sie miteinander zur Mine laufen können und von der Mine heimgehen. Dusya war groß und schlank, ein feuriges, dunkelhaariges, attraktives Mädchen.

Sie und Lisa wären die schönsten Mädchen in Russland, dachte ich, wenn sie sich nur pflegen und mehr auf sich selbst achten könnten. Bei der harten Arbeit und dem Kohlenstaub und der formlosen Arbeitskleidung, die wir tragen mussten – Männer und Frauen gleichermaßen –, war es sehr schwer, eine feminine Ausstrahlung zu bewahren. Dusya trug immer ein knallbuntes Kopftuch fest um die Stirn gebunden, das ihre hohen Wangenknochen betonte.

Wenn manchmal eine Verzögerung in der Produktion eintrat oder leere Wagen fehlten, die zu beladen gewesen wären, oder es auch wegen Sprengungen eine Auszeit von zehn oder fünfzehn Minuten gab, schäkerten die jungen russischen Arbeiter in der Mine mit den russischen Mädchen herum. Verbal waren sie sehr grob. Einige russische Mädchen konnten damit besser umgehen als andere, aber keine konnte es besser als Dusya. Wer auch immer eine Sprache unterhalb der Gürtellinie benutzte, bekam von ihr einen Blick zugeworfen, der ihn frösteln ließ. Sie lehnte es rigoros ab, solche Dinge zu tolerieren. Das liebte ich an ihr. Einmal sagte in meiner Gegenwart ein *Desyatnik*, eine Art Vorarbeiter niederen Ranges über zehn Arbeiter, freiheraus zu ihr, was er mit ihr gerne machen würde. Dusya sah ihn an und bemerkte: »Ich denke nicht daran!« Dann kehrte sie ihm den Rücken zu, redete mit mir und ignorierte ihren Vorgesetzten total. Das war ein starkes Stück, wenn ich an meinen Status als Gefangener und den Status eines *Desyatnik* einer hoch produktiven Kohlenader dachte. Sie war ein Vollblutweib.

Die Ernte war gut gewesen, und alle russischen Arbeiter hatten sich Vorräte an Kartoffeln, Mais und Sonnenblumenkernen angelegt. Sie begannen, ihre dickere Kleidung herauszuholen: Pelzmäntel, Mützen, Filzstiefel und Anoraks, wie sie jeder von ihnen hatte. Einen Russen im Winter ohne Anorak draußen zu sehen wäre wie einen Kohlenminenarbeiter ohne eine Lampe. Bei den Gefangenen war es ein wenig anders. Die Verpflegung war im Sommer und Herbst üblicherweise viel besser und ließ im Winter stark nach, was unsere Überlebenschancen nicht gerade verbesserte. Die uns zugeteilten Klamotten waren das ganze Jahr über dieselben.

Einige zusätzliche Arbeiter wurden zur Mine gebracht, aber es waren Russen, keine Gefangenen. Sie waren Soldaten gewesen während des Kriegs und bei den Deutschen in Kriegsgefangenschaft geraten. Als der Krieg vorüber war, so erzählten einige, wurden sie gründlich überprüft. Wenn die russischen Funktionäre zu der Ansicht gelangten, sie hätten zu viel von der westlichen Lebensart gesehen, dann durften sie nicht mehr nach Hause zurückkehren, sondern wurden stattdessen bestimmten Arbeitskolonnen zugewiesen. Unsere zusätzlichen Arbeiter waren alle solche Leute. Jetzt wurden sie gezwungen, sich uns in der Mine 28 anzuschließen. Es herrschte große Bitterkeit unter ihnen, was nur allzu verständlich war. Einige waren noch voller Leben und froh, dass der Krieg vorüber war. Andere zeigten sich auf die eine oder andere Weise gleichgültig. Die meisten stellten sich als gute Arbeiter heraus. Einer von ihnen namens Mischa wurde zur Arbeit im dreizehnten Stollen eingeteilt, und unser Vorarbeiter stellte ihn Omar und mir vor.

Mischa war einer von jenen warmherzigen, gesprächigen jungen Burschen, die schnell mit jedem Freundschaft schlossen. Schnell beim Lächeln und schnell beim Bekunden von Sympathie und Verständnis, war er ein sehr intelligenter und alerter junger Mann. Als uns Nikolaevich am ersten Tag miteinander bekannt machte, wurden wir sofort Freunde und gingen gemeinsam zum Waschhaus. Wir hatten nicht viel Zeit zum Reden, aber wir versuchten, uns jeden Tag vor oder nach der Arbeit zu sehen.

Dann stand ich eines Tages mit Mischa im Waschhaus. Omar war schon gegangen. Neben Mischa lagen die Kleidungsstücke von einem anderen früheren Kriegsgefangenen. Mischa schaute sich um und sah, dass der andere Kollege in der Dusche war. »Komm hier herüber«, wisperte er mir zu.

Während ich zusah, durchsuchte er schnell die Kleidungsstücke des anderen Mannes und steckte etwas in seine Hosentasche. Es war etwas dunstig wegen des Duschwassers, und ich konnte nicht sehen, was er eingesteckt hatte. Mischa sagte mir, dass ich mich rasch anziehen und zum Speisesaal kommen sollte, wo er für mich etwas zu essen beschaffen wollte. Er verhielt sich sehr merkwürdig. Er ging und ich schlüpfte in meine Klamotten und Galoschen und holte ihn kurz vor dem Speisesaal ein.

»Du hast nichts gesehen«, sagte er. »Du hast die ganze Zeit neben mir gestanden.«

»Gut«, ich zuckte mit den Schultern. » Ohnehin habe ich wirklich nichts gesehen.«

Mischa gab mir seine Brotration und einen Teller Borschtsch, und dann ging er weg. Er sagte, er würde zu den Baracken gehen. Ich wusste, dass er verstecken oder verkaufen wollte, was auch immer er gestohlen hatte.

Ich war noch beim Essen, als einige Russen aus dem Waschhaus kamen und eintraten. Sie fragten mich, ob ich Mischa gesehen hätte oder wüsste, wo er wäre. Ich sagte ihnen, dass er heimgegangen sei. Dann fragten sie mich, was ich beobachtet hätte, was er getan hätte, als ich neben ihm im Badehaus stand. Ich sagte, dass ich nichts Ungewöhnliches bemerkt hätte. Plötzlich zeigte einer der Russen auf mich und sagte: »Du hast die Uhr genommen!« Das war es also, was er gestohlen hatte.

»Durchsucht mich, wenn ihr wollt«, sagte ich zu ihnen.

Genau in diesem Moment kam Borisoveiovich aus seiner Küche und fragte, was geschehen war. Sie sagten es ihm.

»Misshandelt diesen besonderen Gefangenen nicht«, sagte er und deutete auf mich, »oder der *Golovoi* wird böse werden.« Da entschuldigten sie sich bei mir und sagten, ich solle ihnen Bescheid sagen, wenn ich zufällig mitbekommen sollte, dass jemand im Lager eine

Uhr verkaufen wollte. Später erzählte ich Omar von der Begebenheit. Er sagte, es sei sicherer für mich, wenn ich nicht zu oft mit Mischa redete, denn er sei aalglatt.

Während der nächsten zwei Wochen hörten wir, dass noch verschiedene andere Dinge aus den Baracken gestohlen worden waren, wo die früheren Soldaten lebten. Ich wusste, wer der Dieb war, aber er war zu gerissen, um ertappt zu werden. Er hatte die Dinge wahrscheinlich auf dem Basar verkauft, oder sie mitgenommen zum Basar von Rovenki, das 13 Kilometer entfernt lag. Sobald das Diebesgut in Rubel umgewandelt war, war er in Sicherheit.

Ich sah Mischa zwei Tage nach dem Vorfall mit der Uhr. Er grinste und sagte: »Ich habe schon gehört, was passiert ist, nachdem ich den Speisesaal verlassen hatte. Keine Sorge. Ich sehe zu, dass ich jedes Mal, wenn ich kann, eine Extraration zum Essen für dich besorge.«

Dann zeigte er mir seine Lebensmittelkarte, auf der noch ein halbes Brot frei war, und sagte, dass er mir das Brot geben würde. Im Speisesaal löste er es ein und händigte es mir aus. Dann unterhielten wir uns ein wenig, aber wir hatten nicht sehr viel Zeit, denn er war auf dem Weg zur Arbeit und ich musste ins Lager zurücklaufen.

»Sehr schade, dass wir in solchen Verhältnissen leben«, sagte er.

Einige Tage später sah ich ihn im Speisesaal. Er war betrunken, wirkte etwas angriffslustig und war unnötig laut. Ich beschloss, nicht mehr zu sagen als »Servus, Mischa« und »Wie geht's?«, sooft ich ihn traf. Er war zu gefährlich, trotz seiner Freundlichkeit.

Auch wenn die ehemaligen Soldaten als Russen besser verpflegt und besser behandelt wurden als die Gefangenen, so litten sie doch auch unter der Belastung und der Härte, acht Stunden täglich in der Mine 28 arbeiten zu müssen. Es war in ihren Gesichtern und an ihren Körpern zu sehen. Nur die Leute vor Ort, die im Donezbecken geboren waren, schienen fähig zu sein, dem drängenden Arbeitstempo und den brutalen Arbeitsbedingungen standhalten zu können. Auch sie hatten genug zu leiden, aber sie waren an diese Härte gewöhnt, die ihre Väter und Großväter schon genauso erlebt hatten. Die einzige Möglichkeit, die diese Menschen für ihren Lebensunterhalt hatten, waren die Kohleminen. Ein Mann im Alter von 35 Jahren sah wie 50 oder 55 aus. Ich hatte den Eindruck, dass die Kohle sie brandmarkte. Nach Jahren der Arbeit in den Stollen für acht Stunden täglich ohne aufstehen und sich ausstrecken zu können, musste ihre Rückenmuskulatur hart wie Stahlbänder sein.

Die Russen beschwerten sich, aber ihre Klagen waren zurückhaltend, weil sie den Staat und die Partei fürchteten. Wir Gefangenen hatten kein Recht zur Beschwerde über unsere Rationen, obwohl Stalin ein Gesetz gemacht hatte, das uns die gleichen Rationen zusprach wie den russischen Minenarbeitern. Der einzige Unterschied war der, dass die Russen ihre Rationen auch erhielten. Abgesehen vom Brot, das wir regelmäßig und in der richtigen Menge bekamen, waren unsere gekürzt oder wurden gestohlen, und sie verschwanden oft, bevor wir sie sahen. Aber bei wem konnten wir uns beschweren? Der Roten Armee? Der Verwaltung? Ich wusste nicht einmal, wo die Verwaltung bei Lagern wie dem unseren war.

Als weitere Wochen vorüberzogen, wurde es kälter und kälter. Es war noch kein Schnee gefallen, aber die Kohlsuppe wurde dünner. Hier und da begannen Gefangene zu sterben. Sie mussten natürlich begraben werden, und dies wurde wieder zu einer der schrecklichsten Arbeiten. Im letzten Winter wurde ein Ort in dem gefrorenen Boden hinter dem Lager ausgewählt, und in diesem Jahr war es derselbe Ort und dieselbe ermüdende Aufgabe. Es war fast unmöglich, selbst ein nicht so tiefes Loch in den gefrorenen Boden zu graben. Jedes Grab wurde mit einem Stock markiert, so dass niemand versehentlich hier noch einmal graben würde.

Ich fürchtete, Getz werde sterben. Er war mit seinen über vierzig Jahren einer der ältesten Gefangenen, und das grausame Regiment des jungen Hauptmanns hatte seine Kräfte aufgezehrt. Eines Tages konnte er einfach nicht mehr zur Arbeit aufstehen. Er war schrecklich dünn geworden und seine Beine und Füße waren von Wasser geschwollen. Ich hatte einmal gesehen, wie die Wärter einen Gefangenen mit einem geschwollenen Fuß beschuldigt hatten, faul zu sein. Sie hatten sein Knie verbogen, bis die Haut aufriss und die Flüssigkeit herausquoll. Drei Tage später starb der Mann. Glücklicherweise entging Getz einem solchen Schicksal. Das letzte Mal, als ich ihn sah, stützte ihn einer von den Russen, als er langsam zur Krankenstation hinkte. Später hörte ich, dass sie ihn aufgrund seines Alters wirklich nach Hause hatten fahren lassen. Ich fragte mich, ob er die Reise überleben würde. Ohne ihn fühlte ich mich noch einsamer.

Omar und ich waren in der Nachmittagsschicht eingesetzt, von drei Uhr bis elf Uhr nachmittags. Es war nicht sehr kalt, als wir in die Mine hineingingen, und die acht Stunden gingen schnell vorüber. Wir erledigten unsere *Budka*, und als wir den Stollen verließen, sagte uns die hereinkommende Nachtschicht, dass draußen ein Schneesturm tobte. Omar und ich nahmen einen Zug mit Waggons aus der Mine nach draußen, wie wir es taten, so oft es möglich war, um unsere Kräfte zu schonen. Draußen gerieten wir am Hang direkt in den heftigen Schneesturm, der von Osten her wehte. Der Schnee war an manchen Stellen schon über einen halben Meter hoch, an anderen Stellen, wo der Wind den Schnee weggeblasen hatte, war der Boden, auf dem wir liefen, steinhart. Obgleich das Badehaus nur drei Minuten von der *Atkatka* entfernt lag, war uns sehr kalt und wir fröstelten, als wir dorthin liefen. Wir wuschen uns und gingen wieder in den Sturm hinaus zum Speisesaal, um etwas zu essen zu bekommen. Der Gedanke an den kilometerlangen Weg zurück zum Lager war nicht sehr angenehm. Der Winter war auf eine machtvolle Weise gekommen. Er war nicht ruhig gekommen; er war mit Groll gekommen, wütend darüber, dass er nicht früher hatte Einzug halten dürfen.

Eines Tages waren Omar und ich mit unserer Arbeit etwa eine Stunde später fertig als üblich. Wir konnten nichts mehr im Speisesaal zu essen bekommen als unseren üblichen Teller mit Kohlsuppe, und danach waren wir hungriger als zuvor.

Unser Hauptmann war nun schon seit zwei Monaten von seinem Heimaturlaub zurück. Er hatte einen niedlichen runden fetten Hund von zuhause mitgebracht. Borisoveiovich hatte diesen gefüttert, weil er der Hund des Hauptmanns war. Er war jetzt noch dicker als er zum ersten Mal ins Lager kam.

Normalerweise sahen wir den Hund bei unserer Rückkehr nachts ins Lager nicht; als wir diese Nacht aber durch das Tor gingen, war er da und tollte im Schnee. Die Tür zum Wärterhäuschen war geschlossen, und wir konnten durch das Fenster sehen, wie der Wärter vor dem brennenden Ofen eingeschlafen war. Omar sah mich bedeutungsvoll an. Ich war mir nicht sicher, woran er dachte, aber ich hatte selbst eine Idee. Wie auch immer, wir dachten beide wieder einmal dasselbe, denn Omar kniete nieder, und der Hund kam verspielt zu ihm. Dann ein Schlag ... Omar traf ihn mit seiner Minenlampe. Die Wucht des Aufpralls ließ Omar sein Gleichgewicht verlieren und hinfallen. Ich hob den Hund auf und legte meinen Anorak über ihn. Ich ging zu der Baracke und Omar kam hinter mir her.

Alle schliefen. Ich war erstaunt darüber, wie schnell Omar den Hund mit seinem Messer häutete und zerlegte. In Streifen geschnitten, auseinandergerissen, geschnitten ... und bald war alles vorbei. Der Ofen loderte farbenfroh, gefüllt mit heißglühenden Kohlen, und die Innereien des Hundes, das Fell und der Kopf verbrannten schnell.

Ich brachte etwas Schnee herein, den wir in unseren Töpfen zum Schmelzen brachten. Nach fünf Minuten hatten wir das Fleisch aufgeteilt und legten es in das kochende Wasser. Omar hatte etwas Salz versteckt. Wir teilten auch dieses, und unser Mahl begann bald köstlich zu duften. Nach etwa einer halben Stunde begann Omar seine Portion zu essen, und ich tat ihm nach. Für uns schmeckte es wie normales Fleisch. Wir zuzelten an den Knochen, während die glühenden Kohlen die Überreste des Hundes des Hauptmanns in Asche verwandelten.

Einige Tage später bat uns einer der Russen beim Aufbau eines Zusatzzeltes in der Nähe des Speisesaals zu helfen. Sie hatten schon damit begonnen die Pfosten einzuschlagen, aber der Boden war sehr felsig und gefroren unter dem Schnee. Der vierte Pfosten wollte überhaupt nicht in die Erde eindringen. Der Russe, der den Vorschlaghammer führte, wurde mit jedem Schlag erschöpfter. Dann nahm ein anderer Russe, einer von den Schmieden, den Vorschlaghammer an sich und begann, diesen so kräftig er konnte zu schwingen. Beim zweiten Schlag zerbarst der Griff des Vorschlaghammers.

In der Nähe lag eine Bahnschwelle am Boden. Omar hob sie vom Boden auf und ging damit zu der Stelle, wo der vierte Pfosten platziert werden sollte. Er sah nach mir, aber ich lief schon in seine Richtung. Ich hielt den Pfosten fest, während Omar voller Zorn die schwere Schwelle schwang. Mit jedem Schlag drang der Pfosten etwa drei Zentimeter in die Erde ein, und nach fünfzehn Schlägen war er tief genug eingedrungen, so dass ich ihn nicht länger für ihn festhalten musste. Ich ließ den Pfosten los und trat zurück, um zuzuschauen. Die Russen hatten sich um uns versammelt, um ebenfalls das Spektakel anzuschauen. Und es war eine echte Schau. In der Heimat zahlten Leute Geld, um so eine Leistung zu sehen. Die Russen hatten überhaupt nicht daran gedacht, diese Bahnschwelle zu nutzen; normalerweise wurde sie von zwei Männern getragen. Und dieser Hüne benutzte sie als Vorschlaghammer.

Ivan Ivanovich schüttelte seinen Kopf und grinste in sich hinein. Ich wusste genau, dass ab morgen jeder Russe in der Mine über diese Geschichte Bescheid wusste. Ivan Ivanovich wies Omar an einzuhalten. Der gehorchte und warf die Schwelle wütend auf die Seite. Dann trat er zurück, ein wenig verschämt, als er all die starren Blicke bemerkte, die auf ihn gerichtet waren.

Wir richteten das Zelt auf, was nur zehn Minuten dauerte. Ivan Ivanovich sagte, dass unsere Arbeit getan sei. Er bat die Russen, zum Speisesaal zu kommen, wenn sie etwas essen wollten.

In der Küche redete Ivan Ivanovich mit Borisoveiovich. Er musste ihm erzählt haben, was Omar getan hatte, denn Borisoveiovich kam mit zwei Tellern Kascha für Omar allein heraus. Die Teller waren wirklich gut gefüllt. Wir aßen und aßen, aber so hungrig, wie ich war, konnte ich nicht anders als auf Omar zu schauen und daran zu denken, wie er diese schwere hölzerne Schwelle geschwungen hatte, an seine kraftvollen Arme und Schultern, an seinen riesigen Brustkorb. Wie ausgehungert und unterernährt er auch war, immer noch hatte er so eine Kraft! Wenn sie ihn ordentlich ernährt hätten, wäre er wohl der stärkste Mann auf der Welt gewesen.

Kurz nach dem heftigen Wintereinbruch erhielt einer der Gefangenen einen Brief von zuhause. Dieser war heftig zensiert worden und nicht mehr recht leserlich. Wir fragten ihn, wie oft er nach Hause geschrieben hätte. Er sagte uns, dass er einem russischen Arbeitskollegen einen kurzen Brief gegeben hätte, der ihn für ihn aufgegeben hätte, dann hätte er die Antwort bekommen. Das einzige, was man dem Brief hatte entnehmen können, war, dass die Ehefrau und die Eltern des Kameraden noch am Leben waren und sein Kind wenige Monate nach seiner Verhaftung geboren worden war. Es war ein Junge, und er war gesund. Mehrere Gefangene hatten versucht, mit ihren Verwandten zuhause zu korrespondieren, ich eingeschlossen, aber nach meinem Kenntnisstand war er der einzige, der je eine Antwort erhalten hatte. Er versuchte zurückzuschreiben, aber sein russischer Freund sagte, dass er ihm nicht länger helfen könnte. Ihm war gesagt worden, dass dies verboten sei. Damit endete diese Geschichte.

Schreibpapier von schlechter Qualität, das man ergattern musste, um zu versuchen nach Hause zu schreiben, gab es gelegentlich auf dem Basar, aber es war sehr teuer. Auch ein Stift war ein sehr teurer Artikel, und die Qualität sehr schlecht. Es war schwer zu glauben, dass ein Stift zehn Rubel kostete. Zuhause hätte man einem Stift keinen Wert beigemessen, aber schließlich waren die Bedingungen hier andere. Wenn ich an mein jetziges Leben dachte, dann erschien mir mein bisheriges Leben zuhause wie ein wunderbares Märchen.

Während der letzten zwei oder drei Wochen warnte mich Omar immer wieder bei der Arbeit, dass ich nicht mehr so aufmerksam sei wie bisher. Man musste auf jedes Geräusch reagieren, das der Untergrund von sich gab. Wenn der Untergrund ächzte und stöhnte, musstest du darauf hören und versuchen genau zu verstehen. Es kam mir so vor, als ob der Boden dagegen protestierte, dass wir die Kohleadern aus seinen Eingeweiden entfernten. Vor allem dagegen, dass wir diese so schnell herausholten, dass wir dem Untergrund keine Chance ließen, sich auf dem fast quadratischen *Budki* anzusiedeln, das wir bauten. In unserem Stollen, der die meiste Kohle förderte, waren die *Budshchiks* unter permanentem Druck weiterzumachen. Es war praktisch unmöglich für zwei Männer, in acht Stunden eine ausreichende Länge von *Budka* zu bauen, um mit der Kohleförderung mitzuhalten. Das hätte über zehn Stunden pro Tag gefordert. Glücklicherweise hatten einige der russischen *Budshchiks* Omar gezeigt, wie man etwas schummelt. Und das taten wir dann auch.

Zuerst setzten wir die Mauer für den Boden der *Budka*, und zwar für zwei oder drei Meter der Seitenmauer oberhalb der Sohle den Stollen nach oben entlang. Dann füllten wir den Raum aus, wie wir es normalerweise taten, und danach legten wir den Rest der Mauer an, dies weitere drei oder vier Meter oberhalb der Sohle. Mit etwas lockeren Steinen und alten Stützen bauten wir eine Mauer parallel zu der Mauer am Boden und parallel zur Seitenmauer etwa ein Meter oberhalb der Fläche. Dies erzeugte alle drei Meter einen Freiraum in der *Budka*, der leer war. Sobald diese Extramauer errichtet war, schaufelten wir, so schnell wir konnten, *Poroda* hinein, um den verbleibenden Platz zu füllen. Von außerhalb sah dies solide aus, und wenn die *Budka* fertig war, war es unmöglich zu prüfen, ob sie korrekt erbaut war.

Natürlich war es gefährlich, was wir taten, denn wenn der Erdboden auf diese halbleeren *Budki* traf, würde es diese zermalmen, was einen Einbruch auslösen könnte. Doch war es unmöglich, die *Budka* vollständig mit *Poroda* zu füllen. Omar und ich mussten manchmal neun Meter an einem Tag abdecken, und es war nach menschlichem Ermessen unmöglich, auch nur sieben Meter in acht Stunden zu schaffen. Alle *Budshchiks* schummelten, wenn auch nicht so stark.

Omar warnte mich wieder, dass ich nicht aufmerksam sei. Er wusste mehr über das innere der Mine als ich, hatte er doch in den Stollen gearbeitet, seit wir zur Mine 28 gekommen waren. Ich glaubte und vertraute Omar sehr, was auch ein Grund dafür war, dass ich nicht so aufmerksam war wie vorher. Der zweite Grund war, dass ich nicht mehr in russischen Häusern aß und deshalb um einiges geschwächter war.

Eines Nachmittags schnauzte mich Omar, als wir gerade zwei Meter einer Seitenmauer verlegt hatten, mit den Worten an: »Komm, hör auf zu träumen und komm hier raus.«

Ich schüttelte meinen Kopf und verwünschte mich selbst. Dann hörte ich Omar schreien: »Spring heraus!« Ich befand mich vor der leeren *Budka*, saß auf meinem Hintern und lehnte an einem Stützbalken. Ich hörte ihn wieder brüllen: »Spring heraus! Spring heraus!« Dann spürte ich einen Schlag an meinem Hinterkopf – und dann nichts ... gar nichts mehr ...

Fünfzehntes Kapitel

Das nächste, woran ich mich erinnern konnte, war, dass ich an einer Leiter hinaufkletterte. Aufwärts und aufwärts und aufwärts. Ich dachte, dass ich schon lange den Außenbereich erreicht haben müsste. Die Mine hatte nie so tief gewirkt. Dann spürte ich, dass ich einen verwundeten Kopf hatte, und ich konnte mich nicht bewegen. Ich konnte atmen, aber meine Füße waren eingeklemmt, als ob sie in einen Schraubstock geraten wären. Plötzlich erkannte ich, dass ich ohnmächtig geworden war und gerade erst wieder zu mir kam. Ich war unter einem Einbruch vergraben.

Wie kam es, dass ich noch am Leben war, dass ich noch atmen konnte? Wie lange konnte ich noch atmen und am Leben bleiben? Hatte der Einbruch den ganzen Stollen erfasst, oder war es ein kleinerer als jener vor einer Woche am sechsten *Budka* im dreizehnten Stollen, bei dem niemand verletzt wurde? Das war schrecklich wichtig. Wenn es ein kleinerer Einbruch war, bestand Hoffnung, dass sie nach mir suchen würden.

Ich versuchte, mich zu bewegen. Es war unmöglich. Ich versuchte, meine Zehen zu bewegen, aber sie schienen taub zu sein. Dann überkam mich die nackte Furcht. Ich weinte, und dann schrie ich, aber ich schaffte es nur, den Mund voller Kohlenstaub zu kriegen, der drohte, mich zu ersticken. Es sah aus, als hätte mein letztes Stündlein geschlagen.

Meine ganze Kindheit zog vor meinem inneren Auge vorbei. Ich erinnerte mich daran, wie ich Walderdbeeren kilometerweit von zuhause entfernt im Wald gefunden hatte. Ich hatte sie gepflückt und zu meiner Mutter gebracht in einem großen grünen Blatt. Als ich sie ihr gab (ich wusste, wie sehr sie Erdbeeren mochte), sah sie zuerst die Erdbeeren an, die ersten in dieser Saison, dann betrachtete sie mich lange Zeit. Ihre Augen wurden feucht, und ich schaute beschämt weg. Ich wollte nicht, dass sie weinte. Ich wollte sie nur glücklich machen. Ich dachte an den Ausdruck, den sie in ihren Augen hatte. Das schien mir das Schönste und Zarteste, was ich in meinem Leben je kennengelernt hatte.

Doch dann kehrte ich in die Wirklichkeit zurück. Unabhängig davon, woran ich dachte, kehrte ich immer zurück. Wohin von hier aus?

Ich konnte nicht verstehen, wie ich überhaupt atmen konnte. Es war keine wirklich frische Luft, aber es war wenigstens Luft. Ich hatte jedes Zeitgefühl verloren. Ich fühlte den Schweiß über mein Gesicht laufen, er kitzelte mich. Ich hatte ein großes Bedürfnis, mir die Nase zu kratzen, aber ich konnte meine Hand nicht bewegen. Ich heulte wieder und wunderte mich zugleich, warum ich keinen Hunger verspürte. Doch sobald ich darüber nachdachte, fühlte ich mich hungrig, und zwar mehr als je zuvor. Wenn ich doch nur eine Mahlzeit bekommen könnte, eine gute Mahlzeit, bevor ich starb!

Bis zu diesem Zeitpunkt fühlte ich mich körperlich unversehrt, abgesehen von den starken Kopfschmerzen, die mich aufgeweckt hatten. Jetzt aber spürte ich einen immer stärker werdenden ziehenden Schmerz in meiner rechten Wade. Zu atmen fiel mir immer schwerer. Ich schnappte nach Luft ... Ich konnte keine tiefen Atemzüge machen. Ich lag in einer verkrampften Position, und es lastete viel Druck auf mir, und ich fragte mich, wie lange ich noch mit diesen kurzen Atemzügen verbrauchter Luft aushalten könnte. Ich dachte, ich müsste ersticken. Kein Tod erschien mir schrecklicher. Ich vergaß den Schmerz in meinen Füßen ... und dann versuchte ich, meine Position zu verändern, doch als Resultat fühlte ich neue stechende Schmerzen und musste noch stärker nach Luft schnappen. Staub füllte meinen Mundraum, so oft ich einatmete. Der Schweiß floss weiter in Strömen; meine Erschöpfung nahm noch zu ... aber ich blieb immer noch in genau derselben Position.

Wie lange hatte ich hier unter den Steinen gelegen? War es ein Tag oder zwei oder nur acht Stunden? Ich konnte es nicht sagen. Furcht machte sich wieder in mir breit. Dann dachte ich daran, zu Gott zu beten. Vielleicht würde das helfen. Aber ... nein! Das würde nichts Gutes bewirken– das hatte es nie getan. Die Schwächlinge unter uns hatten von Anfang an gebetet, aber sie waren erschöpft zu Grunde gegangen und gestorben.

Plötzlich hörte ich ein ganz leises Geräusch, ein Geräusch, wie es nur eine kratzende Schaufel machen konnte. Dann wurde es wieder ruhig. Ich hörte auf zu atmen und konzentrierte mich mit aller Kraft und horchte... Aber das einzige, was ich hören konnte, war hin und wieder ein tiefes Stöhnen des Untergrunds, und zwischen dem Stöhnen ... tödliche Ruhe. Doch was hatte das sein können? War es nur eine überdrehte Sinneswahrnehmung? Ich konzentrierte mich noch einmal, und ... ja, da war es wieder! Nun war ich mir sicher, dass jemand langsam in meine Richtung schaufelte. Ich hätte wetten können, dass es Omar war.

Ich atmete kaum, um besser horchen zu können. Dann hörte ich noch eine zweite Schaufel am Werk. Allmählich wurden die Geräusche lauter und lauter. Es schien, dass der Druck auf meine Beine nachließ. Dann spürte ich, wie etwas an die Zehen meines rechten Beins schlug, und ich versuchte, es mit aller mir noch verbliebenen Willenskraft zu bewegen. Das Objekt wurde weggezogen, und das Schaufeln nahm an Intensität zu. Die Geräusche waren jetzt doppelt so laut, und dann bemerkte ich, wie schwer mir das Atmen fiel. Wenn diese Geräusche aufhörten, würde ich sterben. Dann konnte ich plötzlich meine Zehen bewegen. Ich hörte Omar fluchen und auf Russisch sagen:

»Macht schon! Schneller! Er lebt noch.«

Dann fühlte ich eine Hand an meinem rechten Fuß – sie zog vorsichtig daran. Das schmerzte, aber es war mir egal. Jetzt waren drei Schaufeln zu hören. Meine Knie wurden freigeschaufelt, dann meine Oberschenkel, und schließlich konnte ich meine Füße ausstrecken. Omar fasste meine beiden Beine und zog mich vorsichtig heraus.

Ich konnte es nicht glauben. Im Licht einiger Minenlampen sah ich Omar, wie er angestrengt schnaufte, sowie einige russische Arbeiter, darunter Vassily und Sirienko, wie sie um mich herum standen. Sirienko, so fand ich später heraus, hatte die ganze Aktion geleitet.

Omar, sagte man mir, habe wie zehn Männer gearbeitet. Ich sah ihn an.

Er lächelte, und er hatte Tränen in den Augen. Auch ich hatte Tränen in den Augen und brachte zunächst kein Wort hervor. Es hatte lange, schrecklich lange gedauert. Mir war es vorgekommen, als wären Tage vergangen, aber es waren nur vier Stunden gewesen. Ich lag nur da und atmete schwer. Es lässt sich nicht mit Worten sagen, wie gut es sich anfühlte, frei atmen zu können.

Ich fragte Omar, ob mein Haar nun weiß geworden war, denn ich wusste, dass Angst das auslösen konnte. Er gab mir aber nur einen Stoß in die Rippen, grinste und sagte: »Nein, du bist immer noch derselbe, der du immer warst.«

Es war unglaublich. Vor einigen Minuten noch hatte ich geglaubt, dass mein letztes Stündlein geschlagen hätte. Beim Nachdenken über alles schien es nicht, dass ich sehr schwer verletzt war. Ich hatte einen hässlichen Schnitt in meinen Brustkorb von einem abgerissenen Stück *Poroda*, aber es blutete nicht mehr. Dennoch, wie ich meine Füße auch bewegte, spürte ich doch immer einen intensiven Schmerz. Ich glaubte nicht, dass eines meiner Beine gebrochen war, aber der Schmerz war dumpf und anhaltend. Außerdem hatte ich einige Kratzer in meinem Gesicht und an den Armen. Ich hatte meine Arbeitsschuhe verloren, doch Omar hatte sie in der lockeren *Poroda* gefunden. Meine Jacke und meine Hose waren zerrissen. Ich lag etwa neun Meter entfernt von der Stelle, an der ich verschüttet worden war. Meine Retter standen um mich herum. Auch sie hatten Angst vor der Mine. Es war von ihren Gesichtern abzulesen.

»Man kann nie vorsichtig genug sein«, sagte Sirienko, »vor allem, wenn man die Kohle so schnell aus der Mine herausfördert, wie wir das tun. Die Mine ist gefährlich, Wanja. Ich habe oft mit dir darüber gesprochen. Man darf der Mine nicht vertrauen. Du musst immer aufmerksam sein. Omar hat mir gesagt, dass du nicht so vorsichtig gewesen bist, wie du hättest sein sollen. Dieses Mal hast du noch Glück gehabt, aber schlaf nie mehr ein, vor allem wenn du als *Budshchik* arbeitest.«

Dann fragte er mich, ob ich langsam den Tunnel zum Stollen hinunterkriechen könne, wo sie mich in einen leeren Waggon legen und nach oben befördern würden. Omar bot mir seine Hilfe an, aber ich sagte, dass ich es alleine schaffen würde. Ich fing an, langsam hinunterzukriechen, und hielt einige Male an, um den Russen zu danken, die dabei geholfen hatten, mich auszugraben. Sie folgten mir, bis wir den Stollen erreichten.

Als ich aus dem Tunnel herauskroch, musste ich springen, um in den Stollen zu gelangen, denn der Einstieg in den Tunnel lag etwa zwei Meter über dem Grund. Ich wollte nicht laut aufschreien, aber ich konnte den Schmerz kaum aushalten. Sterne schienen vor meinen Augen auf. Irgendetwas war faul mit meinen Beinen und Füßen!

»Wanja, setz dich in einen leeren Waggon«, sagte Sirienko. »Omar wird dich zu der Plattform schieben.«

»Nein«, sagte ich, »ich will es alleine schaffen. Ich kann es, wenn ich nur langsam gehe.«

»Sei nicht so stur«, sagte Omar. »Nimm Hilfe an, wenn sie dir angeboten wird.«

»Ich muss es alleine machen, Omar«, antwortete ich, »damit ich herausfinden kann, was wirklich mit mir los ist. Es gibt keinen anderen Weg es herauszufinden, als wenn ich auf eigenen Füßen gehe und laufe. Wenn ich es nicht schaffe, dann wirst du mir helfen.«

Jeder Schritt war schmerzhaft, doch schließlich kam ich auf die Plattform. Ich setzte mich in einen leeren Waggon, der an einen fertig beladenen Zug angehängt wurde, welcher aus der Mine herausfahren sollte. Draußen sah ich nur ein düsteres Licht, und große Schneeflocken fielen herab, für mich aber war das heute besser als ein sonnenreicher Frühlingsmorgen. Die russischen Arbeiter, unter ihnen Lisa, Nina und weitere Mädchen, machten viel Wirbel um mich und ließen mich wissen, wie froh sie waren, dass ich wohlauf war.

Omar half mir, aus dem Waggon auszusteigen, ich stützte mich auf ihn und wir liefen los in Richtung des Erste-Hilfe-Raums. Es war nicht sehr weit. Mit Omars Hilfe war es leichter für mich zu laufen, als es in der Mine gewesen war. Außerdem konnte ich nun im Tageslicht sehen, wohin ich meine Füße setzte. Aber es tat immer noch weh, und ich musste sehr langsam gehen.

Als wir am Speisesaal vorbeikamen, sagte ein auf die aus der Mine herauskommende Schicht wartender Wärter zu Omar, er solle in das Lager zurückgehen, denn sie würden mich im Erste-Hilfe-Raum versorgen. So kehrte Omar vor dem Erste-Hilfe-Raum um. Doch bevor er dies tat, sagte er mir ins Ohr:

»Ich weiß, dass du das gleiche auch für mich getan hättest. Nun pass auf dich auf, und wenn sie dich in das Krankenhaus nach Rovenki schicken, dann sieh zu, dass du mich auf dem Laufenden hältst, wie es dir geht.«

Dann schüttelten wir uns die Hände und sahen uns gegenseitig an, und wir beide spürten die Fragen, die wir im Kopf hatten. Würden wir uns wiedersehen? Würden Sie mich nach Rovenki schicken? Was käme danach? Würde Omar alleine überleben?

Als Omar wegging, fühlte ich mich einsam, einsamer als ich mich je gefühlt hatte. Ich hatte niemanden mehr, auf den ich mich verlassen konnte, ich hatte nur noch mich selbst, und meine beiden Beine waren schwer verletzt. Ich taumelte in den Erste-Hilfe-Raum. Die Schwester war freundlich. Sie kannte mich, denn ich war zu ihr geschickt worden, als ich von dem Wärter angeschossen und geschlagen worden war. Sirienko war schon bei ihr gewesen und hatte ihr von dem Einsturz erzählt. Sie wies mich an, mich niederzulegen, damit sie meine Füße untersuchen konnte. Sie berührte meine rechte Wade und verstärkte den Druck langsam mit ihren Fingern. Ich flehte sie an, nicht weiter zu drücken, denn der Schmerz war schrecklich.

Ich konnte es nicht verstehen. Ich war ziemlich sicher, dass keine Knochen gebrochen waren, da ich ja laufen konnte. Aber ich hatte so starke Schmerzen! Schließlich bat ich sie, meine Beine nicht mehr anzurühren, sonst würde ich schreien vor Schmerz und sterben. Sie wischte meine Stirn mit einem Tuch ab. Wegen des Schmerzes war mir kalt, und ich fröstelte und schwitzte. Sie gab mir drei Tabletten zum Einnehmen. Dann ging sie weg, und kurz darauf kam sie zurück mit heißer Suppe und etwas Brot.

Alles erschien verschwommen. Ich erinnerte mich daran, dass die Suppe viel besser schmeckte als die Suppe, die den Gefangenen normalerweise gereicht wurde. Ich aß und dankte ihr, aber ich sprach langsam und in unvollständigen Sätzen, ich war mir nur halb dessen bewusst, was ich sagte.

Ich hatte auf der Liege gesessen, und sie sagte mir, ich sollte mich wieder hinlegen. Ich tat dies und dachte darüber nach, wie es nun mit mir weitergehen würde. Sie hatte mir noch nichts über meine Füße gesagt. Als ich mich das noch fragte, döste ich ein.

Ein schöner Zug kam und hielt an der Plattform zur Kohleverladung unserer Mine. Mein Vater stieg aus, er war mit einer glitzernden Uniform bekleidet. Einige rumänische Soldaten stiegen nach ihm aus, und sie kamen um mich mitzunehmen. Sie trugen mich auf einer Krankenbahre zum Zug. Der Golovoi *kam mit Sirienko aus seinem Büro heraus: »Ich hab es immer schon gewusst!« Der Hauptmann des Lagers war bei ihm, außerdem einige der Wärter. Sie verlangten, dass das Einsatzkommando meines Vaters ihnen mitteilte, wohin sie mich bringen würden und welche Berechtigung sie hatten, dies zu tun.*

Die Soldaten stellten die Bahre ab, und mein Vater begann, ihnen auf Rumänisch zu erklären, dass er jedes Recht hatte, mich nach Hause zu holen, weil ich sein Sohn sei. Ich würde zu Hause gesund werden, dann käme ich zurück und würde wieder für sie arbeiten. Der Ausdruck in Sirienkos Augen sagte mir, dass er mich gehen lassen würde, aber dann sah er zum Hauptmann hinüber. Ich wusste immer, dass die letzte Entscheidung beim Hauptmann liegen würde, nicht bei Sirienko.

»Wanja«, sagte der Hauptmann schließlich zu mir, »dieser Mann befindet sich auf sowjetischem Territorium, und er kann niemanden von hier einfach mitnehmen.«

Ich sagte dies meinem Vater, und der blieb für einige Momente still. Dann sagte er: »Wir werden kämpfen. Wir werden nicht so leicht aufgeben. Schließlich sind wir zahlenmäßig mehr und ich denke, wir können gewinnen. Der Zug wird uns schnell wegbringen, aber wir müssen gleich beginnen zu schießen.«

Der Golovoi *unterbrach ihn und sagte: »Herr Hauptmann, vielleicht sollten Sie ihn gehen lassen. Wenn Wanja verspricht, zur Mine 28 zurückzukommen, sobald seine Beine wieder in Ordnung sind, dann denke ich, ist das in Ordnung.«*

Der Hauptmann sah nachdenklich zum Golovoi *und zu Sirienko. Dann schüttelte er seinen Kopf und sagte: »Genosse* Golovoi, *wenn du die Verantwortung dafür übernimmst, dann geht es von mir aus in Ordnung.«*

Während ich ihm dankte sah ich einen Zug mit voller Geschwindigkeit auf den Zug zurasen, mit dem mein Vater gekommen war. Sie kollidierten mit einem unglaublichen Krach. Rauch ... Erschütterung ... die Soldaten meines Vaters ... russische Soldaten ... der Golovoi ... *Sirienko ... der Hauptmann und mein Vater verschwammen vor meinen Augen. Ich sah Blut, hörte Geschrei, fühlte die Erde in Bewegung wie bei einem Erdbeben. Schnee ... Eis ... Kohle ...* Poroda ... *tote Gefangene ... Schmerzen ...*

Ich befand mich in einem weiß gestrichenen Flur auf einer Krankenbahre. Es herrschte ein penetranter Gestank nach Medizin. Ich erkannte, dass ich in einem Krankenhaus war. Ich sah drei Krankenschwestern in der Eingangstür stehen und erkannte in einer davon eine aus unserem Lager. Die anderen beiden waren alte Russinnen. Sie kamen zu meiner Liege herüber, und Regina, die Schwester aus unserem Lager, sah, dass ich meine Augen geöffnet hatte. Sie lächelte mich an. Nach dem Grauen, das ich durchlebt hatte, fühlte es sich so gut an, ein hübsches Gesicht lächeln zu sehen. Es schien mir aber immer noch so fehl am Platz an, dass ich sie fragte, warum sie lächelte.

»Weil der Albtraum für dich vorbei ist«, antwortete sie. »Wir kamen mit dem Zug hierher, und das war sicher sehr schmerzhaft für dich mit all dem Schütteln und Ruckeln. Du hast immerzu gestöhnt und gejammert und hast sogar im Schlaf mit deinem Vater gesprochen. Dann hast du mit Sirienko gesprochen, und du hast geschrien. Aber jetzt bist du im Krankenhaus, und ich denke, du wirst hier gut behandelt werden. Ich muss zurück ins Lager, aber hin und wieder lassen wir dir eine Nachricht zukommen. Wenn ich die Erlaubnis bekomme, werde ich selbst gelegentlich vorbeischauen. Pass auf dich auf!«

Dann sagte sie einige Worte zu den russischen Schwestern und ging weg. Ich versuchte aufzustehen, was ich schließlich nach einer zehnminütigen Kraftanstrengung dadurch schaffte, dass ich mich gegen die Wand lehnte. Die Schwestern waren alle verschwunden. Ich kämpfte gegen meine Schwäche, stand schließlich auf und ging zu einer Tür. Eine Schwester kam gerade herbei, und sie war überrascht, mich auf den Beinen zu sehen. Sie nahm mich bei der Hand und führte mich in eine Station.

Neben der Tür stand ein Ofen. Außer zwei Betten waren alle belegt. Sie führte mich zum nächstgelegenen leeren Bett, es war das vierte von der Tür aus gesehen, und ich ließ mich hineinfallen. Es hatte harte Federn und nur eine dünne Matratze, aber es kam mir vor wie der Diwan eines Sultans. Alle meine Einzelteile schienen zu ächzen. Ich lag nur dort und ruhte mich aus. Dabei hatte ich immer noch meine Kleidung an. Schläfrig erinnerte ich mich daran, dass jemand mir gesagt hatte, ich solle mich entkleiden. Nachdem ich meine Kleidung abgelegt hatte, schob ich diese unter das Bett und döste weiter.

Es war wie zwischen Tag und Nacht – erst umgab mich halbe Nacht, dann totale Finsternis. Ich konnte nichts sehen außer einem gedämmten Licht auf dem Korridor. Die Stille wurde nur unterbrochen vom gelegentlichen Stöhnen von einem der anderen Betten her. Ich spürte, dass ich dringend pinkeln musste. Ich stand langsam auf und ertastete meinen Weg in Richtung des gedämmten Lichts auf dem Korridor. Als ich plötzlich bemerkte, dass ich völlig nackt war, kehrte ich um und griff nach meinen Hosen und Galoschen unter dem Bett. Ich zog diese an und ging wieder nach draußen. Ich ging den Gang entlang zur Eingangstür und weiter nach draußen. Ich pinkelte an die Wand. Als ich zur Station zurückkehrte, sah ich einige Kleidungsstücke an der Wand neben der Tür hängen. Wie sich später herausstellte, gehörten diese anderen Patienten.

Niemand schien im Dienst zu sein. Hätte ich einen Geist gesehen, so hätte mich das keineswegs überrascht. Ich bemerkte all diese Dinge, war aber doch so schläfrig, dass sogar der Schmerz, den ich spürte, kilometerweit entfernt wirkte. Ich legte mich nieder. Die Schläfrigkeit wurde stärker, bis ich nicht mehr wach bleiben konnte.

Es muss um die Mittagszeit des nächsten Tages gewesen sein, als ich erwachte. Das Erste, was ich fühlte, war ein ständiger dumpfer und trommelnder Schmerz. Dieser kam von meinem rechten Knöchel und der Wade, mit leichterem Klopfen aber auch von meinem linken Bein.

Unsere Station hatte zwei Fenster, die beide zugefroren waren. Jeder kauerte unter Decken, für mich aber schien die Temperatur komfortabel. Es gab etwa fünfzehn Betten auf der Station, und nun waren alle außer einem besetzt. Meine Nachbarn zu beiden Seiten schienen zu schlafen, doch der Kranke mir gegenüber fragte mich, wie es mir ginge. Er sprach mich mit meinem russischen Namen Wanja an. Ich muss überrascht gewirkt haben, weshalb er anfing zu erklären, dass einer seiner Brüder mit Sirienko vor einigen Jahren in der Mine gearbeitet habe. Von Zeit zu Zeit trafen sie sich noch, und so hatte er von mir gehört. Als die Schwester etwas früher hier war, sagte sie, dass der *Golovoi* von Mine 28 angerufen hatte, um zu sehen, ob ich auch gut behandelt würde. Er sagte mir, dass sie noch niemals vorher einen Gefangenen von Mine 28 hier im Krankenhaus gehabt hatten.

Ich sagte ihm, dass es mir gut gehe, auch wenn mein Schädel noch ein wenig brumme. Plötzlich rief er »Maruschka!«, so hieß die Krankenschwester, und diese kam herein, um zu sehen, was los war. Er sagte ihr, sie solle mir eine Ration Brot bringen. Sie sah, dass ich wach war, und kam herüber um zu sehen wie es mir ging. Ich sagte, es gehe mir gut, dann ging sie hinaus. Etwas später kam sie wieder in Begleitung einer älteren Frau, die einen Topf mit heißer Suppe und zweihundert Gramm Brot bei sich hatte; dies war die Ration für die Patienten. Die Schwester sah nach einigen anderen Kranken, während ich aß.

Dann kam sie wieder zu mir her und sagte: »Morgen wird unser Arzt hier sein und deine Beine untersuchen. Aber jetzt will ich erst einmal die Wunde an deinem Oberkörper behandeln.«

Der Rest des Nachmittags ging ruhig vorüber. An den sehr langen Abenden sprachen die Patienten miteinander. Die einzige Unterbrechung war das Abendessen – eine dünne Graupensuppe und gesüßter Tee.

Drei Glühbirnen beleuchteten die Station. Um neun Uhr wurden diese ausgeschaltet. Ich verschwendete keinen Gedanken an Langeweile, denn es tat mir so gut, nur hier zu liegen, nicht an die nächste Schicht denken zu müssen und daran, wann ich wieder aufstehen und zur Arbeit gehen müsste. Mein ganzer Körper war bleischwer von Ermüdung und Erschöpfung von der Arbeit.

Dann fragte ich mich, was der Arzt wohl am nächsten Morgen sagen würde. Das Pulsieren in meinen Beinen war immer noch da. Es fühlte sich an wie eine sich verschlimmernde Infektion. Aber es war nur der Anfang einer Infektion, so war es vom Schmerz her noch nicht unerträglich. Für den Moment konnte ich mich bequem ausruhen, und zur Hölle mit morgen.

Jeder auf unserer Station musste zum Austreten nach draußen gehen. Es gab ein Plumpsklo rund 25 Meter vom Eingang des Krankenhauses entfernt. Als meine Füße anschwollen und der Schmerz schlimmer wurde, begann ich die Zeit abzuzählen bei meinen Wegen nach draußen. Ich nahm alle meine Kraft zusammen, um mich zu kontrollieren und meine Schmerzensschreie zurückzuhalten. Ich musste mit den langsamsten und kleinsten Schritten laufen, Schritte, die die geringsten Bewegungen erforderten. Wenn ich nach einer halben Stunde des schmerzvollsten, übelsten Fußweges an mein Bett zurückkam, sank ich völlig erschöpft nieder, meine Kleidung triefte von kaltem Schweiß, und ich hatte Angst vor dem nächsten Gang nach draußen zur Toilette. Ich musste mich zurückhalten, solange ich konnte.

In den ersten Tagen sprach ich noch mit einigen der russischen Patienten, aber dann war ich mir nur noch des Terrors des Schmerzes bewusst – und der Schmerz wurde stärker und stärker, je näher ein Gang zum Austreten rückte.

Etwa sechs Tage nachdem ich in das Krankenhaus gekommen war, besuchte mich Regina, die Krankenschwester des Lagers, zusammen mit Omar. Ich hatte keine Ahnung, wie sie die Erlaubnis erhalten hatten zu kommen, aber unversehens standen sie da und blickten mich an. Sie kamen genau in dem Moment, als ich all meine Kraft und Energie darauf konzentrierte, aufzustehen und meine »Reise« anzutreten. Ich nickte ihnen zu und sagte ihnen, dass ich zum Urinieren nach draußen gehen müsse und dass es sehr schmerzhaft sei für mich, meine Füße zu bewegen. Beide sagten, dass sie mir helfen wollten.

»Nein, nein«, sagte ich, »die Schwestern haben schon versucht, mir zu helfen. Sie ließen mich auf sich aufstützen und ich lief sehr langsam, aber es war doch keine Hilfe, weil ich immer noch meine Füße bewegen musste.«

»Komm, ich werde dich tragen«, sagte Omar.

Ich lehnte ab, aber er hatte mich schon hochgehoben und ging langsam nach draußen. Die russischen Schwestern kamen in diesem Augenblick herein und meinten, wie wunderbar es wäre, Omar als Krankenpfleger hier zu haben, weil er so stark sei.

Außerhalb des Krankenhauses stellte Omar mich auf, und nachdem ich uriniert hatte, trug er mich wieder hinein. Regina sprach mit der jüngeren russischen Schwester. Sie kamen beide herüber, um meinen rechten Fuß zu sehen. Ich versuchte, meine Hose nach oben zu ziehen, aber sie war zu eng. Die russische Schwester sagte mir, ich solle sie ausziehen und sie würde mir ein sauberes Paar bringen und ein sauberes Hemd dazu. Sie ging weg, und ich sagte Omar, er solle sie am Saum auseinanderreißen, denn ich schämte mich, mich vor Regina zu entkleiden. Omar tat dies, und der Unterschenkel meines rechten Beines war dicker als mein Oberschenkel und richtig rot.

Die russische Schwester kam mit einem Paar Standardhosen und einem Hemd zurück. Sie sagte, ich könne diese anziehen, nachdem meine Besucher gegangen wären. Dann erklärte sie, dass die innere Toilette zugefroren sei. Die oben funktioniere zwar, doch hatten sie für mich oben keinen Platz. Regina fragte sie, was der Arzt zu meinem Fuß gesagt hätte. Da sagte die Schwester: »Der Arzt will, dass die Infektion reift, damit er sie herausschneiden kann. Doch im Augenblick will er nicht, dass ich die Wunde berühre. Derzeit kommt er alle drei oder fünf Tage in unser kleines Krankenhaus. Er muss auch nach einem großen Krankenhaus in der nächstgelegenen Stadt schauen. Der arme Mann ist so überarbeitet.«

Die Schwester sagte uns, dass dieses alte Krankenhaus, in dem ich lag, im Frühling renoviert werden sollte, um genauso gut oder besser zu sein als vor dem Krieg. Dann lud sie Regina zum Tee ein und Omar ebenfalls. Sie gingen alle weg, um Tee zu trinken, und ich ging in den Waschraum neben der Eingangstür. Dort gab es Waschbecken, aber kein fließendes Wasser, sondern nur zwei Eimer, beide nur halb gefüllt. Einige Handtücher hingen herum, und ein Stück Seife lag auf einem der Waschbecken. Ich zog mich aus, nahm etwas Wasser und wusch mich. Nachdem ich die sauberen neuen Hosen angezogen hatte, ging ich langsam zu meinem Bett und legte mich hin.

Während ich da lag und mich ausruhte, kamen Omar und Regina herein, um sich zu verabschieden. Regina sagte, dass sobald sie den geschwollenen und schmerzenden Teil meiner rechten Wade aufschnitten und öffneten, der ganze Eiter herausfließen würde, und ich würde dann keine Schmerzen mehr haben. Genauso verhielte es sich mit meinem linken Bein. Ich wusste das alles schon, aber als Regina es sagte, fühlte ich mich gleich besser. Omar schüttelte mir nur die Hand und sagte, dass er mich in zwei Wochen wieder besuchen würde, wenn er die Erlaubnis dafür erhielte.

»Sei vorsichtig«, sagte ich. »Fang nicht an, bei der Arbeit in der Mine zu träumen. Schau, was mir passiert ist.«

Dann gingen sie. Ich war wieder allein.

Die meisten der russischen Patienten hatten gebrochene Beine oder Knochen. Alle machten auf mich den Eindruck, dass sie ganz zufrieden waren, hier schlafen, ausruhen und essen zu können ohne früh aufstehen und zur Arbeit gehen zu müssen.

Ich hatte meine gefütterten Hosen, meinen Anorak genauso wie mein Arbeitshemd und meine Hosen von der Minenarbeit mitgebracht und legte sie unter das Bett. Jedes Mal, wenn die alte Frau den Gang kehrte, bat ich sie, diese dort zu lassen, denn ich würde sie bald brauchen, um zur Toilette zu gehen.

Derzeit brauchte ich zwar nur die gefütterten Hosen und den Anorak, aber ich wollte nicht, dass sie meine Minen-Arbeitskleidung wegnahm.

Die Schwellung hielt an. Sie erstreckte sich ganz hinunter bis zum Knöchel. Der Arzt schaute auf seinen Runden bei mir vorbei, um meine Füße zu begutachten. Er fasste sie an – und das nicht gerade zärtlich – und sagte dann zu der Schwester:

»In ein paar Tagen, wenn ich wieder komme, werden wir das Bein öffnen.«

Auf seinem Weg nach draußen musste er der Schwester etwas anderes gesagt haben, denn etwa eine halbe Stunde später kam sie alleine zurück und legte ein nasses Tuch, in dem Schnee eingewickelt war, um meinen rechten Unterschenkel. Es linderte den brennenden heißen Schmerz für eine Weile.

Von da an brachte ich immer vom Gang nach draußen zum Urinieren etwas Schnee in dem Tuch mit herein, dass die Schwester mir gegeben hatte. Wenn ich mich konzentrierte und beherrschte, musste ich nur einmal tagsüber und einmal während der Nacht nach draußen gehen. Vorher musste ich zweimal am Tag und einmal nachts hinaus. Ich trank weniger Wasser im Waschraum, auch wenn ich vor Durst brannte. Ich wusste: Je mehr ich trinken würde, umso öfter müsste ich nach draußen gehen.

Mein rechtes Bein wurde immer schwerer. Ich konnte nicht einmal meine Zehen bewegen, ohne stechende Schmerzen zu spüren. Mein Bein hatte ein leuchtendes, funkelndes Rot angenommen, und die Haut war so dünn und gespannt wie die Membran einer Trommel. Mich selbst zu kontrollieren und davon abzuhalten, vor Schmerz zu schreien, verlangte mir so viel Kraft ab, dass ich manchmal wünschte, ich hätte ein Messer, um die Wunde selbst aufzuschneiden. Die Schwellung nahm immer noch zu. Auch mein linkes Bein schwoll immerzu noch mehr an, doch war es nur etwa halb so dick wie das rechte.

Während der langen Abende plauderten die anderen Patienten und tauschten Geschichten aus. Sie luden mich einige Male ein zum

Mitmachen, aber ich sagte Ihnen, dass ich nicht könnte, weil meine Beine zu sehr schmerzten.

Einige Tage vor Weihnachten schneite es. Die anderen Patienten klagten über die Kälte, besonders bei Nacht. Ich nahm das nicht so wahr, denn so oft ich nach draußen zu gehen hatte, musste ich langsam laufen, und ich fror so sehr, bis ich fertig war, dass es mir gemütlich und warm vorkam, wenn ich in das Krankenzimmer zurückkehrte. Der Ofen im Krankensaal wurde von der alten Frau, die den Boden putzte und die leeren Suppenteller abräumte, permanent vierundzwanzig Stunden am Tag am Brennen gehalten. Sie brachte außerdem täglich zwei frische Eimer Wasser in unseren Waschraum.

Die Lebensumstände waren also ungleich besser als im Lager, und das Beste daran war, dass es hier keine Wärter gab. Wenn ich nicht solche Schmerzen gehabt hätte, wäre mir das wie ein Urlaub vorgekommen. Aber der Schmerz hatte so stark zugenommen, dass ich schon im Delirium war. Die Wege nach draußen dauerten nun schon mindestens eine Stunde. Draußen schrie ich vor Schmerz und fluchte unter Tränen. Im Krankensaal weinte ich mit trockenen Tränen und knirschenden Zähnen. Ich wollte nicht, dass jemand mich weinen sah. Zu weinen empfand ich als ein Zeichen von Schwäche.

Abends war der Schmerz immer am schlimmsten, er fraß mich auf, schien mein Inneres auszubrennen. Ich sah auf meinen rechten Unterschenkel und nahm wahr, dass das Rot noch dunkler geworden war. Ich fragte mich, wie er so hatte anschwellen können. Er sah breiter aus als meine Taille. Ich starrte ihn fasziniert an. Mir wurde kalt und dann heiß, aber immer noch fixierte ich ihn. Über dem Sprunggelenk war so etwas wie eine Blase angewachsen, aber ich konnte nicht verstehen, was das war. Sie wurde allmählich immer größer. Ich dachte, ich würde verrückt werden. Als mein großer Zeh unfreiwillig zuckte, platzte die Hautblase langsam auf. Als ich dann selbst mit meinem großen Zeh noch einmal wäckelte, quoll der Eiter heraus. Er war von einer gelben, grünlich-blauen Farbe und roch nach Verwesung. Der Druck ließ nach, aber ich starrte immer noch ungläubig auf mein Bein.

Eine Schwester tauchte wie aus dem Nichts auf und brachte eine Schale. Sie legte mein Bein darüber, so dass der austretende Eiter nicht das ganze Bett verschmutzte. Er schien lange Zeit herauszulaufen. Es lief immer noch aus, als die Schwester kam, eine weitere Schale brachte und die erste wegnahm. Ich hörte, wie sich einige Leute über den Gestank beschwerten. Ich aber starrte immer noch auf mein Bein. Ich konnte es kaum glauben, dass der Druck von meinem Bein weg war und der starke Schmerz nachgelassen hatte. Die Schwellung schien vor meinen Augen zurückzugehen. Was für eine Befreiung das doch war!

Dann platzte auch das zweite Bein auf, auf der Höhe des Schienbeins zwischen dem Fuß und dem Knie. Das geschah um Mitternacht, nachdem die Schwester etwas Verbandswatte in die offene Wunde des rechten Beins gelegt und dieses verbunden hatte. Aus dem linken Bein trat wesentlich weniger Eiter aus als aus dem rechten. Nachdem nichts mehr herauskam, legte die Schwester auch hier etwas Verbandswatte in die Wunde und ging dann weg. So lag ich alleine da, jeder Energie beraubt. Aber wenigstens konnte ich wieder klar denken.

Sechzehntes Kapitel

Am zweiten Tag nachdem meine Beine aufgeplatzt waren, kam der Arzt wieder zur Visite. Er schien mit meinem Zustand zufrieden zu sein und rechnete damit, dass in etwa einer Woche der gesamte Eiter ausgeflossen und meine Beine zu heilen beginnen würden. In etwa drei Wochen würde es mir gut genug gehen, um wieder in die Mine 28 geschickt werden zu können. Er klang sehr optimistisch. Nachdem er gegangen war, lief ich langsam zur Toilette. Ich spürte immer noch Schmerzen beim Laufen, aber es war ein leichter Ausflug im Vergleich mit den zahllosen langwierigen und schmerzvollen, die ich bisher unternommen hatte. Ich lief das zweite Stockwerk hoch; die Treppen bereiteten mir jedoch viele Schwierigkeiten und Schmerzen, so dass ich von da an wieder wie bisher nach draußen ging.

Und so vergingen die Tage. An der Innenseite meines rechten Unterschenkels ging auch ein Loch auf und es trat auch hier Eiter aus, zwar nicht viel, aber doch kontinuierlich. Das Loch schien größer zu werden, so als ob irgendetwas die Öffnung von innen heraus vergrößern würde. Genauso verhielt es sich bei der ursprünglichen Öffnung neben meinem Knöchel. Nach einigen Tagen hatte ich noch zwei weitere offene Wunden an meinem Bein.

Ich fing an, mir ernsthaft Sorgen zu machen über diese Öffnungen, aus denen kontinuierlich Eiter herausfloss. Dasselbe geschah mit meinem linken Bein. Dort traten ebenfalls zwei weitere Öffnungen auf. Es waren alles hässliche Wunden, und sie wurden immer größer. Als die Schwestern den Verband wechselten, sah ich ratloses Stirnrunzeln. Auch sie wussten nicht, was das zu bedeuten hatte.

Einen Tag später tauchte der Arzt wieder auf. Als er meine Beine sah, murmelte er etwas vor sich hin, betrachtete die Wunden genau und roch daran. Ich hörte ihn zu den Schwestern von Amputation sprechen und gefror innerlich. Als er ging, sagte er, dass er, wenn er wieder vorbeikommen würde, die nötigen Instrumente mitbringen und sie dann sehen würden.

Meine Beine sollten amputiert werden! Ich musste rasch überlegen.

Zum ersten Mal seit einem Monat dachte ich über Flucht nach. In mancher Hinsicht waren die Chancen hier besser als im Lager. Das Krankenhaus lag in Rovenki, wo es einen großen Kohlelagerplatz gab. Die gesamte Kohle aus den umliegenden Minen wurde von hier aus nach Westen verschickt. Im Winter wurden die Züge und die Depots nicht so schwer bewacht.

Ich glaube, ich habe in den darauffolgenden achtundvierzig Stunden überhaupt nicht geschlafen. Ich musste abwägen zwischen einer Flucht mitten im Winter ohne Verpflegung oder ausreichende Kleidung und der großen Wahrscheinlichkeit, dass meine Beine amputiert würden. Ich entschloss mich zur Flucht.

Zwei Tage nach der Visite des Arztes ging ich spät am Abend, als jeder schlief, mit meiner gesamten Kleidung in den Waschraum. Ich stahl eine Mütze und etwas Draht, den die Minenarbeiter benutzten, um ihre Fußlappen und Hosen zu umwickeln, von den Kleidern an der Wand neben der Eingangstür zum Krankensaal hin. Im Waschraum umwickelte ich die Bandagen so fest ich konnte, dann nahm ich ein Handtuch, zerriss es in zwei Teile und wickelte meine Füße in die beiden Stücke. Ich wickelte den Draht um die Fußlappen und das Ende meiner Hosen. Dann zog ich meine Minenhosen an und umwickelte auch diese mit Draht. Schließlich zog ich meine gefütterten schweren Hosen noch darüber an, mein Hemd, den Anorak und meine Galoschen und ging nach draußen. Ich schaute nicht mehr zurück. Es war eine strahlende und mondhelle Nacht. Ich schlich langsam an den wenigen spärlich beleuchteten Fenstern des Krankenhauses vorbei und beschleunigte dann meinen Schritt.

Ich sah einen alten Mann und fragte ihn, ob ich auf dem richtigen Weg zum Bahnhof lief. Er brummte: »Ja, an der nächsten Straße nach rechts und dann in einigen Minuten.« Hinter dem Bahnhof gab es einen großen Platz, und Züge wurden hin- und herrangiert. Ich erblickte einen Zug, der mit Kohle beladen war. Es waren einige Russen in Sicht, aber sie waren damit beschäftigt, einen Zug auf ein anderes Gleis zu rangieren. Rasch kletterte ich auf einen der niedrigen offen stehenden Waggons. Von der Kohle stieg immer noch Dampf auf. Sie hatte wahrscheinlich die Eingeweide des Donbass noch nicht länger als vor vierundzwanzig Stunden verlassen.

Ich fand eine Stelle, wo die Kohle wie Grabstaub war, und ich begann eine Mulde für mich zu graben, damit ich irgendwie vor der Kälte geschützt war. Der Zug fuhr vorwärts und rückwärts und stand dann für über eine halbe Stunde still. Schließlich fuhr er los.

Ich erkannte an den Sternen, dass wir nach Westen fuhren. Ich kuschelte mich in meinen Anorak, so behaglich ich das tun konnte, und begann einzudösen beim Lauschen auf den Lärm, den das Rad machte, wenn es einen Stoß zwischen zwei Schienen überfuhr. Der Zug beschleunigte, und diese ratternden Geräusche waren immer häufiger zu hören. Jedes Mal, wenn das Rad auf einen Stoß traf, war ich eine Schiene weiter entfernt von Mine 28 und dem Krankenhaus.

Dies war der einzige Weg, um aus dem Donbass zu entkommen. Das war es ja auch, was ich bereits ein Jahr vorher beschlossen hatte.

Mein größtes Problem war, dass ich nicht einmal einen Laib Brot bei mir hatte. Mir war klar, dass ich versuchen musste, an etwas Essbares zu kommen, sobald der Zug anhielt, um Wasser zu nehmen. Auf jeden Fall aber wollte ich schon mindestens einen Tag außerhalb des Donbass sein, bevor ich irgendetwas versuchen wollte. Ich nahm an, dass es dort um diese Zeit keine weiteren Gefangenenlager mehr ringsherum geben würde. Niemand würde wohl vermuten, dass ein Gefangener ausgerechnet während des Winters versuchen würde zu fliehen. Ich würde einen Weg finden, an etwas Essbares zu kommen, ich musste – es gab jetzt keinen Weg mehr zurück. Der Schmerz in meinem rechten Bein war nur leicht, und mein linkes Bein war praktisch schmerzfrei.

Ich erlaubte mir einen seltenen Luxus – ich dachte an meine Mutter. Ich sprach zu ihr und fuhr immerfort damit zu sagen: »Ich fahre nach Hause – ich komme dir jeden Moment näher.« Ich sah zum Himmel. Die Millionen Sterne waren so hart und klar wie Diamanten. Ein Hügel von *Poroda* ragte aus der weißen Plane heraus, die mich umgab, und gab immer wieder Schübe warmer Luft ab.

Ich fühlte mich sehr unbehaglich und mir war doppelt so kalt, wie es mir im Lager gewesen war. Als ich so fröstelte, dachte ich, dass es keinen warmen Platz mehr auf dieser Erde gäbe. Aber die Kälte verdrängte wenigstens den Hunger, den ich verspürte. Glücklicherweise hatte ich immer noch die russische Mütze, die ich gestohlen hatte, und ich ließ die Ohrenklappen herab, um meine Wangen gut zu schützen.

Es muss um die Mittagszeit gewesen sein, als der Zug langsamer wurde. Ich schaute mich um, aber ich sah weder eine Stadt noch ein Dorf, nur einen Wasserturm und eine nahe Hütte. Es war niemand zu sehen, aber es trat Rauch aus dem dünnen Rauchfang aus. Da spürte ich urplötzlich, dass ich hier in dieser Hütte etwas zu essen finden würde, wenn ich es nur versuchen würde. Ich wusste es einfach!

Der Zug wurde noch langsamer und stoppte schließlich unterhalb des Turms. Ich rutschte zur Ecke des Kohlewaggons und ließ mich hinunter in den Schnee fallen. Als ich jedoch unten auf dem Boden ankam, zog es mir die Beine weg. Die Durchblutung war vollkommen unterbrochen, so fühlte es sich jedenfalls an. Ich blieb dort im Schnee auf meinem Rücken liegen. Ich bewegte meine Beine ein wenig hin und her, bis sie wieder meinen Anweisungen gehorchten. Dann lief ich zu der Hütte. Ich schaute durch ein kleines Fenster hinein und sah, dass niemand drinnen war. Ich klopfte an die Tür, es gab keine Antwort. Ich probierte die Klinke und fand heraus, dass die Tür unverschlossen war. Ich fing sofort an, nach Essbarem zu suchen. Ich fand einen halben Laib Brot und eine Schüssel voll kalter *Kascha*.

Der Ofen war rot und heiß, drinnen glühten die Kohlen. Als ich die erste Welle der Wärme verspürte, wollte ich in den Ofen hineinkriechen, so warm und freundlich schien er zu sein. Ich verschlang die *Kascha*, wickelte das Brot in eine Seite Zeitungspapier der *Prawda*, die ich gefunden hatte, und ging wieder hinaus. Ich wusste, in welchem Waggon ich gewesen war, und kletterte hinauf. Ich setzte mich in meine Mulde und begann damit, das Brot zu verschlingen. Ich war glücklich. Die Tür der Hütte hätte auch verschlossen sein können, oder es hätten Arbeiter dort sein können.

Etwa zehn Minuten später fuhr der Zug wieder los. Nachdem ich das Brot fertig gegessen hatte, war ich durstig, und so aß ich etwas sauberen Schnee aus der Ecke des Waggons. Ich betrachtete die Zeitungsseite aus der *Prawda*, in die ich das Brot eingewickelt hatte. Ich konnte sie wegen des ruckelnden Zuges nicht allzu gut lesen, aber ich sah etwas über den sowjetischen und den amerikanischen Sektor von Deutschland. Dann fand ich in der unteren Ecke der Seite eine kleine Überschrift zum kommunistischen Rumänien.

Das gab mir zu denken. Wohin flüchtete ich? Wenn Rumänien unter kommunistischer Herrschaft war und sie meinen Namen und meinen Geburtsort wussten sowie die Tatsache, dass ich aus der Sowjetunion geflohen war, dann konnte ich wieder verhaftet und schnurstracks zur Mine 28 zurückgebracht werden.

Wenn ich Glück hatte, würde ich am nächsten Tag wieder auf gleiche Weise etwas zu essen bekommen wie heute, aber es war sehr unwahrscheinlich. Am nächsten Tag oder einem der kommenden Tage musste der Zug den gewaltigen Dnjepr-Fluss überqueren. Danach musste ich mich entscheiden, ob ich einen Zug in den Südwesten zur rumänischen Grenze hin nehmen sollte, oder einen nach Nordwesten in Richtung Polen, um von dort nach Deutschland zu gelangen.

Einige Monate zuvor hatten Omar und ich einige Russen belauscht, als diese über ein geteiltes Deutschland sprachen, doch wir hatten dem nicht zu viel Aufmerksamkeit geschenkt. Nun musste ich ernsthaft darüber nachdenken. Die Dosennahrung, die ich in der Vergangenheit gesehen hatte mit dem Aufkleber »Pork Sausage U.S.A.«, wirkte auf mich nun wie etwas aus einem Märchen. Wenn Amerika so viel zu essen hatte, dass es Tausende von Konservenbüchsen in den Donbass schicken konnte, wie wäre es dann, so fragte ich mich, in so einem Land zu leben? Auch wenn ich mir nichts sehnlicher wünschte, als meine Mutter, meinen Vater und mein Haus wiederzusehen, beschloss ich zu diesem Zeitpunkt, dass ich nicht die Gefahr eingehen konnte, wieder verhaftet zu werden. Wenn ich an die zwei Jahre dachte, die hinter mir lagen, dann wusste ich, dass ich überall hingehen würde, nur um möglichst weit vom langen Arm der Sichel entfernt zu sein. Ich beschloss zu versuchen, nach Polen zu gelangen und anschließend nach Deutschland, wo ich dann in den amerikanischen Sektor kommen wollte.

Es war nicht mehr so eisig kalt, auch wenn der Wind immer noch sehr stark war. Schneeflocken begannen vom grauen Himmel herabzutänzeln, und ich döste ein in einen unruhigen Halbschlaf.

Als ich aufwachte, bemerkte ich, dass der Zug still stand. Ich konnte gar nicht sagen, ob es Morgen- oder Abenddämmerung war. Ich war ganz mit Schnee bedeckt. Meine Beine waren vollständig steif ,und es dauerte eine Weile, bis ich sie wieder rühren konnte. Ich bewegte mich aus meinem Loch heraus, robbte zu der Ecke des Waggons und sprang auf den Boden. Es wurde heller, also musste es früh am Morgen sein. Die Kälte machte mir nicht so viel aus, wie zu erwarten gewesen wäre, und das alarmierte mich. Ich stand kurz davor zu erfrieren.

Vor mir waren einige Hütten, aus deren Schornsteinen Rauch kam, und nicht weit davon entfernt lag ein kleines Dorf. Ich stand vom Boden auf und humpelte zu den Hütten. Die zweite sah aus wie die Werkstatt eines Schmieds, denn ich sah Stemmeisen, Hämmer und einen Schubkarren neben dem Eingang. Die Tür war geschlossen, aber nicht versperrt. So trat ich ein. Es war eine Schmiede, genau wie ich vermutet hatte. Der Ofen glühte, und ich ging zu ihm hin und vergaß alles um mich herum. Was für ein Vergnügen es war, so eine Wärme zu spüren! Nach einer Weile legte ich mich einfach auf den Boden und schlief ein.

Siebzehntes Kapitel

Als ich aufwachte, waren zwei Russen über mich gebeugt. Ihre fragenden Blicke verrieten mir, dass sie eine Erklärung haben wollten: Wer war ich? Was suchte ich hier?

Ich setzte mich auf und fragte mich, was ich ihnen sagen sollte. Die beste Chance, die ich hatte, war, ihr Mitleid zu erwecken. Ich sagte ihnen zunächst, dass ich ein Rumäne sei, der ein sehr guter Arbeiter im Donbass gewesen war. Doch ein Mineneinbruch habe meine Beine verletzt und die Ärzte wollten diese amputierten, statt sie zu heilen und zu retten. Ich sagte, dass wenn jemand in meinem Alter seine Beine verlieren würde, ihn dies zu einem recht nutzlosen Arbeiter machen würde, und dass ich beschlossen hätte, meine Beine selbst zu retten.

Sie dachten eine Weile über diese Geschichte nach und wollten dann meine Beine sehen. Ich legte meine Minenhosen ab und dann die weißen Hosen aus dem Krankenhaus und begann, die Verbände aufzuwickeln. Während ich dies tat, vergaß ich ganz, dass meine Beine in einer schrecklichen Verfassung waren. Der Anblick der von Eiter durchdränkten Verbände war unglaublich, und der Geruch war abstoßend. Für mich roch es nicht so schrecklich, weil ich es gewohnt war, aber sie waren es nicht gewohnt. Sie sahen mich an, und ich erblickte nichts als Mitleid in ihren Augen. Einer von ihnen ging hinaus, kam mit einigen trockenen Lappen zurück und sagte:

»Hier, nimmt diese und benutze sie für deine Beine.«

Dann sagte der andere: »Wenn du willst, dann können wir dir etwas zu essen geben und du kannst dich hier zwei Tage ausruhen. Aber länger nicht. In dieser Zeit kannst du leicht einen anderen Zug erwischen, der nach Westen fährt. Wir haben keinen anderen Platz für dich zum Rasten außer in der Werkstatt des Schmieds. Du kannst hierbleiben, aber du darfst mit niemandem reden, sonst werden entweder die Polizei oder die Behörden herausfinden, dass wir dir geholfen haben.«

Dieser Laden des Schmieds kam mir vor wie ein Luxushotel. Solange ich lebe, werde ich mir wünschen, dass ich eines Tages in der Lage sein werde, diesen freundlichen Menschen ihre Hilfe zu vergelten. Ich wusste, dass sie selbst wenig hatten, aber sie gaben mir einige Schüsseln guter Suppe zu essen, solange ich bei ihnen war, und etwas Maisbrot.

Ich wusch meine Verbände und trocknete sie über dem stets glühenden Ofen. Ich wich keinen Moment von der Feuerstelle, doch selbst jetzt hörte ich nicht auf zu frösteln. Ich fand heraus, dass ich nur wenige Stunden vom Dnjepr entfernt war. Das sorgte dafür, dass ich mich wohler fühlte. In diesem Tempo konnte ich innerhalb weiterer drei Wochen die Westzone Deutschlands erreichen.

Am nächsten Tag suchte ich nach einem Zug. Der Schmied sagte mir, dass er ziemlich sicher sei, dass der nächste Zug nach Nordwesten führe. Er riet mir, auf den zu warten, der nach Südwesten zur rumänischen Grenze fuhr, aber ich entschied mich dagegen. Ich hatte schon beschlossen, mich von der Heimat fernzuhalten. Das war nicht leicht, aber es musste so sein.

Ich fand einen Waggon, aber es war dieses Mal sehr viel schwerer, mich dort einzugraben, denn die Kohle war schon halb gefroren. Trotzdem schaffte ich es irgendwie, und bald war der Zug unterwegs und fuhr gen Westen – immer weiter weg vom Donbass.

Der Tag, den ich neben dem glühenden Ofen im Laden des Schmieds verbracht hatte, hatte meine Lebensgeister wieder geweckt, aber noch einen Tag und eine Nacht in dem Zug, und ich würde wieder den Punkt erreichen, an dem die Schmerzen in meinen Beinen sich verringern würden wegen der eisigen Temperaturen. Dies war der gefährliche Punkt. Ich musste dann rasch vom Zug herunter, oder die Kälte hätte mich schläfrig gemacht und ich wäre erfroren.

Ich begann mich zu fragen, wie ich einen Arzt finden sollte, ja mehr noch, ob er imstande sein würde, meine Füße zu heilen, denn die Wunden waren nun dunkelgrün und wurden immer größer. Selbst wenn ich entkam, mussten sie vielleicht meine Füße amputieren. Die Kälte zehrte alle meine Kräfte auf. Ich spürte, dass nichts übrig war außer dem nackten unauslöschlichen Willen zu entkommen – und zwar mit beiden Beinen am Leibe.

Die Zeit ging vorbei. Der Zug fuhr immer weiter. Es wurde dunkler. Ich versuchte mich ein wenig aufzurichten. Der riesige Dnjepr tauchte vor dem schnell fahrenden Zug auf. Auf beiden Seiten der Brücke waren kleine Häuser, alle erleuchtet. Im Sitzen wäre ich sicher von den Brückenwärtern gesehen worden, und so duckte ich mich zurück in mein Loch. Wenige Momente später veränderte sich der Lärm, den der Zug machte: Wir überquerten den Fluss. Der Donbass lag nun weit hinter mir.

An der Brücke lagen eine Stadt und ein Eisenbahndepot. Als der Zug langsamer fuhr, lugte ich aus meinem Versteck hervor. Es war ein Depot, in dem viel Betrieb herrschte. Die Eisenbahnarbeiter eilten hin und her wie verrückt. Ich beschloss, den Waggon zu verlassen, falls der Zug bis zur Dunkelheit hierbleiben würde. Doch nach wenigen Minuten fuhr der Zug wieder los, und mir blieb nur zu hoffen, dass er halten würde, bevor ich erfroren war.

Gelegentlich wurde ich von Zweifeln gequält, denn ich wusste nicht sicher, ob der Zug, auf dem ich mich befand, auch wirklich nach Polen fuhr. Er konnte sehr wohl die Richtung ändern, um in eine der direkt nördlich gelegenen Städte zu fahren. Diese brauchten Kohle genauso dringend wie die rot besetzten Gebiete. Aber die Sterne versprachen, dass wir immer noch nach Nordwesten fuhren.

Ich hatte Angst einzuschlafen. Ich wäre vielleicht nie mehr aufgewacht. Es war schon lange dunkel geworden. Der Zug musste bald halten. Ich spürte, dass nicht mehr viel Leben in mir war. Es begann wieder zu schneien. Da strahlten keine Sterne am Himmel, kein Mond war zu sehen, nur eisig peitschender Wind und wirbelnde Schneeflocken. Ich kämpfte weiter gegen die tröstliche schläfrigmachende Eisigkeit. Es schien überhaupt kein Schmerz mehr vorhanden zu sein. Ich zog meine Hand aus dem Anorak heraus und streckte sie nach oben in der Hoffnung, dass der eisige Wind, der auf sie einschlug, mich aufwecken würde. Aber es war zu anstrengend, sie hochzuhalten, so zog ich sie wieder zurück in die Ärmel meines Anoraks, um sie so warm zu halten wie möglich. Ich fing an zu zählen, um wach zu bleiben. *Odin ... dva ... tri ... cheterye ... pyat ...* Ich zählte und zählte und verlor mich in den Zahlen.

Ich musste eingeschlafen sein in der angenehmen Kälte. Mit einem Male wachte ich auf und merkte, dass der Zug angehalten hatte. Ich versuchte, mich aus meinem Schutzraum herauszubewegen, aber ich war zu steif. Ich sah einige Hütten. Die Dunkelheit machte gerade langsam dem Tageslicht Platz. Ich musste die ganze Nacht gefahren sein.

Dann fing der Zug an, sich zu bewegen. Wenn ich jetzt nicht aussteigen würde, wäre ich in wenigen Stunden eine gefrorene Leiche. Halb rollte ich mich, halb sprang ich herunter und landete auf einem Haufen Schnee.

Nun lag ich dort und konnte mich nicht bewegen. Das Geräusch des Zuges wurde leiser und leiser, bis es verschwand. Als ich mich aufrichtete, war das Erste, was ich sah, Rauch, der aus einem der Schornsteine kam. Auf die Beine zu kommen war eine Schwerstaufgabe. Ich wankte wie ein Betrunkener zu der Hütte. Als ich zur Tür kam, wurde diese geöffnet und ein alter Mann kam heraus. Als er mich sah, blieb er stehen, strich sich durch seinen Bart und rief jemandem in der Hütte zu: »Andrei, komm her.«

Andrei, ein anderer alter Mann, kam heraus, und als er mich sah, sagte er:

»Was ist denn das? Wer bist du denn?«

Mittlerweile dachte ich schnell nach. Ich beschloss, es wäre das Beste, ihnen die Wahrheit zu sagen, so wie den Männern bei der Schmiede.

»Ich werde alles erzählen, aber ich bin so gut wie erfroren. Lasst mich hereinkommen.«

Andrei nickte zustimmend, und wir gingen hinein. Der glühende Ofen ließ die Kohle aus dem Donbass als etwas Wunderbares erscheinen.

Ich erzählte ihnen meine Geschichte. Sie waren sofort einverstanden, mich für einige Tage hier unterzubringen. Tagsüber arbeiteten sie für die Eisenbahnlinie als Streckenarbeiter. Pyotr, der Mann, der als erster herausgekommen war, sagte, dass er gerne hätte, dass ich etwas für ihn täte, während sie in der Arbeit waren.

»Es ist dunkel, wenn wir gehen, und dunkel, wenn wir zurückkommen«, sagte er. »Meine Augen sind schlecht, und mit unserer schlechten Lampe kann ich nicht sehr gut sehen.« Er zeigte mir einen recht neuen Anorak mit einem großen Riss am Rücken. »Du bist jung, und du hast gute Augen. Während du hier bist, kannst du das vielleicht für mich nähen.«

Es schien unglaublich. Kurz zuvor hatte ich Angst zu erfrieren, nun wurde mir eine warme Hütte für mehrere Tage angeboten unter der Bedingung, dass ich ein wenig schneiderte. Ich vergaß sogar meine Beine für diesen Moment. Sie wärmten etwas Suppe und gaben mir einen Teller. Jeder von ihnen aß einen Teller voll. Sie hatten einen langen Arbeitstag vor sich und gingen weg. Vorher zeigten sie mir einige Kartoffeln und sagten mir, dass ich die Hälfte davon schälen sollte. Gegen Abend begann ich sie zu schneiden und brachte sie dann zum Kochen.

Nachdem die Russen gegangen waren sah ich etwas Seife und ein Waschbecken neben der Tür. Ich füllte draußen eine große Schüssel mit Schnee und stellte sie auf den glühenden Ofen. Ich fing an, meine Füße auszupacken, den rechten zuerst. Sofort fing es an zu schmerzen. Als ich den Verband von der Wade wickelte, sah ich einige Läuse. Sie schienen faul, satt und zufrieden zu sein. Ich musste sie im Laden des Schmieds aufgelesen haben. Zu meiner Überraschung hatte ich überhaupt keinen Schmerz ihretwegen verspürt. Ich pickte sie heraus und ließ sie auf die glühende Eisenplatte des Ofens fallen. Sie verbrannten prasselnd.

Bevor ich irgendetwas anderes tat, wusch ich meine Beine. Das warme Wasser fühlte sich gut an auf den Wunden, aber sobald ich Seife auftrug, begannen sie zu brennen. Ich reinigte sie darum so gut es ging ohne Seife, wusch die Verbände und hängte sie auf über dem Ofen, wo sie sehr schnell trockneten. Dann setzte ich mich einfach vor den Ofen nieder und genoss die Wärme. Pyotrs zerrissener Anorak war die nächste Aufgabe. Ich nähte ihn, so gut ich konnte. Als ich damit fertig war, legte ich die trockenen Verbände wieder an meine Beine an. Dann breitete ich eine Decke vor dem Ofen aus und legte mich nieder. Ich schlief ein und wachte erst auf, als es begann dunkel zu werden.

Auf dem Ofen stand ein abgedeckter Topf. Ich sah, dass schwarzer Tee darin war und nahm mir etwas davon. Er schmeckte sehr bitter, auch wenn er mit Honig gesüßt war. Ich durfte gar nicht an Essen denken, aus Angst davor, dass nichts mehr da wäre, wenn die beiden alten Kameraden zurückkämen. Sie hatten eine Tasche halb gefüllt mit großen Kartoffeln, und ich sah etwas Gerste, aus dem sie wahrscheinlich Suppe oder Kascha machten. In einem kleinen Fass hatten sie etwas gepökeltes Schweinefleisch. Oh ja, überall fand sich etwas zu essen! Aber ich konnte ihr Vertrauen nicht enttäuschen. Sie hatten mir gesagt, ich solle nicht nach draußen gehen, denn es war ein Dorf in der Nähe und ich könnte gesehen werden. Zwischenzeitlich war ich erleichtert, denn wenn sie bisher nicht mit Wärtern zurückgekehrt waren, so hatten sie es auch nicht vor, dies noch zu tun.

Die Kartoffeln kochten, als die beiden Männer zurückkehrten. Sie waren beide am Fluchen, aber als sie die Hütte betraten, hielten sie inne und blickten sich um. Ich hatte auch ein wenig geputzt. Sie lächelten und grummelten zustimmend. Pyotr nahm seinen Anorak in die Hände und prüfte meine Schneiderarbeit.

»Gut gemacht«, lobte er.

Dann begann Andrei die Suppe vorzubereiten. Er gab etwas gepökeltes Schweinefleisch dazu, und es wurde eine richtig feine Suppe. Jeder von uns hatte zwei Teller, dann überließen sie mir den Rest. Nach dem Abendessen baten sie mich, ihnen meine Beine zu zeigen, was ich auch tat.

»Ich habe noch etwas Wodka übrig«, sagte Pyotr.

»Du kannst ihn gerne benutzen, wenn du willst.«

»Das wird meinen Beinen nicht wirklich gut tun«, sagte ich, »und außerdem würde es mir nur weh tun. Ich brauche dringend ärztliche Hilfe, oder ich werde sie verlieren.«

Es war ein unangenehmes Gesprächsthema. Dann aber fragten sie mich nach der Mine, dem Lager und meiner Heimat. Pyotr sagte mir, dass ihn seine Frau verlassen habe, als er verwundet aus dem Krieg nach Hause gekommen sei. Aber trotz allem schienen diese beiden alten Kerle recht zufrieden zu sein. Selbst unter Berücksichtigung der Tatsache, dass die Front hier in diesem Gebiet einige Male gewechselt hatte, ging es den beiden recht gut, verglichen mit den Menschen im Donbass.

Ich fand heraus, dass Kiew schon weit hinter mir lag, was bedeutete, dass ich nach einem weiteren Tag schon in Polen sein könnte oder zumindest an der Grenze. Das waren ermutigende Nachrichten.

Ich wäre gerne mehr als eine Woche in dieser Hütte geblieben, aber das wäre wahrscheinlich zu gefährlich gewesen. Sie fragten mich, ob es mir gemütlich genug wäre, auf zwei leeren Kartoffelsäcken zu schlafen, die sie hatten, und mich mit einer Decke zuzudecken. Ich antwortete, dies sei wunderbar. Dann füllte Pyotr den Ofen mit Kohle bis nach oben an, ließ die Lampe aus und legte sich zum Schlafen nieder. Ich legte die Säcke vor dem Ofen nieder und deckte mich mit der Decke zu. Wir wünschten uns gute Nacht, kurz darauf fielen beide in Schlaf. Einer von ihnen schnarchte ein wenig. Zwei großartige alte Kerle!

Als ich aufwachte, wusste ich nicht, wie viel Uhr es war, denn es war dunkel um mich herum, außer neben dem Ofen, auf dem die Eisenplatte rot und heiß glühte. Die Decke reflektierte das Feuer und ich schwitzte. Ich wandte meinen Rücken dem Ofen zu, so dass ich so viel Wärme wie nur möglich aufnehmen konnte und fiel dann in tiefen Schlaf zurück. Nichts ist so gut wie ein tiefer, traumloser Schlaf, um dich ausgeruht und gesund zu machen.

Ich hörte ein knackendes Geräusch und öffnete meine Augen. Pyotr legte gerade neue Kohlen in die immer noch glühende, aber verbrannte Kohle.

»Guten Morgen«, sagte er. »Wie geht es heute deinen Beinen? Hast du gut geschlafen?«

»Ich habe sehr gut geschlafen, und meine Beine tun überhaupt nicht weh.«

Andrei sagte: »Wanja, ich werde dir diese halbe Tasche mit Sonnenblumenkernen hier lassen. Röste Sie, bis wir heim kommen, und koche auch wieder einige Kartoffeln. Heute spät in der Nacht glaube ich, dass zwei Züge hier halten werden. Sie beide fahren in den Westen. Du solltest einen davon erwischen, denn morgen kommt unser Vorarbeiter hierher mit unseren Rationen. Es wäre nicht gut, wenn er dich hier vorfinden würde.« Dann gaben sie mir etwas Brot, und wir alle tranken etwas von dem gesüßten Tee, den Pyotr gemacht hatte, bevor er gegangen war. Ich sah nach draußen durch eine neblig-gelbe Fensterscheibe und schauderte. Es war windig draußen, und ein Sturm braute sich zusammen. Wie würde eine erneute Nacht auf dem offenen Kohlewaggon sein? Doch ich musste es tun. Ich musste noch einen Tag und eine Nacht aushalten. In diese Gedanken vertieft schlief ich ein. Aber Träume, brutale Träume über das Lager, die schwarze Mine und den Turm in einem Schneesturm weckten mich wieder auf.

Ich hatte es gar nicht schlecht getroffen. Ich war kurz vor dem Sieg, was sogar den Russen unmöglich erschien, die an ihre Winter gewöhnt waren. Ich wusste: Wenn es mir gelänge, heute Nacht einen der Züge zu erwischen, dann würde ich bis zur Grenze kommen. Als die beiden Männer nach Hause kamen, sagte Andrei: »Wir haben gute Nachrichten für dich. Um elf Uhr heute Nacht wird hier ein Zug anhalten, der unterwegs ist nach Brest-Litovsk an der Grenze. Du solltest besser etwas essen und dich wärmen, denn es ist eine lange

Reise. Pyotr und ich können kaum glauben, dass du vom Donbass in offenen Güterwaggons hierher gereist bist. Du musst sehr zäh sein.«

Dann sagte Pyotr: »Lasst uns eine gute Suppe für dich machen. Du musst gut essen, damit du genügend Kraft hast.«

Es war sehr berührend, wie diese beiden Fremden sich um mich sorgten. Ich hatte in den letzten beiden Jahren gelernt: Je mehr das Verlangen nach Grundbedürfnissen zur Selbsterhaltung stieg, umso mehr kam das menschliche Wesen zur Geltung. Unter extremen Bedingungen nehmen auch die Ansprüche ab. Ich war sicher, dass es, falls die Behörden herausfanden, dass Pyotr und Andrei mich versteckt gehalten und mir zu essen gegeben hatten, keine Milde bei ihrer Bestrafung gäbe, und doch riskierten sie es, denn sie empfanden und sahen und verstanden. Pyotr hatte eine alte Uhr, die er aus seiner Hosentasche herausholte und auf den Tisch legte. In etwa einer Stunde hatten sie eine feine reichhaltige Suppe fertig. Ich aß wie ein Lord. Jeder von ihnen hatte nur einen Teller voll, und sie bestanden darauf, dass ich den Rest aufaß. Ich vertilgte vier Portionen.

Bevor ich ging, gab mir Andrei einen Beutel mit gerösteten Sonnenblumenkernen und sagte mir, dass der Zug in Kürze hier sein würde. Einige Minuten später hörten wir ihn ankommen. Pyotr sagte, dass ich alleine hinfinden müsste und mich an dem Turm orientieren könnte, an dem die Lokomotive Wasser aufnehmen würde. Beide wünschten mir viel Glück, und Pyotr sagte: »Gott sei mit dir!« Wir schüttelten uns die Hände und ich ging nach draußen und lief in Richtung des Turms, der nicht allzu weit entfernt war.

Der Zug überholte mich und ich lief weiter, wobei ich mich an dem Licht am Turm orientierte. Es war ein langer Zug; sein Ende war noch nicht vorbei gefahren. Die Lokomotive hielt unter dem Turm an, und ich steuerte die niedrigen Kohlewaggons an. Ich fand einen, auf dem die Kohle aus nicht zu großen Brocken bestand, und ich grub mich hinein. Es fiel mir dieses Mal nicht so schwer wie damals auf dem ersten Waggon.

Nicht viel später war ich unterwegs.

Achtzehntes Kapitel

Ich hatte mich so sehr für diese Fahrt gestärkt, dass ich sie nicht als so brutal empfand. Es war nicht so komfortabel wie in der Hütte, aber es war auch nicht so schlimm, wie es mir meine Erinnerung an die letzte Nacht in dem anderen Zug vor Augen malte.

Gegen Morgen legte der Zug einen kurzen Halt ein, fuhr aber alsbald wieder weiter. Es wurde gerade hell und ich sah, dass wir eine recht große Stadt hinter uns ließen. Die Gegend hier schien ziemlich dicht bewohnt zu sein. So oft ich mich umsah, was natürlich nicht häufig vorkam, sah ich Dörfer am Horizont hinter uns verschwinden oder von ferne auftauchen. Ich sah nicht oft aus dem Waggon heraus, weil mir dann der kalte Wind ins Gesicht peitschte und mich noch mehr auskühlte, als ich es ohnehin schon war.

Es war später Nachmittag und das Tageslicht nahm schon ab, als ich meinen Kopf wieder einmal herausstreckte und eine große Stadt in Sicht kam. Dies musste Brest-Litowsk sein!

Ich kauerte mich so tief in die Kohle, wie ich nur konnte. Ich kam mir selbst vor wie ein Strauß, der seinen Kopf in den Sand steckt, damit der Jäger ihn nicht sieht – zumindest glaubte er das. Ich wollte jedenfalls weder gesehen werden, noch wollte ich selbst etwas sehen. Ich erkannte, wie weit ich gekommen war und wie viel ich geschafft hatte, und ich war stolz auf mich.

Die nächste Hürde bestand darin, die Grenze zu überschreiten, ohne aufgegriffen zu werden. Der Zug wurde allmählich langsamer, bis er völlig zum Stehen kam. Doch nach etwa einer Minute fuhr er wieder los. Vielleicht hatten sie auf ein Signal warten müssen, das umgestellt werden musste. Dann ging es etwa zehn Minuten langsam weiter, bevor der Zug endgültig anhielt. Ich verhielt mich ruhig auf meinem Platz und wartete darauf, ob er jetzt wieder weiterfahren würde. Doch er stand still.

Es war fast dunkel. Ich wartete noch eine halbe Stunde und begann dann hinabzuklettern. Ich konnte nicht viel sehen – nur einige Züge und einen riesigen Platz. Ich ließ den Kohlewaggon hinter mir und lief am Zug entlang. Ich lief immer schneller. Mein Kreislauf nahm langsam Fahrt auf und vertrieb die Steifheit aus meinen Knochen.

An der rechten Seite des Platzes sah ich in Richtung der Stadt einige Häuser. Aber auch auf der linken Seite waren einige Häuser. Ich lief zuerst in diese Richtung, in der Hoffnung, jemanden zu finden, dem ich vertrauen konnte. Als ich näher zu den Häusern kam, sah ich, dass es dort einige Bäume gab und dass der Boden nach unten abfiel in ein kleines Tal. Der Schnee war hier und da hüfttief, aber auf dem Pfad, auf dem ich lief, war er bereits flachgetrampelt. Der Weg führte mich hinter die ersten Häuser und wandte sich dann dem Tal zu. Nahe am Fuße des Hügels war ein einzelnes Haus mit einem einzigen beleuchteten Fenster. Ich beschloss, es dort zu versuchen.

Ich ging zur Tür und klopfte leise an. Eine raue Stimme antwortete, es war nicht Russisch, sondern Polnisch. Ich antwortete auf Russisch und sagte: »Bitte lassen Sie mich herein. Ich bin ein Rumäne.« Ich hörte ein schleichendes Schlurfen und die Tür wurde geöffnet. Da stand ein glatzköpfiger Mann von über fünfzig Jahren. Er gab mir Zeichen einzutreten und schloss die Tür.

Der Raum war sehr warm beheizt und von einer einzigen brennenden Glühlampe erleuchtet. Er fragte mich:

»Wie zum Teufel bist du in dieser Jahreszeit entkommen?«

Ich sagte: »Woher wissen Sie, dass ich geflohen bin?«

Er brummte: »Die einzigen Leute, die in diese Stadt kommen und nach Unterkunft fragen, sind Leute, die aus Russland geflohen sind. Aber nur ein einziger Mann hat es vor zwei Jahren im Winter versucht. Er starb im Haus eines Arbeitskollegen, den ich kenne und der ihm Obdach gegeben hatte. Einen deutschen Gefangenen würde ich sofort den Behörden übergeben, aber jemandem wie dir werde ich helfen. Sag mir bitte, wo du herkommst und was geschehen ist, dass du ein Gefangener in Russland geworden bist.«

Ich sah ihn konsterniert an: »Bin ich hier nicht in Russland? Gehört Brest-Litowsk nicht zur Sowjetunion?«

»Nein«, sagte er, »du bist hier in Polen! Polen! Aber die Russen tun hier alles, was sie wollen. Aber erzähl' weiter!«

Ich begann ihm alles zu berichten, was mir widerfahren war. Während ich erzählte, stellte er eine Kanne auf den Ofen und rührte einige Male, um das Anbrennen zu verhindern. Als ich erwähnte, dass ich es selbst nicht geglaubt hatte, in einem offenen Kohlewaggon überleben zu können, bekreuzigte er sich und sagte:

»Wenn du Gottes Beistand hattest und stark und entschlossen genug warst, lebend eine solche Zugfahrt zu überstehen, dann ist es auch Gottes Wille, dass du wirklich entkommst.« Offensichtlich war er tief religiös. Dann sagte er mir, ich solle mich an seinen klobigen selbstgezimmerten Tisch setzen, und er legte einen Löffel, einen Teller und die Kanne vom Ofen darauf.

»Iss«, sagte er. »Iss alles auf, denn morgen werde ich zwei weitere Hasen in meinen Fallen haben, und ich werde sie zum Essen kochen.«

Er erklärte mir, dass er sogar in den Wintermonaten jede Woche zwei bis drei Hasen fing. Das Russisch, das er sprach, unterschied sich vollständig von dem Dialekt, den die Leute im Donbass benutzt hatten, dies und noch dazu sein polnischer Akzent ließen seine Aussprache für mich fremdartig klingen, aber ich hatte kein Problem damit, ihn zu verstehen. Er sagte, sein Name sei Stanislaus.

Nachdem ich mit dem Essen fertig war, gab er mir etwas zu trinken, was er *Kvass* nannte, ein braunes Gebräu, das etwas Alkohol enthielt. Es schmeckte nach bitteren getrockneten Kräutern. Dann sagte er mir, ich solle meine Füße freilegen und ihm meine Wunden zeigen. Inzwischen machte es mir nichts mehr aus, auf die durchgeweichten Verbände zu schauen. Auch er war nicht sehr geschockt, als er sie sah. Er fing an etwas Wasser zu erhitzen, ohne etwas dabei zu sagen. Ich wusch die Wunden aus und dann die Verbände. Es waren immer noch einige Läuse in den Wunden, aber ich hatte sie wieder nicht gespürt.

Nachdem die Verbände getrocknet waren, legte ich sie wieder an, drehte mich zu ihm um und sagte: »Stanislaus, wie kann ich dir für deine Hilfe danken?«

Er ignorierte meine Frage und sagte: »Die Probleme liegen hinter dir. Es wird dir nicht sehr schwer fallen, von unserem großen Rangierbahnhof hier wegzukommen. Du wirst sicher schon wissen, dass die Spurbreite der Züge von der östlichen Breite zur schmaleren europäischen Breite wechselt. In etwa einem halben Tag wirst du in Warschau sein, dann wirst du noch zehn oder fünfzehn Stunden bis zum sowjetischen Sektor Deutschlands brauchen. Du musst sehr vorsichtig sein. Aber wenn du schon so weit gekommen bist, wirst du auch mit dem Rest deiner Flucht Erfolg haben.«

Als ich am Morgen aufwachte, war Stanislaus gerade dabei, den Ofen wieder mit Kohle zu füllen. Ich wollte sofort aufstehen und ihm helfen, aber ich war überrascht festzustellen, dass meine Beine sehr steif waren und schmerzten. Dann wurde aus meiner Überraschung Furcht. Was zum Teufel war nun los mit ihnen? Ich zwang mich trotz der Schmerzen zum Aufstehen. Nachdem ich meine Decke zusammengefaltet hatte, verschwand die Steifheit und der alte vertraute Schmerz kehrte zurück.

Nachdem Stanislaus zur Arbeit gegangen war, bemerkte ich eine Karte von Europa an der Wand. Ich sah näher hin, meine Augen wanderten nach Rumänien, nach Kronstadt. Ich fühlte Tränen in mir aufsteigen. Ich wusste bereits, dass es für mich keine Heimkehr mehr geben würde. Aber es war so schrecklich, wenn ich daran dachte! Von jetzt an würde ich ein Ausländer sein, wo immer ich auch hinging. Ich wurde darüber so traurig, dass ich mich hinlegte und in den Schlaf flüchtete.

Stanislaus weckte mich. Ich hatte ihn nicht hereinkommen hören. Er schüttelte mich nur leicht an den Schultern, und als ich meine Augen öffnete, sah er auf mich herab.

Es war fast Nacht geworden. Ich hatte den ganzen Tag geschlafen. Die Ruhe hatte meine Kräfte einigermaßen gestärkt. Stanislaus zog einem Hasen das Fell ab, und ein anderer lag noch auf dem Boden. Er hatte gesagt, dass er zwei davon haben werde, und nun hatte er zwei.

Wir sprachen über die Züge. Stanislaus sagte, dass ich in etwa einem Tag im sowjetischen Sektor Deutschlands sein könnte, wenn ich einen Zug erwischte, der dorthin fuhr. Ich beschloss, es gleich nach dem Abendessen zu versuchen. Stanislaus sagte, dass er mich zum Bahnhofsplatz begleiten würde. Niemand würde Verdacht schöpfen, wenn er nach Informationen fragte.

Die Hasen waren bald fertig, und sie schmeckten so gut, dass wir gleich beide verspeisten. Stanislaus betete und bekreuzigte sich vor dem Essen. Er sagte, dass er normalerweise nicht so viel essen würde, dass ihn mein Appetit aber auch sehr hungrig gemacht hätte.

Nachdem wir fertig waren sagte er: »Wanja, wenn ich etwas Brot hätte, würde ich es dir für die Fahrt mitgeben.«

Ich dankte ihm für alles, was er mir schon gegeben hatte, und sagte:

»Möge Gott dir alles vergelten!«

Diese Worte schienen ihm zu gefallen und wir gingen gemeinsam los in Richtung Bahnhof. Es begegnete uns nur ein alter Mann, der unterwegs war, um Wasser zu holen.

Als wir ankamen, sagte Stanislaus, ich solle warten, während er über die Züge herausfinden wollte, soviel er konnte. Er kam nach etwa einer halben Stunde zurück und versicherte mir, dass innerhalb der nächsten Stunde ein Zug den Bahnhof verlassen würde mit dem Ziel Warschau. Er glaubte nicht, dass dies ein Kohlenzug sein würde, aber ich sollte auf jeden Fall versuchen hineinzukommen. Wir schüttelten uns die Hände, und er war weg, noch bevor ich mich richtig bei ihm bedanken konnte.

Als der Zug schließlich kam, konnte ich nur geschlossene Güterwaggons sehen. Dann kamen einige Waggons mit Schloten vorbei, aus denen Rauch herauskam. Diese verblüfften mich zuerst, aber dann wurde mir klar, was für Waggons es waren. Vor fünfundzwanzig Monaten war ich selbst in einem solchen Waggon selbst in das Donezbecken eingefahren. Das alles schien schon so schrecklich lange her zu sein. Diese Waggons transportierten vielleicht deutsche Kriegsgefangene, die in die Heimat zurückgebracht werden sollten.

Als der Zug anhielt, ging ich zum nächsten Waggon und sah einige Gesichter, die durch ein kleines Fenster auf mich starrten. Ich fragte sie auf Deutsch, ob jemand von ihnen überhaupt wüsste, wo sie seien. Sie antworteten, dass sie irgendwo in Polen wären. Dann fragten Sie mich, wer ich sei.

»Könnt ihr die Tür eures Waggons öffnen?«, fragte ich.

Sie antworteten nicht sofort, aber es hatte ein schnelles Getuschel im Inneren eingesetzt. Dann sagte einer: »Okay, aber bei unserem nächsten Halt morgen musst du schnell verschwinden, denn wir werden gezählt.«

Sie schoben die Tür auf. Ich schwang mich nach oben, und einige Hände umfassten mich und zogen mich herein. Es war sehr dunkel drinnen, doch dann leuchtete jemand mit einer winzigen Öllampe. Ich war umgeben von ausgezehrten und ausgemergelten Gesichtern. Wären sie wie die Gefangenen in meinem Lager gewesen, so hätten sich nun zwanzig Stimmen auf einmal erhoben. Hier stellte aber nur ein Kamerad die Fragen. Nun, ich musste ihnen sagen, dass ich ein Rumäne war, denn sie fragten mich, ob ich vor dem Krieg in Deutschland gelebt hätte. Niemand glaubte mir mein Alter, als ich es ihnen mitteilte.

In der Mitte des Waggons war ein kleiner Kohleofen ähnlich jenem, den wir vor zwei Jahren in unserem Waggon gehabt hatten. Ihnen allen war kalt, aber sie boten mir einen Platz an neben dem Ofen. Ich sagte ihnen auf Deutsch, dass ich aus Russland geflohen sei. Einer der Gefangenen sprach Russisch, und nachdem ich dies herausgefunden hatte, erzählte ich meine Geschichte auf Russisch weiter und er übersetzte sie für die anderen.

Der Zug fuhr los. Er fuhr immer schneller. Es schien, dass die Glücksgöttin einmal mehr auf meiner Seite wäre. Ab und zu legte jemand Kohle im Ofen nach. Der Zug fuhr mit Höchstgeschwindigkeit. Einer der Männer, der am Fenster saß, sagte: »Wir kommen jetzt in eine große Stadt. Das ist wahrscheinlich Warschau.«

Ich musste aussteigen, bevor die Aufseher, die im letzten Waggon mitfuhren, mich entdeckten. Jede Tür war mit einem Haken von außen verschlossen, aber die Deutschen hatten einen Weg gefunden, diese von innen mit einem Draht zu öffnen. Auf diese Weise hatten sie mich auch in Brest in den Waggon gelassen. Sobald der Zug anhielt, konnte ich herausspringen. Ich musste den Haken wieder einlegen, damit die Aufseher nicht bemerkten, dass er während der Nacht geöffnet worden war. Dann musste ich unter dem Waggon auf die andere Seite durchkriechen und so schnell ich konnte verschwinden.

Als wir in den riesigen Warschauer Bahnhof einfuhren, verlangsamte der Zug seine Fahrt. Wir öffneten die Tür, und in dem Moment, als der Zug stoppte, sprang ich ab. Meine Füße knickten weg, und ich musste mich selbst zum Aufstehen zwingen. Ich drehte mich um, legte den schwergängigen Haken wieder ein und kroch unter den Waggon. Dann hörte ich einen Ruf: » Wo gehst du hin?«

Ich erstarrte innerlich, aber ich blieb nicht stehen. Auf der anderen Seite des Zuges sah ich einen weiteren Zug, und noch einen weiteren, und ich kroch immer weiter. Ich musste unter sechs Zügen durchgekrochen sein, als ich mich umblickte und einige Paar Füße vor dem Waggon stehen sah, in dem ich mitgefahren war. Aber niemand folgte mir. Ich stand auf und lief so schnell ich konnte zwischen den Zügen durch. Der Zug zu meiner Rechten war zu Ende. Ich überquerte die Schienen und kroch unter den nächsten fünf oder sechs Zügen durch, bis es keine Schienen mehr zu überqueren gab.

Hinter dem Bahnhof lagen eine Fabrik und mehrere große Häuser und Gebäude. Ich lief auf diese zu, so schnell ich konnte. Als ich um eine Ecke gebogen war, fühlte ich mich schon wesentlich besser. Mir schien niemand zu folgen. Sie hatten wahrscheinlich den Waggon geöffnet und die Gefangenen gezählt, und nachdem sie festgestellt hatten, dass noch alle da waren, hatten sie sich keine weiteren Gedanken mehr über mich gemacht.

Als meine innere Anspannung nachließ, begann ich mich umzusehen. Ich war in einem mehr oder weniger belebten Viertel, und Arbeiter kamen und gingen. Viele starrten mich an.

Dann sah ich ein Mädchen, das Strumpfhosen aus Nylon trug. Ich war verblüfft, als ich auf ihre von den Füßen bis zu den Knien freien Beine blickte. Alle Frauen im Donbass hatten lange Hosen unter ihren Hemden getragen. Meine Augen folgten dem Mädchen, bis es in einem der Gebäude verschwand. Ich fühlte das Verlangen und den Wunsch zu berühren. Zu Hause hatte ich seidene Strümpfe und Strumpfhosen gesehen, auch die Unterwäsche meiner Mutter und meiner Schwester. Es war schlichte Unterwäsche, nichts Besonderes. Jetzt aber bedeutete dieser Anblick eines so hauchdünnen Stoffes für mich alles Weiche und Weibliche.

Ich lief wieder zurück Richtung Bahnhof, denn ich war hier, wo ich war, viel zu verdächtig mit meinen eigentümlichen und schmutzigen Klamotten. Auch wenn die Mehrheit aller Menschen hier Arbeiter waren, so waren sie doch sauberer und besser gekleidet als ich. Ich ging zu der anderen Seite des Bahnhofs. Die Gefangenen hatten aus den Waggons aussteigen dürfen, um sich ein wenig zu bewegen und Wasser zu holen.

Ich lief hinüber zu einer großen Maschinenhalle. Überall liefen Arbeiter herum. Weil alle schmutzig waren, fiel ich hier nicht so sehr auf. Ich sprach zu keinem von ihnen. Vielleicht verstanden sie Russisch, vielleicht aber auch nicht. Auf jeden Fall würde es Verdacht erwecken.

Ich wollte mich nur ungeachtet der Kälte irgendwo hinsetzen und ein wenig sitzenbleiben. Ich ging hinter die Halle und fand dort einen Haufen ausgebrannter Kohlen ohne Schnee darauf. Sie waren noch ein wenig warm, und nachdem ich einige Minuten dort gesessen war, schlief ich ein.

Ich musste über zwei Stunden geschlafen haben, denn als ich aufwachte, war es fast schon Abend. Der Maschinenhalle gegenüber sah ich sehr viele Menschen. Dort schien ein kleiner Markt zu sein. Etwas veranlasste mich, mich umzudrehen. Da bemerkte ich einen etwa fünfzehn Jahre alten Jungen, der sehr kess aussah und auftrat. Er pries seine Würste, seinen Schinken, sein Brot mit lauter, kreischender Stimme. Die Würste hingen über seinem Arm, den Schinken und die Brotlaibe trug er in einem großen Korb. Ich konnte meine Augen nicht abwenden von dem Essen.

Das Tageslicht ging in der Dämmerung unter. Die Menschenmenge löste sich auf. Der Junge packte seine Würste in den Korb und schickte sich an wegzugehen. Da ritt mich der Teufel. Ich lief zu ihm hin. Er drehte sich um, als er das Knirschen des Schnees unter meinen Füßen vernahm. Als ich ihm nahe gekommen war, traf ihn meine Faust ins Gesicht, noch bevor er den Mund aufmachen konnte, und er fiel rückwärts. Er rappelte sich wieder auf und ich stürzte mich auf ihn, aber er rannte weg. Ich beugte mich über den Korb, griff nach einer Wurst, einem Stück Schinken und einem Laib Brot, dann drehte ich mich um und rannte zurück zu den Bahngleisen.

Während ich zurückrannte, wurde mir klar, dass es verrückt von mir gewesen war, alles auf diese Weise aufs Spiel zu setzen. Einige Leute hatten schon begonnen mich zu verfolgen. Glücklicherweise hatte ich knapp 200 Meter Vorsprung. Das Essen fest umklammert, kroch ich unter einigen Güterwaggons durch, stand wieder auf und rannte weiter. An dem Waggon genau vor mir stand die Tür halb offen, und er schien leer zu sein. Ich warf das Brot und den Schinken hinein, schwang mich in die Höhe und kroch hinein. Dort lag ich, keuchte und hoffte, dass mein Orientierungssinn korrekt war und dieser Zug in Richtung Deutschland fahren würde.

Wir fuhren tatsächlich bald los, und der Zug nahm rasch Geschwindigkeit auf. Ich kroch in der Dunkelheit auf dem Boden herum, bis ich das Essen fand. Kein Laib Brot wurde jemals schneller verschlungen. Es war Weißbrot, und mit dem Schinken und der Wurst schmeckte es besser als der feinste Gänsebraten. Nachdem ich alles aufgegessen hatte, bewegte ich mich zur Tür hin, zog diese zu und kroch zurück in eine Ecke. Ich fand etwas Stroh, auf dem ich schlafen konnte, und döste ein, während ich darüber nachdachte, was für ein guter Antrieb doch der Instinkt war. Wenn ich es geplant hätte, hinzugehen und den Rotzlöffel zu hauen, hätte ich auch nicht erfolgreicher sein können.

Das Rattern des Zuges wirkte wie ein Schlafmittel, denn als ich aufwachte, schien schon die Sonne durch die Tür, die sich durch das Ruckeln geöffnet hatte. Wir standen jetzt still. Es war schrecklich kalt. Ich musste sehr langsam aufstehen. Gerade als ich zur Tür kam, ruckelte der Zug und kam wieder in Bewegung. Ich stand an der Tür und sah nach draußen. Der Güterbahnhof war sehr groß. Am Ende der Station sah ich ein Schild an der Straße. Ich konnte nicht genau lesen, was dort geschrieben war, aber ich sah »90 km«. Dies musste die Entfernung sein zwischen der Grenze und dort, wo wir nun waren, dachte ich. Dann sah ich noch ein Schild mit der Aufschrift »Poznan«, wahrscheinlich der Name der Stadt, durch die wir eben gekommen waren.

Ich hob meine Arme hoch und ließ sie wieder nieder, und ich rieb die Hände aneinander, um die Blutzirkulation wieder in Gang zu bringen. Dann zog ich meine Galoschen aus und rieb an den Füßen, bis diese ein wenig wärmer wurden. Aber auch nach dem Zuschieben der Tür war mir hundsmiserabel kalt und ich legte mich wieder hin. Das Rattern des Zuges ließ mich wieder einschlafen.

Das nächste, was ich wahrnahm, war, dass der Zug wieder gehalten hatte und ich steifgefroren war wie ein Brett. Ich hörte jemanden draußen singen. Es klang wie ein russisches Armeelied. Dann hörte ich Marschschritte. Ich taumelte bis zur Tür und spähte durch eine Ritze. Eine große Gruppe russischer Soldaten marschierte gerade hinter der Station. Die Melodie erinnerte mich an den Donbass. Diese Soldaten mussten zu russischen Besatzungstruppen gehören.

Die Soldaten verschwanden, und als ich sah, dass niemand mehr in der Nähe meines Güterwaggons war, sprang ich herunter. Ich sah einige Weichen nicht weit entfernt und ging auf sie zu. Ein mit einigen Werkzeugen ausgestatteter alter Mann reparierte gerade etwas. Er musterte mich von oben bis unten.

»Armer Teufel«, sagte er zu mir auf Deutsch.

In mir machte sich Erleichterung breit. Ich war außerhalb von Polen!

In meinem eingerosteten Deutsch erzählte ich dem alten Mann hastig und verkürzt meine Geschichte. Er kratzte sich am Kopf und sagte: »Glaubst du, dass du noch eine weitere Fahrt von mehreren Stunden aushalten kannst?«

»Ich werde wahrscheinlich erfrieren, wenn ich in einem dieser Güterwaggons fahren muss«, antwortete ich.

»Ich habe einen Bruder, der ist Lokführer. Innerhalb einer Stunde fährt er mit seinem Zug nach Gotha. Er wird dich auf der Lok mitfahren lassen, wo es warm ist. Es ist für dich zu gefährlich hier zu bleiben, denn das hier ist Frankfurt an der Oder. In dieser Stadt sind viele russische Soldaten, und mit deinen merkwürdigen Klamotten werden sie dich sicher anhalten, wenn du versuchst irgendwohin zu gehen.« Ich glaubte ihm das sofort!

Er sagte mir, ich solle warten. Wenn jemand in die Nähe der Weichen käme, solle ich ein Werkzeug in die Hand nehmen und mich möglichst beschäftigt zeigen. Er wolle herausfinden, wann der Zug genau abfuhr, und wollte auch mit seinem Bruder sprechen, wenn dies möglich war.

Nachdem er weggegangen war, ergriff ich einen Schraubenschlüssel. Alle Menschen, die ich getroffen hatte, waren so nett gewesen! Ich sah einige Züge kommen und abfahren, und nicht weit entfernt sah ich ein Gebäude, das wahrscheinlich der Bahnhof war. Einige Arbeiter oder russische Soldaten standen dort herum, aber niemand kam, um irgendwelche Fragen zu stellen. Ich schien auszusehen wie irgendein anderer Arbeiter. Zumindest hoffte ich das.

Als rund eine halbe Stunde vergangen war, kamen zwei Männer auf mich zu. Ich erkannte den netten alten Deutschen wieder. Er hatte seinen Bruder mitgebracht. Es war keine Zeit für großen Dank. Der Bruder sagte mir, ich solle mit ihm kommen. Der alte Mann reichte mir die Hand und sagte: »Auf Wiedersehen, mein Freund.«

Ich ging mit seinem Bruder auf einige Lokomotiven zu, die auf den Rangiergleisen standen. Als wir bei der zweiten angekommen waren, stieg er hinauf und bedeutete auch mir einzusteigen. Drinnen sagte er: »Hey, Junge, kauere dich hinter meinen Schemel.« Dann drehte er sich um und setzte die Lok unter Dampf. Die Lokomotive fuhr immer schneller rückwärts. Als sie anhielt, brüllte er etwas durch das Fenster nach draußen. Einige Minuten lang fuhren wir erst vorwärts, dann wieder rückwärts. Die Stopps rüttelten mich durch, und der Schmerz schoss von den Füßen durch meinen ganzen Körper. Der Lokomotivführer sprach wieder mit jemandem durch das Fenster, dann kletterte ein Mann in die Kabine. Er setzte sich neben den Lokführer nieder und winkte mir zu. Die Lokomotive war jetzt angehängt, und wir fuhren los. Dann hielt sie an, und Otto, der Lokführer, verließ die Kabine und kam nach ein paar Minuten mit einem Paket zurück.

Die Fahrt ging wieder los. Der Heizer, dessen Name Hans war, begann Kohle in den riesigen Kessel zu schaufeln. Als er fertig war, war es hier so gemütlich und warm, dass ich mich hinlegte und einschlief. Es war mir niemals so ergangen, dass mein Verlangen nach Wärme stärker werden konnte als mein Verlangen nach Essen, aber die letzten zehn oder fünfzehn Stunden, die ich in diesem eiskalten Güterwaggon von Warschau hierher verbracht hatte, hatten das bewirkt.

Es schienen Stunden vergangen zu sein, als Hans mich aufweckte. Otto packte das Paket aus und schrie: »Etwas zu essen ... zu essen.« Wir mussten brüllen, um uns trotz der ohrenbetäubend zischenden Lokomotive zu verstehen. Ich kauerte auf der Seite neben dem Sitz des Lokführers, während Hans Kohle in den Kessel schaufelte. Dies war auch der Grund, warum er mich aufgeweckt hatte. Ich öffnete das Päckchen und fand ein dickes Leberwurstbrot und einen schönen Apfel. Er war sehr gut, aber so klein. Ich roch an dem Apfel und fing an, kleine Bissen zu machen. Er wurde immer kleiner, bis nichts mehr von ihm da war.

Das beruhigende Rattern und die gemütliche Wärme lullten mich wieder ein. Als ich aufwachte, merkte ich, dass wir wieder stillstanden. Es war Morgen. Ich hörte, wie Otto mit jemandem sprach, als er in die Lokomotive einstieg. Ich konnte einige Wortfetzen verstehen von einem armen Gefangenen aus Russland, so dass ich wusste, dass er von mir sprach. Er stieg mit einem weiteren Mann in die Lokomotive, der ein so nettes Gesicht hatte, dass ich ihn sofort mochte. Er hatte buschige Augenbrauen und strahlend blaue Augen. Otto sagte mir, dass dies Helmut sei. Helmut würde mich bis Gotha mitnehmen, wo die beiden einen Arzt kannten, den sie während des Krieges kennengelernt hatten und der einen Blick auf meine Beine werfen würde. Von dort aus würden sie mich auf einen Zug bringen, der mich aus der sowjetischen Zone nach Westdeutschland bringen würde.

Ich verabschiedete mich von Otto und dankte ihm für alles, was er für mich getan hatte. Worte waren so wenig als Dankeschön, aber was konnte ich tun?

Helmut sagte mir, dass ein Personenzug hinter uns käme, so dass wir uns bemühen müssten, pünktlich zu sein. Etwas später waren wir schon unterwegs. Helmut gab mir auch ein Leberwurstbrot. Er versuchte, mit mir zu sprechen, aber es war viel zu laut. So gaben wir es letztlich auf. Er machte mir mit Handbewegungen Zeichen, dass ich mich vor dem Kessel hinlegen sollte, was ich auch tat.

Um die Mittagszeit fuhr unser Zug in Gotha ein. Sobald er stillstand, schrieb Helmut einen kurzen Brief, den er mir aushändigte. Er führte mich aus dem Bahnhof heraus auf eine Straße und sagte einem Jungen, der gerade vorüberging, er solle mich in eine bestimmte Straße bringen. Er gab mir einige Silbermünzen, sah mir in die Augen wie ein Vater, der seinen Sohn verabschiedet, wenn dieser zum Militär einrückt, schüttelte mir die Hand und ging weg.

Der Junge sah mich an, als stamme ich von einem anderen Stern. Ich hätte gerne gewusst, was er gerade dachte. Sooft ich Augenkontakt suchte, blickte er zunächst in eine Richtung, dann in die andere. Vielleicht war er peinlich berührt von meinem elenden Äußeren. Wer weiß? Zuerst gingen wir nach links, dann nach rechts, und dann zeigte der Junge auf ein Schild, auf dem »Optiker« stand.

Ich klingelte zweimal, bevor eine ältere Frau durch die Tür lugte. Sie wollte sie rasch wieder schließen, aber ich sagte:

»Brief. Ich hab' einen Brief.« Sie streckte ihre Hand heraus und ich gab ihr den Brief, den Helmut mir mitgegeben hatte. Rasch wurde die Tür von einem Mann geöffnet, der etwa 60 oder 70 Jahre alt war. Er stand da und starrte mich einen Moment lang an, winkte mich dann aber herein.

Wir gingen durch ein nett eingerichtetes Wohnzimmer in sein Arbeitszimmer. Der Arzt sagte mir, ich solle ihm meine Beine zeigen. Ich fing an, die Verbände abzuwickeln. Die Wunden hatten noch nie so schlimm ausgesehen. Der Doktor erhitzte etwas Wasser und wusch sie aus. Er warf all diese alten Verbände weg, die schon eine Sehenswürdigkeit waren, aber ich wollte sie waschen und behalten, da ich zu dem Glauben gekommen war, ohne diese Verbände keinen weiteren Schritt unternehmen zu können. Der Arzt sagte mir, dass er mir eine neue Medizin geben würde. Er nahm eine rote Tablette aus einem Fläschchen von seinem Regal und auch etwas Puder, dass er auf meine Wunden gab. Dann nahm er einige saubere Mullbinden heraus. Wie weiß diese waren!

Während er mich behandelte, fragte er mich nach den Bedingungen im Lager und ob ich jemand dort zurückgelassen hätte. Als ich ihm von Omar erzählte, konnte ich meine Tränen nicht zurückhalten.

»Ja«, sagte ich, »ich habe jemand dort zurückgelassen, der mir das Leben gerettet hat. Er war ein echter Freund.«

Dann konnte ich nicht mehr weiter reden, sonst wäre ich zusammengebrochen. Es hatten sich so viele kalte, bittere Dinge in mir angehäuft. Ich begann wütend zu werden, weil das alles mir passiert war, dann aber dachte ich, dass wohl nicht viele Leute so viel menschlicher Würde und Hilfe begegnet waren wie ich auf meiner Flucht.

Der Arzt legte mir die neuen sauberen Verbände an, aber sie saßen etwas locker. Ich fragte nach der Toilette, wickelte die Verbände dort noch einmal auf und wickelte sie viel fester. Sie mussten die Fahrt durchhalten, die mir noch bevorstand. Dann sagte der Arzt: »Ich muss nun hingehen und klären, ob es einen Zug gibt, der die Grenze nach Westdeutschland heute Nacht überschreitet. Ich kenne einige Lokführer, die dir vielleicht helfen können.« Er erklärte mir, dass ich – wenn ich erst einmal die Grenze überschritten hätte – in Westdeutschland Lager finden würde, die eingerichtet worden wären, um Leute wie mich mit Essen und Kleidung zu versorgen und sich auch sonst um uns zu kümmern.

Bevor er wegging, setzte er mich an einen Tisch in seinem Arbeitszimmer. Die alte Frau, die die Tür geöffnet hatte, trat ein, brachte etwas heiße Suppe und belegte Brote, und ich begann zu essen. Ich machte mir immer Sorgen um meine schmutzige Kleidung, denn überall wo ich mich hinsetzte, und auf allem, was ich berührte, hinterließ ich schwarze Spuren. Der Arzt hatte mich einige Male aufgefordert, nicht darauf zu achten. Die Frau brachte noch weiteres Essen herbei. Sie schien Angst vor mir zu haben. Oder war sie einfach nur schüchtern? Einmal sah ich sie kurz lächeln, doch als ich zurücklächelte, gab sie vor, mit etwas beschäftigt zu sein und verließ schnell den Raum. Das Essen musste in Deutschland genauso knapp sein wie in Russland. Ich konnte das spüren an der Art und Weise, wie es aufgetragen wurde. Freilich hatten sie auch gerade erst vor Kurzem einen Krieg verloren. Der erfahrene alte Arzt kam zurück, grunzte zufrieden und sagte: »Mein Sohn, heute Nacht wirst du in einem Zug sein, der nach Westdeutschland hinüberfährt. Ich habe mit einem Lokführer gesprochen, der einen Zug dorthin steuert. Er macht üblicherweise nie so etwas, aber als einen Gefallen für einen guten Freund wie mich wird er es tun. Ich werde später mit dir zum Zug gehen und wir werden ihn dort treffen.«

Das rote Puder, das er auf meine Beine aufgetragen hatte, hatte die Schmerzen scheinbar etwas gelindert. Während er seine Pfeife rauchte, sagte er mir, dass Deutschland mindestens zehn Jahre brauchen würde, bevor es wieder auf eigenen Füßen stehen könne. Er erzählte mir, wie wenig Essen die Leute für ihre Essensmarken bekämen, dass ich mir aber keine Gedanken zu machen bräuchte darüber, was ich gegessen hatte, da er als Arzt an mehr Lebensmittel herankomme. Ich wusste nicht genau, was er meinte, aber ich vermutete, dass er einige Patienten hatte, die Bauern waren und ihm Naturalien als Bezahlung anboten.

Wir verbrachten einige Stunden damit, so zu plaudern. Dann gingen wir zum Bahnhof, nachdem wir noch etwas süßen Tee getrunken hatten. Die alte Frau gab mir einen flüchtigen Händedruck. Draußen sagte mir der Arzt, dass sie seine Schwester sei und ein Nervenleiden habe wegen der Bombenangriffe, die sie erlebt habe.

Wir gingen langsam zum Bahnhof. Es hatte begonnen, dunkel zu werden. Als wir den Bahnhof erreichten, warteten wir ein wenig. Der Arzt sah auf seine Uhr und sagte, dass sein Freund um diese Zeit hier sein sollte. Einige Minuten später kam der Mann an. Sein Name war Franz. Der Arzt sagte ihm, dass er auf mich achtgeben und so weit wie möglich in Richtung Hannover mitnehmen solle. Dann schüttelte der Arzt meine Hand und forderte mich auf, ihm zu schreiben, wie es mir so ergangen sei. Er gab mir seine Adresse auf einem kleinen Stück Papier. Wir schüttelten uns nochmal die Hände und ich dankte ihm einige Male, dann ging er weg.

Franz legte mir die Hand auf die Schulter und sagte:

»Ich werde dich jetzt in der Lokomotive verstecken, aber du musst sehr leise sein. Ich gehe und schaue auch, ob ich einige Kartoffeln bekommen kann. Wir können sie auf einer Ablage im Kessel backen, und du wirst sehen, wie gut sie schmecken werden.«

Er nahm mich mit zu der dampfenden Lokomotive, wo ich mich hinter seinen Sitz kauerte, dann ging er weg. Zehn Minuten später kam er zurück mit überquellenden Taschen. Er hatte etwa zwölf große Kartoffeln ergattert, von denen er mir sagte, dass er sie von einem russischen Laster gestohlen hätte.

Bald waren wir auf unserem Weg, und der ruhige Fritz, sein Heizer, nahm die Kartoffeln aus dem Kessel heraus. Er gab mir fünf davon und behielt den Rest für Franz und sich selbst. Irgendwann wurde der Zug langsamer und stoppte schließlich. Ich genoss immer noch die gebackenen Kartoffeln, als Franz sagte, dass ich mich verstecken müsste, während wir in Eisenach hielten, um Kohle zu laden. Ich versteckte mich, aber nach kürzester Zeit fuhren wir wieder weiter. Ich legte mich vor dem Kessel nieder und schlief ein.

Ein abrupter Halt weckte mich auf. Franz legte die Finger auf die Lippen als Zeichen, dass ich absolut ruhig sein sollte, und machte mir Zeichen, mich zu verstecken. Ich kroch zu dem Loch, aus dem die Kohle herausgeschaufelt wurde. Fritz drehte sich um auf seinem Sitz und machte mir eindringlich Zeichen, in das Loch zu kriechen, das zu dem Kohlebehälter führte. Keine Sekunde zu früh! Zusammengekauert in der Kohle hörte ich eine harte russische Stimme gebrochen Deutsch sprechen und fragen, wie es ihnen gehe. Das war die Grenze!

Der Klang schwerer Schritte sagte mir, dass der Grenzer in die Lokomotive geklettert war. Ich atmete kaum. Beim Herumgehen fluchte er auf Russisch und nannte die Deutschen »Türken«. Dann stieg er wieder hinunter und ging weiter.

Ich hörte Franz durch das Loch wispern: »Noch fünf Minuten«, und dann noch etwas anderes, was ich nicht verstand. Er meinte, dass ich dort noch fünf Minuten bleiben sollte. Es kam mir vor wie eine Stunde. Endlich ruckelte der Zug und fuhr los. Als ich herauskroch und in die Lokomotive kam, winkte Fritz mir zu und schüttelte meine Hand.

Franz drehte sich um und gab mir Zeichen, zu ihm zu kommen. Als wir uns die Hände schüttelten, sagte er, dass er dies niemals mehr tun würde, für wen auch immer. Es war einfach zu gefährlich. Wenn er erwischt worden wäre, hätte er seinen Job verloren. Er schrie dies alles laut genug, dass ich ihn trotz des Zischens der Lokomotive hören konnte.

Ich setzte mich nach hinten neben den Kessel. Es dauerte noch einige Minuten, bis ich wirklich realisierte, dass ich frei war. Wir hatten die Grenze überschritten. Meine Flucht war vorbei. Ich war jenseits der Reichweite des Donbass.

Drittes Buch

Neunzehntes Kapitel

So kam ich also in die Welt des Westens. In Kassel schlug Franz mir vor, mich in den warmen Wartesaal des Bahnhofs zu begeben. Dort könnte ich die Bahnhofspolizei nach dem nächstgelegenen Flüchtlingslager fragen.

Als ich von der Lokomotive abstieg, überrollte mich trotz meines ewigen Hungers und der elenden Schmerzen in meinen Beinen eine Woge des Hochgefühls. Ich musste nicht länger achtgeben, ob jemand hinter mir war und mich beobachtete, Wärter oder Soldaten oder die Polizei. Die letzten beiden Jahre hatten meine Sinne geschärft, so dass es mir vorkam, als hätte ich auch am Hinterkopf ein Auge.

Ich fand den Wartesaal, er war heillos überfüllt. Die Menschen standen in Gruppen zusammen und unterhielten sich. Einige von ihnen betrachteten jeden mit Argwohn, der sich ihrer Gruppe näherte.

Schließlich fand ich einen Platz auf einer Bank, wo ich mich niedersetzen konnte. Meine Kleidung stank und meine Nachbarn auf der Bank rückten von mir weg. Bald fühlte ich mich sehr unwohl. Die Leute sprachen über mich, aber sie redeten so schnell in ihrem starken Dialekt, dass ich nichts verstehen konnte. Aber ich wusste, dass die Dinge, die sie über mich sagten, nicht nett waren. Auch sie selbst waren beileibe nicht gutgekleidet. Obwohl meine Nase in meinen Jahren im Lager vielen faulen Dingen ausgesetzt war, so war sie doch noch fähig mir zu sagen, dass auch diese Leute nicht sauber waren. Aber sie behandelten mich wie einen Aussätzigen.

Diese ungute Situation dauerte nicht lange an, denn zwei Polizisten, die durch den Bahnhof schlenderten, blieben unweit von der Ecke stehen, in der ich saß. Sie sahen, wie mich die Menge anstarrte, und kamen langsam herüber. Ich stand auf und ging ihnen halb entgegen. Sie verlangten von mir mich auszuweisen, und ich musste einfach lachen. Wie um alles in der Welt sollte ich überhaupt damit anfangen, ihnen meine Geschichte zu erzählen?

Ich sagte, dass ich seit Jahren keinen Ausweis mehr hätte und dass ich gerade erst aus der Sowjetunion entkommen war. Es dauerte recht lange, bis sie verstanden, was ich ihnen zu erzählen versuchte. Dann fragten sie mich nach meiner Nationalität. Als ich ihnen sagte, dass ich ein Rumäne bin, fragten sie mich, ob ich Ungarisch spreche. Als ich bejahte, ging einer von ihnen sofort weg und kam mit einem Bahnhofsmitarbeiter zurück, der sehr gut Ungarisch sprach. Ich fing an, ihm zu erzählen, wo ich herkam und was mir alles zugestoßen war. Während er übersetzte, musterten mich die beiden Polizeibeamten weiter argwöhnisch.

Schließlich führten sie mich aus dem Bahnhof heraus, sagten mir aber nicht, wohin wir gingen. Sie waren schnell, und ich bat sie, langsamer zu laufen, damit ich Schritt halten konnte. Einer wollte mich am Arm nehmen, aber tat es dann doch nicht. Ich wusste, dass er seine Absicht geändert hatte, weil ich ihm zu schmutzig war, als dass er mich berührt hätte. Er sagte zu mir, ich solle schnell laufen, da es kalt wäre. *Das* hielt er für kalt? Nun starrte ich ihn an.

Nicht weit entfernt vom Bahnhof lag ein Zentrum des Roten Kreuzes. Sie führten mich dort hinein. Es war hier viel sauberer als in dem Wartesaal. Sie sprachen mit einer Frau und sagten mir dann, dass sie mich eine Zeit lang hier lassen würden; später würde jemand kommen, um mich abzuholen. Die Frau wandte sich mir zu, als die Polizisten gegangen waren, und sagte mir, ich solle mich auf eine Bank setzen. Dann nahm sie neben mir Platz und fragte mich, wer ich sei, woher ich komme, wie ich hierhergekommen und wie alt ich sei. Es war eine nette Dame, die viel Geduld aufbrachte, meinem gutturalen, gebrochenen Deutsch zuzuhören.

Dann zeigte ich ihr meine beiden verbundenen Beine. Als ich meine Hosenbeine hochschob, schlug ihr der Gestank der eitergetränkten Verbände entgegen. Doch der Anblick allein genügte schon. Sie sagte: »Bitte wickeln Sie sie nicht hier auf. Dies ist kein Erste-Hilfe-Raum.«

Die arme Frau. So elend ich selbst beisammen war, empfand ich in diesem Moment Mitleid mit ihr. Dann fragte sie mich, ob ich hungrig sei.

»Ja«, sagte ich, »ich bin sehr sehr hungrig und sehr sehr müde.«

»Ich werde sehen, was ich für dich tun kann«, sagte sie.

Ich saß dort und wartete geraume Zeit. Vielleicht knobelten die Polizei und das Rote Kreuz um mich. Ich war erschöpft und meine Beine schmerzten. Ich musste eingeschlafen sein, doch ein Tippen auf meine Schulter weckte mich. Die beiden Polizisten standen vor mir, und die Frau redete mit ihnen. Eine ihrer Hände lag auf meiner Schulter. Ich konnte nur hie und da ein Wort verstehen.

Als die Polizei weggegangen war, bedeutete sie mir, ihr zu folgen. Sie führte mich in einen Erste-Hilfe-Raum, wo mich eine ältere Krankenschwester aufforderte, ihr meine Beine zu zeigen. Ich wickelte sie langsam auf; dann ließ sie mich auf eine Bank niedersetzen, während sie sich über meine Beine beugte. Ich sah ihr an, dass sie besorgt war. Sie murmelte etwas und schüttelte den Kopf, während sie eine Art Creme auf die Wunden gab und anfing, diese mit schneeweißen neuen Verbänden zu umwickeln. Zu meinem Missfallen legte sie diese sehr locker an, aber ich war zu müde, um mit ihr zu diskutieren. Das war richtig unsinnig. Das waren Dummköpfe. Wie sollte ein Mann herumlaufen, wenn seine Verbände herunterrutschten? Meine Hosen würden dann an den offenen Wunden reiben und das rohe Fleisch würde sich entzünden.

Als ich meine Hose wieder angezogen hatte, führte mich die Schwester hinaus in ein Büro, wo die andere Frau telefonierte. Sie sagte mir, ich solle mich etwas hinsetzen. Die wenigen Schritte, die ich gemacht hatte, hatten die Verbände schon herunterrutschen lassen. Wenn ich noch hundert Meter so weiter gelaufen wäre, dann wären die Wunden völlig offen gewesen.

Die Frau diskutierte mit jemandem am Telefon. Nachdem sie endlich aufgelegt hatte, sagte sie: »Ich werde dir etwas Reiseproviant mitgeben. Wenn du hier zu Abend gegessen hast, werden wir dich in einen Zug setzen, der dich zu einem guten Flüchtlingslager bringen wird, wo man für dich sorgen wird. Vielleicht finden wir ja auch einen anderen Mantel oder eine andere Jacke für dich. Komm, Junge.«

Sie führte mich in einen kleinen Speisesaal. Vielleicht war es gar keine Rot-Kreuz-Station, in der ich mich befand. Doch ich erinnerte mich daran, draußen ein Schild und ein irgendwo auf einer Art Plakat gemaltes rotes Kreuz gesehen zu haben. Ich war zu verwirrt, um an irgendetwas zu denken. Ich erhielt etwas Suppe mit Schwarzbrot, einige Pellkartoffeln und Spinat, was alles gut schmeckte, aber es war so wenig, es war eine so kleine Portion. Während ich aß, trank die Frau eine Tasse Tee. Ich nahm ihre auf mich gerichteten Blicke wahr. Ich verschlang das Essen so schnell, wie es vor mich hingestellt wurde. Ich konnte meinen Drang, immer schneller zu essen, gar nicht bremsen aus Angst, dass es mir jemand wegnehmen würde. Ist das Essen erst einmal im Magen, dann ist es sicher und niemand kann es dir mehr wegnehmen.

Als ich meinen Mund abwischte, sah ich auf. Die Frau schüttelte den Kopf. Sie war auf eine bestimmte Weise nett, aber sie war zu distanziert. Vielleicht war es aber auch nur die Sprachbarriere. Sie sagte mir, dass mein Zug in sieben Stunden abfahren würde und dass sie mir eine Liege geben würde, auf der ich bis dahin schlafen könnte.

Sie brachte mich in einen Raum, in dem viele Klamotten herumlagen, vor allem Jacken. Ich musste meine schmutzige Jacke ausziehen, wobei auch mein Unterhemd zerschlissen und sehr schmutzig war. Vorne, wo ich von den scharfen *Poroda*-Brocken in der Brust verletzt worden war, war sie auch verkrustet von Blut und Eiter. Die Wunden sonderten immer noch Eiter ab. Nachdem ich fast jede Jacke probiert hatte, fanden wir eine, die nur ein wenig zu kurz war. Aber es würde genügen müssen. Die alte Jacke, mit der ich hierhergekommen war, war genauso schwarz und dreckig wie meine Hände. Nun hatte ich wenigstens eine saubere. Die Frau sagte mir, ich solle meine alte Jacke in eine Mülltonne werfen. Es fühlte sich für mich an, als ob sie von mir verlangen würde, einen alten Freund wegzuwerfen.

Dann führte sie mich in einen Raum, in dem einige Männer schliefen. Die Pritsche neben der Tür war frei, und sie sagte:

»Nimm diese. Die Tür daneben führt zur Toilette. Es wird dich jemand aufwecken und rechtzeitig zur Bahn bringen. Schlaf gut.«

Als sie ging, sagte ich mehrfach »Danke« zu ihr, was sie mit einem Kopfnicken honorierte.

Ich ging zur Toilette und war über die weißen Handtücher verwundert. Ich sah einen Spiegel und riskierte einen Blick hinein. Ich hatte mich nicht sehr verändert, außer dass ich erschöpft und abgemagert war. Ich setzte meine russische Mütze ab und sah, dass ich ein Knäuel wilden schmutzigen Haares auf dem Haupt trug. Mein Gesicht alleine schon reichte, um jedem auf der Straße verdächtig zu erscheinen. Mein Antlitz war vom Wind und der Kälte wie versteinert. Weil ich mich seit Ewigkeiten nicht mehr rasiert hatte, hatte sich weißer Flaum auf meinen Wangen und meinem Kinn breitgemacht. Ich hatte Schatten unter meinen Augen, und Schmutz hatte sich in jeder Falte meines Gesichts festgesetzt. Auch wenn ich diese vorher nicht bemerkt hatte, so hatte ich doch einige tiefe Falten auf der Stirn.

Ein kleines Stück Seife lag herum, aber sie war schrecklich, ein Seifenersatz – sogar die Seife in Russland war besser, wenn wir welche hatten. Ich versuchte, meine Hände und mein Gesicht zu waschen, aber nachdem ich lange mit kaltem Wasser geschrubbt hatte, gab ich es schließlich auf, ging zu meiner weichen Pritsche und schlief noch in meinen Klamotten und Galoschen ein.

Dann sagte jemand: »Auf, auf!« Da wusste ich, dass ich einen Zug erreichen musste zu irgendeinem Lager, von dem es hieß, dass man dort für mich sorgen würde. Ich hoffte nur, dass ich meine ganze Geschichte nicht noch einmal wiedergeben müsste.

Der Mann, der mich aufgeweckt hatte, trug eine Binde mit einem roten Kreuz am Arm. Er drängte mich, und ich lief so schnell ich konnte. Nach einigen Minuten fingen die Verbände an, allmählich herabzurutschen. Die neue Jacke, die ich anhatte, war nicht so warm wie mein Anorak, den ich weggeworfen hatte. Auch meine Galoschen waren in einem erbärmlichen Zustand. Ich wusste, dass ich überall viele Probleme haben würde, Kleidung in der richtigen Größe zu finden.

Wir kamen zum Bahnhof. Ich hatte gedacht, er sei menschenleer, war es doch erst etwa sechs Uhr morgens. Aber trotz der frühen Stunde waren schon Menschenmengen unterwegs. Wo zum Teufel fuhren diese Leute alle hin? Der Kerl, der mich zum Bahnhof gebracht hatte, nahm mich am Arm. »Komm, komm!«, sagte er und schob mich in einen schon sehr überfüllten Zug.

»Hier, gib dieses Ticket dem Schaffner«, sagte er. Als ich ihn verständnislos anstarrte, sagte er: »Dem Zugbegleiter!« Dann schüttelte er meine Hand und ging weg.

Nach einem ersten und einem zweiten plötzlichen Ruck setzte sich der Zug in Bewegung. Ich hielt einen Briefumschlag in meiner Hand. Im Inneren fand ich ein Ticket nach Hannover und einen beglaubigten Ausweis. Dieser Zug war viel besser als all die Züge, die ich in den letzten zwei Jahren erlebt hatte. Das einzige Problem war, dass er hoffnungslos überfüllt war. Doch nach nur etwa zwanzig Minuten hatten sich alle Leute von mir entfernt. Meine schmutzigen Hosen und meine Wunden stanken. Das wurde mir schlagartig bewusst.

Ich hatte einige Essensmarken, die ich in dem Flüchtlingslager vorlegen sollte, in das ich gebracht wurde. Es war alles so verwirrend – ein fremdes Land, fremde Menschen. Ich musste an das denken, dem ich entkommen war, um mich besser zu fühlen. Ich wusste schon, dass mich Tausende von Fragen und Berge von Formularen erwarteten. Ich musste mich da »durchschaufeln«, so wie durch die Tausenden von Tonnen *Poroda*, durch die ich mich im Donbass geschaufelt hatte.

Ich setzte mich auf den Boden und ließ die Leute mich anstarren. Ich zog meine Hosen hoch und schaute auf meine Beine. Ich hätte die Verbände fester anlegen sollen, nachdem diese dumme Krankenschwester weggegangen war. Ich fing an, sie neu anzulegen, aber ich wurde damit nicht fertig, da der Zugbegleiter und einige andere Leute über mich hinweg steigen mussten, um vorbeizukommen. Nun, ich war so konzentriert bei dem, was ich tat, dass eine Woge der Angst durch mich hindurch ging, als ich aufblickte und jemand in militärischer Uniform sah. Er folgte dem Zugbegleiter und hielt an, um mich zu fragen, was mit meinen Beinen los sei. Er sprach Deutsch, aber es war nicht seine Muttersprache. Er war ein Offizier, aber ein Ausländer. Ich hielt ihn für einen Engländer. Ich versuchte ihm zu sagen, wer ich war. Als ich die Papiere herausholte, die mir das Rote Kreuz gegeben hatte, forderte er mich auf mit ihm zu kommen. Ich wickelte meine Beine so schnell ich konnte ein und folgte ihm.

Nachdem wir durch einige Waggons gelaufen waren, kamen wir zu einem, der von zwei Soldaten bewacht wurde. Er redete mit beiden und wir traten ein. Der Waggon war leer und mit Teppichen ausgelegt wie ein Palast. Er führte mich zu einem Abteil mit weichen Sesseln und sagte mir, ich solle mich hinsetzen. Ich sagte, dass ich das nur ungern machen würde, da meine Hose so schmutzig sei. Er sah auf die Hose, bemerkte, dass dies eine russische sei, und sagte mir, ich solle mich trotzdem niedersetzen. Dann fragte er mich, welche Nationalität ich hätte und wie ich in diesen Zug gekommen sei. Ich bemühte mich sehr darum, ihm alles zu erklären, aber es war schwierig, denn Deutsch war die einzige Sprache, die wir gemeinsam hatten. Er fragte nach meiner Adresse in der Heimat und gab mir ein Blatt Papier und einen Stift. Was wäre, wenn ich zu schreiben verlernt hätte? Ich versuchte es und merkte, dass ich es immer noch konnte. Er sagte, dass er etwas für mich tun würde, wenn das wahr wäre, was ich ihm erzählt hätte. Dann bot er mir eine Zigarette an, die ich zurückwies, hatte ich doch noch nie geraucht. Danach schwiegen wir.

Der Zug fuhr an, ich lehnte mich zurück und betrachtete die Landschaft, die an unserem Fenster vorbeiflog. Ich dachte an die anderen Züge, in denen ich mich in den letzten Monaten aufgehalten hatte. Was für ein Unterschied! Die Wärme des geschlossenen Abteils fühlte sich gut an, doch sie führte auch dazu, dass meine Beine noch mehr rochen. Ich schämte mich. Es hätte auch nichts gebracht, zur Toilette zu gehen und meine Hände und mein Gesicht zu waschen. Es hatte zwei Jahre gedauert, um so schmutzig zu werden, wie ich es jetzt war; es würde Wochen dauern, bis ich wirklich wieder sauber wäre.

Meine Gedanken schweiften zurück in meine Kindheit, als ich mit meiner Mutter und meinem Vater in einem ähnlich komfortablen Abteil der ersten Klasse gefahren war. Ich saß immer meinem Vater gegenüber am Fenster, so dass er direkt jede meiner Fragen beantworten konnte. Und ich hatte immer viele Fragen. In jenen Tagen nahm ich all diesen Komfort und alles Wohlbefinden als selbstverständlich. Ich schwelgte weiter in Erinnerungen, bis ich dem makellos gekleideten Offizier gegenüber einschlief.

Ich war in einem Eisenbahnwaggon mit Lisa. Sie war sehr besorgt um meine Beine. Ich wollte sie fragen, wie sie mich gefunden hatte, befanden wir uns doch nicht mehr im Donbass. Es schien mir, dass ich wenige Minuten vorher ein No-Smoking-Schild an der Wand unseres Waggons gesehen hatte. Es war ein französisches Schild, Défense de Fumer. *So konnten wir wirklich nicht im Donbass sein und waren entweder in Frankreich oder in Rumänien. Aber es war dunkel, und das Rattern der Räder ähnelte dem Rattern der kleinen Waggons in den Stollen der Mine 28. Dann nahm ich wahr, dass ich mit Lisa in einem Wagen auf einem Strohballen saß. Das Stroh wurde zu den Ställen gebracht, wo die armen blinden Pferde sich aufhielten, wenn sie keine Waggons zogen. Meine Gedanken waren erschüttert und verwirrt. War ich nicht durch schreckliche Qualen hindurchgegangen, um zu entkommen? Wie war ich jetzt auf einmal wieder in der Mine? Ich weinte und weinte.*

»Lisa«, sagte ich, »Lisa, wie kann ich nur noch einmal entkommen und dich mit zu mir nach Hause nehmen? Es ist so schwierig. Aber als erstes müssen wir aus der Mine herauskommen.«

Der Zug wurde langsamer. An der Spitze des Zuges hing eine Minenlampe. In dem gedämpften flackernden Licht sah ich die Befestigungsstützen über uns. Ich war fasziniert von der grau-schwarzen Poroda, *die ich zwischen eng nebeneinander angebrachten Stützen sah, und ich erschrak angesichts des beachtlichen Gewichts, dass diese Stützen zu tragen hatten.*

Wir waren nahe am Stall, als wir Stimmen hörten. Ich erkannte den jungen fanatischen Offizier wieder, der für einen Monat in unserem Lager eingesetzt war. Er fragte nach dem Stroh, und die Stimme des Wärters, der mich fast getötet hatte, antwortete ihm, dass das Stroh in dem Waggon sein müsse, der eben angekommen sei. »Aber wo ist Lisa?«, fragte er. Dann hörte ich zwei oder drei Schritte, die auf unseren Waggon zukamen. Und dann Stille. Ich hatte Angst zu atmen aus Furcht, dass das Stroh, auf dem Lisa und ich saßen, ein raschelndes Geräusch machen würde. Sie klammerte sich an mich voller Furcht.

Eine Ader in der Mine begann genau hier einzubrechen. Es war ein Geräusch, als wenn Tonnen von Wasser auf eine Betondecke prasselten. Es wirkte schaurig und lähmend. Hier also, so dachte ich, ein weiterer Mineneinbruch, und ich musste mich um Lisa kümmern. Wir waren beide in dem Waggon wie in einer Falle gefangen. Lisa wisperte: »Mein Gott!« Der brutale Wärter und der Offizier waren schon vergessen und alles explodierte. Ich umklammerte Lisa und schrie.

Ich krümmte mich und zerriss etwas, als ich das besorgte Gesicht des Offiziers an der Tür des Abteils erkannte. Ich bemerkte, dass ich während des schrecklichen Traums meine Jacke zerrissen hatte.

Er begriff, dass ich einen Alptraum gehabt hatte, doch als ich versuchte, ihm davon zu erzählen, verstand er gar nichts. Wie sollte er auch?

Der Zug rumpelte schnell weiter. Die Felder und Wälder draußen waren von Schnee bedeckt.

Der Offizier sagte mir, dass wir in zehn Minuten ankommen würden. Ich wusste nicht, ob wir noch in Richtung Hannover fuhren oder nicht. Aus dem, was der Offizier sagte, verstand ich, dass er ein Telegramm nach Rumänien schicken wollte, um meine Geschichte zu überprüfen. Was würde passieren, wenn von dort keine Antwort käme? Hatte ich noch eine Heimat? Ich wusste ja nicht einmal, ob mein Vater und meine Mutter überhaupt noch lebten. Dann fiel mir ein, dass meine Mutter ja einen Bruder hatte, der als er noch jung war Rumänien verlassen hatte und in Deutschland Arzt geworden war. Er hatte uns einmal besucht, und ich hatte mich sehr gut mit ihm verstanden. Wenn ich seine Adresse herausfände, könnte er sich vielleicht um mich kümmern.

All diese Gedanken nahmen meine Zeit in Anspruch. Bald kamen wir zum Bahnhof. Der Offizier sagte mir, ich solle ihm folgen, doch nachdem ich einige Schritte getan hatte, merkte ich, dass ich meine Verbände zu fest angelegt hatte. Ich hoffte, dass wir nicht so weit laufen müssten.

Auch in diesem Bahnhof sah ich wieder dieselben herumschwirrenden Menschenmengen wie in dem anderen. Ich erfuhr später, dass dies in jedem Bahnhof so war. Die Leute versuchten alle, etwas auf dem Schwarzmarkt zu kaufen oder zu verkaufen. Als wir uns durch die Menge drängelten, bemerkte ich, dass uns eine Gruppe aus dem Zug folgte. Ein dunkelgrüner Bus wartete draußen. Ein Mann mit einer Armbinde des Roten Kreuzes kontrollierte bei jedem die Papiere, bevor man in den Bus einsteigen durfte. Der Offizier sah eine Weile zu, dann winkte er ein Militärfahrzeug herbei und sagte mir, ich solle einsteigen. Das Fahrzeug schien auf ihn gewartet zu haben. Er sagte dem Fahrer etwas in einer Sprache die wahrscheinlich Englisch war, und wir wurden schnell weggebracht.

Der Offizier fragte mich, wie es mir ginge. »Gut«, sagte ich, »abgesehen davon, dass meine Beine schmerzen und ich hungrig bin.«

Er sagte: »Mach dir darüber keine Sorgen. Du wirst sehr bald etwas zu essen bekommen.«

Während unserer Fahrt begann es zu schneien. Der Fahrer schaltete die Scheibenwischer an. Das regelmäßige Geräusch, das diese von sich gaben, erinnerte mich an das Geräusch der Räder der Kohlewaggons aus den Minen, wenn sie über die Schienenstöße fuhren. Das machte mich schläfrig. Der Offizier fing wieder an zu rauchen. Der Rauch seiner Zigarette duftete umso vieles besser als der des *Machorka*-Tabaks. Er erinnerte an Parfüm und andere edle Dinge. Ich bemerkte, dass er seine Zigaretten stets nur halb rauchte, bevor er sie ausdrückte. Im Bahnhof hinter uns hätte sicher jemand die Kippe aufgehoben und weitergeraucht, und im Donbass nun wären nicht einmal Offiziere auf die Idee gekommen, halbe Zigaretten wegzuwerfen.

Wir kamen auf unserer Fahrt durch einen Stadtteil, in dem alle Gebäude und Häuser zerstört waren. Der Krieg musste hier übel gewütet haben. Der Offizier sagte nicht allzu viel, und ich fragte mich, was er wohl dachte. Wahrscheinlich, so grübelte ich, fragte er sich, warum er hier neben dieser schmutzigen und stinkenden Kreatur saß statt in seiner komfortablen Wohnung. Wir mussten unserem Ziel nahe gekommen sein, denn der Fahrer streckte seinen Kopf, um ein Straßenschild zu sehen. Er fuhr rechts ran, und der Offizier sagte zu mir: »Wir sind angekommen. Lass uns aussteigen.«

Als ich mich umsah, erblickte ich eine Reihe von niedrigen Baracken, die von einem Zaun umgeben waren. So, dachte ich, das war es jetzt also! Aber wir liefen nicht in diese Richtung. Wir betraten eine größere Baracke unmittelbar vor uns, deren Eingang von einem Soldaten bewacht war. Dieser salutierte ganz salopp, als wir eintraten.

Das Gebäude wurde von einem Flur in zwei Hälften unterteilt. Wir gingen bis zu seinem Ende; der Offizier sagte mir, ich solle warten, und er betrat eines der Büros. Neben der Tür stand eine Bank, auf der Decken lagen, und ich setzte mich nieder. Die Tür war nicht ganz geschlossen. Ich konnte vage einige Stimmen im Inneren miteinander sprechen hören, ich glaubte, Englisch. Sie sprachen immer weiter. Vielleicht redeten sie gar nicht über mich. Schließlich war ich gar nicht so wichtig. Ich hatte meine Augen geschlossen und war kurz davor einzuschlafen, als ich bemerkte, dass jemand neben mir stand. Ich öffnete meine Augen und sah einen Mann, der auf mich herab sah.

»*Cum te simţi?* – Wie geht es dir?«, fragte er.

Er hatte mich in meiner Sprache gefragt, in meiner eigenen! Ich hatte schon so lange kein Rumänisch mehr gehört, dass ich überwältigt war. »Ich bin nur sehr hungrig und müde«, antwortete ich. Ich fragte ihn, ob er Englisch spreche, und er bejahte. Dann kam mein Freund, der Offizier, in den Flur und bat mich in das Büro. Ich stand auf und trat ein.

Drinnen fing ein anderer Mann an, mir von dem Telegramm zu berichten, das auf dem Weg nach Rumänien war; er wartete auf eine Antwort in wenigen Stunden. Er sprach Rumänisch wie ein Rumäne. Dann fragte er mich nach meiner Geschichte und sagte, dass der Offizier diese nur teilweise verstanden habe. Ich erzählte ihm und dem anderen Rumänen, was ich schon dem Offizier gesagt hatte. Und sie übersetzten es ihm.

Ich fragte nach etwas Wasser und ob ich mich beim Erzählen hinsetzen könne. Sie sagten mir, ich solle Platz nehmen, wenn ich dies wolle, und jemand gab mir ein Glas Wasser. Ich erzählte vom Donbass und von meiner Flucht und hoffte, dass ich nun nicht alles noch einmal wiederholen müsste. Als ich fertig war, fühlte ich mich erschöpft und müde. Sie redeten immer weiter auf Englisch. Ich fragte den ersten der Rumänen, ob ich nach draußen auf den Flur gehen und mich auf der Bank hinlegen könne, weil ich sehr müde sei. Dieser redete mit dem Offizier und sagte dann: »Ja, geh hinaus und ruhe dich aus.«

Ich hatte das unbestimmte Gefühl, dass sie dachten, ich würde zu fliehen versuchen aus Angst, die Antwort auf das Telegramm könnte negativ sein. Wenn sie das glaubten, so waren sie dumm. Denn wohin konnte ich fliehen? Und was konnten sie mir überhaupt tun, selbst in dem Falle, dass das Telegramm meine Aussage nicht bestätigte. Mich ins Gefängnis stecken? Ich erzählte die Wahrheit, und wenn keine Antwort auf das Telegramm käme, dann könnte ich immer noch einige Briefe an verschiedene Leute zu Hause schreiben.

Der Fußboden sah einladend aus, und ich legte mich nieder. Von einem Dampfheizstrahler hinter der Bank kam Wärme. In wenigen Minuten war ich eingeschlafen. Dann klopfte mir jemand auf die Schulter. Ich wachte sofort auf.

»*A venit telegramul!* – Das Telegramm ist gekommen!«, sagte einer der Rumänen zu mir.

»Und was stand darin«, fragte ich ängstlich.

»*Adevărul* – Die Wahrheit«, antwortete er.

Ich hatte erwartet, eine viel größere Erleichterung zu verspüren, als ich sie in diesem Moment wahrnahm.

Ich hatte einige Stunden geschlafen. Es war dunkel draußen. Ich fragte den Rumänen, ob er wisse, was diese mit mir vorhatten, jetzt, da sie wussten, dass ich die Wahrheit gesagt hatte. Sie sagten mir, dass man sich um mich kümmern werde. Sofort nachdem das Telegramm angekommen war, hatte der Offizier, der mich im Zug aufgegriffen hatte, einen Freund in einem amerikanischen Militärhospital angerufen. Er wollte sich darum kümmern, dass ich dort eingeliefert würde und meine Beine dort behandelt – und auch heilen würden. Aber ich musste noch etwas warten, denn das Krankenhaus war in der Nähe von Bremen, das etwa sieben Stunden mit dem Auto entfernt war. Wenn sie mir jetzt einen Krankenwagen schickten, könnte ich am nächsten Morgen dorthin gelangen.

Ich konnte es gar nicht glauben, dass ich so wichtig geworden war, dass sie eigens für mich einen Krankenwagen schicken würden. Ich wäre zu diesem Krankenhaus gekrochen, wenn es hätte sein müssen. Das klang alles für mich so unglaublich: Ein Ort, wo ich mir über nichts Sorgen machen müsste. Nur ausruhen und ausruhen und ausruhen. Ich fragte ihn, ob sie mir dort auch etwas zu essen geben würden. Er grinste und sagte, dass man nirgends besser essen könne als in diesem Hospital und dass ich dort bestens verpflegt werden würde. Ich fragte mich, ob er mich anlog. Aber warum sollte er?

Der andere Rumäne und der Offizier kamen aus dem Büro in den Wartekorridor und ich stand auf. Der Offizier trat zu mir und schüttelte meine Hand, während der andere Rumäne sagte:

»Du sollst wissen, dass es ihm leid tut, dass er deine Geschichte angezweifelt hat. Seit die Antwort da ist, hat er alles getan, was er konnte. Nun wollen wir etwas essen gehen.« Sie führten mich in einen Raum hinter dem Büro. Sie hatten einen Tisch dort und einen elektrischen Herd, auf dem sie anfingen, eine Schüssel voll *Ghiveci* zu wärmen, ein rumänisches Gericht, das aus allerlei Gemüse hergestellt wird. Es roch so, wie nur *Ghiveci* duften konnte. Als ich dieses Gericht korrekt als *Ghiveci* bezeichnete, sagten sie: »Jetzt wissen wir sicher, dass du ein Rumäne bist.«

Der Geruch dieses Gerichtes machte mich so heißhungrig, dass ich meine Tränen nicht zurückhalten konnte. Der Hunger schmerzte wie ätzende Säure. Endlich gaben sie mir einen Teller voll, aber ich wusste: Wenn ich das nun zu schnell essen würde, würde es mir schlecht werden. So hart es für mich auch war, ich aß vorsichtig Löffel für Löffel.

Währenddessen erzählten mir die beiden Rumänen ihre Geschichte. Sie waren Kriegsgefangene gewesen und warteten auf ihre Repatriierung. Sie waren nicht sehr erpicht darauf, nach Hause zu kommen, war doch Rumänien immer noch von der Roten Armee besetzt, auch hatte die Regierung des Landes gewechselt. Niemand wusste, wie die Lage wirklich war. Einige Briefe, die sie kürzlich erhalten hatten, besagten, dass die Inflation ruinös war. Einer von ihnen zeigte mir das Kuvert eines dieser Briefe. Es waren mindestens fünfzehn Briefmarken aufgeklebt, deren Wert betrug Tausende von *Lei*. Die Lebensmittelpreise waren explodiert, gleichzeitig war Essen nur schwer zu bekommen, völlig unabhängig von dem Preis, den man dafür bezahlte. Der Preis für ein Gericht konnte steigen, während man es aß. Das Bild, das sie von Rumänien zeichneten, unterschied sich sehr von dem, mit dem ich in den vergangenen zwei Jahren gelebt hatte.

Hinter diesem Gebäude lagen weitere Baracken voller rumänischer Ex-Soldaten, die ebenfalls äußerst halbherzig auf ihre Repatriierung warteten. Während die beiden Rumänen weiterredeten, dachte ich über die Folgen des Krieges nach. Er hatte nur Unheil hinterlassen. Der Krieg hatte offenbar alle Wärme, alle Liebe und alles Heil auf Erden verschlungen und durch Kälte, Grausamkeit und Argwohn ersetzt. Ich empfand Mitleid mit den beiden Kerlen, die mit mir sprachen. Einer von ihnen war aus Bukarest, der andere aus Ploieşti. Sie waren Soldaten gewesen, nun saßen sie fest in einem fremden Land. Ihre Familien zuhause warteten auf sie und brauchten sie. Die Repatriierungen verliefen so langsam, dass diese Männer unschlüssig waren, ob sie überhaupt noch zurückwollten. Der Rest der rumänischen Soldaten in den Baracken hinter dem Gebäude war vermutlich in einer ähnlichen Situation.

Währenddessen war der Offizier nach draußen gegangen, und ich fragte die beiden Rumänen, wohin er gegangen sei und ob sie etwas über ihn wussten. Sie sagten mir, dass er gebürtiger Amerikaner sei, dass er aber polnische Wurzeln habe. In Amerika habe er gelernt, polnisch zu sprechen. Nach dem Krieg habe er begonnen, beim Roten Kreuz und bei der I.R.O. zu arbeiten, der *International Refugee Organization*. Ich fragte sie, ob das ganze Personal beim Roten Kreuz so gut gekleidet wäre wie er, oder ob das nur bei den Amerikanern so wäre. Sie sagten, dass das nur bei den Amerikanern so wäre und ich mich glücklich schätzen könnte, da das Hospital, in das ich eingeliefert werden sollte, von Amerikanern geleitet würde und das Essen dort sehr gut sei. Das zu hören erfüllte mein Herz allein schon mit Freude.

Unser Gespräch wurde ein wenig vertraulicher. Ich sagte ihnen, dass ich mich unwohl fühlte, da ich nur meine russische Hose zum Anziehen hatte, und diese so dreckig war. Sie sagten mir, dass meine Hosen irgendwann innerhalb der nächsten zehn oder fünfzehn Stunden verbrannt werden sollten und ich saubere *Pyjamas* erhalten sollte. Das Wort »Pyjama« kam mir reichlich komisch vor. Ich sollte Pyjamas tragen? Ich assoziierte das Wort mit Komfort.

Die beiden Männer entschuldigten sich und gingen in ihr Quartier. Sie sagten mir, ich solle mich auf das Sofa in diesem Raum legen, und sie versprachen mir mich aufzuwecken, sobald der Rettungswagen gekommen war. Als sie nach draußen gingen, schalteten sie das Licht aus. Ich lag still in der Dunkelheit. Sobald sich meine Augen an sie gewöhnt hatten, stand ich auf und ging zum Tisch, wo ich den fast leeren Topf mit *Ghiveci* fand. Ich nahm einen Löffel und verputzte den winzigen Rest. Dann legte ich mich auf den Boden und dachte über das an diesem Tag Erlebte nach.

Einige Zeit später hörte ich ein Klopfen, ein Rufen an der Tür und einen Hund, der mit tiefer Stimme bellte. Ich fragte mich, ob ich lange geschlafen hatte und wie lange es wohl noch bis zum Morgen dauerte. Das Hundegebell ging in ein Geheul über. Zu Hause hatte ich Hunde gesehen, die auf ihrem Hinterteil saßen, zum Mond aufschauten und dabei heulten. Dieser heulte und heulte, bis jemand etwas nach ihm warf und fluchte. Dann war es wieder ruhig. Ich war mir des pochenden Schmerzes in meinen Beinen bewusst.

Es waren Schritte zu hören, die in das Büro kamen. Die Tür zu meinem Raum öffnete sich und das Licht ging an. Die beiden Rumänen standen in der Tür. Ich versuchte aufzustehen, aber meinen Beinen ging es immer schlechter. Die beiden Kameraden griffen mir unter die Arme und setzten mich auf das Sofa.

»Warum hast du nicht hier auf dem Sofa geschlafen?«, fragten sie mich. Ich sagte ihnen, dass das zu weich wäre. Sie schüttelten den Kopf. »Der Rettungswagen ist gekommen. Von jetzt an solltest du dich lieber an weiche Dinge gewöhnen. Das ist jetzt die beste Zeit, um damit zu beginnen«, neckten sie mich. Dann fragten Sie mich, ob ich nach draußen gehen könne.

»Sicher«, sagte ich. »Lasst mich nur aufstehen und einige Schritte laufen.« Mit diesen Worten taumelte ich auf meine Füße. Ich schwankte die ersten Schritte, und der Schmerz ließ mich schier erblinden. Als ich jedoch durch das Büro und den Warteraum nach draußen in den Korridor gegangen war, lief ich einigermaßen aufrecht. Ich war neugierig, wie die amerikanische Ambulanz aussah. Nach dem, was ich bisher über Amerika gehört hatte, war alles, was die Amerikaner herstellten, besser als die Erzeugnisse anderer Nationen.

Draußen war ein abnehmender Mond zu sehen. Der Rettungswagen war niedrig und nur etwas größer als ein Personenwagen. An der Seite war ein rotes Kreuz aufgemalt. Als wir zum Tor kamen, stiegen die beiden Männer von den Vordersitzen aus. Einer der Rumänen sprach mit ihnen. Er ging zum Heck und öffnete die Tür. Ich sah zwei Betten, auf jeder Seite eines, mit schneeweißen Laken. Das Trittbrett war recht hoch, und ich dachte zuerst, ich würde es gar nicht schaffen. Es schmerzte, aber es ging doch.

Einer der Amerikaner sprang hinter mir ebenfalls herein. Er wies mich an, mich auf das rechte Bett zu legen, und spannte mir den Gurt über die Brust. Er holte unter dem Bett eine Decke und ein Kissen hervor. Die beiden Rumänen murmelten ihm etwas zu, und er ging. Sie stiegen beide ein, und einer von ihnen sagte mir, dass er und der Offizier des Roten Kreuzes in einem anderen Wagen mitfahren würden. Der andere Rumäne schüttelte mir die Hand und meinte, dass er von dem Offizier des Roten Kreuzes herausfinden würde, wie es um meine Beine stünde. Sie gingen. Die Tür wurde geschlossen, und mit einem heftigen Ruck fuhren wir los.

Zwanzigstes Kapitel

Als ich meine Augen öffnete, hatten wir vor einem riesigen Gebäude angehalten. Die Sonne schien. Die beiden Männer standen neben meiner Bahre. Einer von ihnen half mir auf. Auch wenn ich meine Zähne zusammenbiss, spürte ich doch, wie mir Tränen herunterliefen. Ich wäre umgekippt, wenn sie mir nicht unter die Arme gegriffen hätten. Ich fühlte mich schrecklich hilflos. Ich konnte auch ihre Sprache nicht verstehen.

Dann wurde ich wütend auf mich wegen meiner Schwäche. Ich nahm meinen ganzen Willen zusammen und schüttelte ihre Arme ab. Ich schaffte es. Sie liefen neben mir. Wir gingen durch eine Tür und einen sauberen hellen Flur entlang. Ich nahm nicht viel wahr. Tatsächlich waren die letzten fünf oder sechs Personen, die ich getroffen hatte, nur noch verschwommen in meiner Erinnerung vorhanden, selbst die beiden Rumänen. Nachdem ich die Grenze überschritten hatte, hatte das plötzliche Erreichen des ersehnten Ziels eine Leere in mir entstehen lassen.

Nun war ich fast blind vor Schmerz und Schwäche. Dies war also das Krankenhaus. In Ordnung. Der frische und reine Geruch hier ließ meine Galoschen und meine Hose noch schmutziger aussehen und riechen. Ich fühlte mich so dreckig. Ein Stuhl wurde mir hingestellt. Ich fing an, Galoschen und Hosen auszuziehen. Nachdem ich die Verbände abgelegt hatte, knieten die beiden Ärzte nieder und begutachteten meine tiefen, hässlichen Wunden.

Sie schüttelten ihre Köpfe und sprachen mit dem Diensthabenden des Roten Kreuzes. Er redete seinerseits mit dem Rumänen, der hinzugetreten war. Meine Sinne waren hellwach, aber ich konnte nicht verstehen, was sie in ihrer für mich fremden Sprache sagten.

Dann kam der Rumäne zu mir herüber. Mit leiser Stimme sagte er: »Sie können dich nicht hier behalten. Du bist zu weit fortgeschritten. Du könntest binnen eines Tages sterben und du hast nicht einmal Ausweispapiere. Aber der Offizier des Roten Kreuzes hat die Adresse eines Flüchtlingslagers, und er will, dass du dort hingehst. Es ist nicht sehr weit weg von hier, nur etwa fünf Kilometer. Er will, dass du dorthin gefahren wirst.« Er versuchte, ermutigend auszusehen, als er mit mir sprach, aber ich spürte, wie hilflos er sich fühlte.

Ich fragte ihn: »Kann ich nicht in eurem Lager bleiben? Ihr habt das Telegramm bekommen, das besagt, wer ich bin, und ihr und der Offizier des Roten Kreuzes glaubt mir. Ich glaube nicht, dass ich in einem Tag sterben werde. Ich bin nur so müde, so hungrig und schmutzig.«

Er seufzte, was mir seine Gefühle zeigte, und wischte sich eine Träne aus dem Auge. »Ich habe den Offizier des Roten Kreuzes gefragt, aber er kann das nicht machen. Wir sind Kriegsgefangene, und du bist ein Flüchtling. Unser Lager steht unter Aufsicht der britischen Armee, und sie sind sehr streng. Du musst also ins Flüchtlingslager gehen. Aber ich werde versuchen, mit dir in Verbindung zu bleiben. Auch ich denke nicht, dass du sterben wirst.«

Ich inhalierte die saubere Luft, die durchtränkt war von scharf stechendem medizinischen Geruch. Klinikluft. Nach dem, was ich alles schon gerochen hatte, war dies ein Duft für die Götter. Saubere Götter in Weiß, für die du Papiere haben und sogar zum Sterben sauber sein musstest.

Ich begann damit, die eitergetränkten Verbände wieder an meine Beine anzulegen. Einer der Ärzte in weißem Jackett kam herüber und wollte mir stattdessen saubere Verbände geben. Ich wollte diese nicht; mein Stolz verbot es mir. Ich konnte nicht mit ihm sprechen, denn er war Amerikaner, aber ich hätte ihm gesagt: »Warum solche sauberen Verbände für mich verschwenden? Ich werde ohnehin sterben. Lasst mir doch meine schmutzigen Lappen.« Er war ein Arzt, aber mein Anblick ließ ihn kalt, das sah ich an seinem sauberen, glatten Gesicht.

Ich band die Lumpen über meinen Wunden fest, dann zog ich meine verkrusteten Baumwollhosen über die Verbände und stand auf. Ich fühlte mich ein wenig schwindlig, aber ich nahm mich zusammen. Ich durfte diesem Arzt gegenüber keine Schwäche zeigen. Der Rumäne gab mir die Adresse des deutschen Flüchtlingslagers und sagte mir, dass es außerhalb von Bremen sei, immer diese Straße entlang nach rechts. Auch der Offizier des Roten Kreuzes sagte etwas. Er ergriff mich am Arm, aber ich lief einfach weiter durch die schwere Tür nach draußen in die frische kalte Winterluft.

Der Rumäne eilte mir nach. Er sagte, dass der Offizier des Roten Kreuzes wollte, dass ich in das Flüchtlingslager gefahren würde. Er glaubte nicht, dass ich so weit laufen könne.

»Es geht mir gut«, sagte ich zu ihm. »Meine Beine werden mich tragen, soweit sie können. Ich will jetzt alleine sein.« Ich schüttelte seine Hand. »Adieu! Und danke für das *Ghiveci.*« Er wischte sich noch eine Träne aus dem Augenwinkel, und ich ging in den Morgen hinaus.

Ich lief wacklig entlang der eisigen und verschneiten Straße, benommen und hungrig. Die Medikamente, ich am Abend zuvor erhalten hatte, schienen mich noch zittriger gemacht zu haben. Ich fragte mich, was das wohl für ein Flüchtlingscamp sein würde. Es kam mir vor, als würde ich bis ans Ende meines Lebens von Lager zu Lager weitergereicht und immer wieder mit neuen Fragen gelöchert werden. Und dann hatte der Arzt noch gesagt, dass ich innerhalb eines Tages sterben würde. Aber ich war der Meinung, wenn sie mich nur an einem Ort zwei Tage lang bleiben ließen, an dem ich meine Füße und meinen Körper waschen konnte, und mir etwas heiße Suppe geben und mich schlafen lassen würden, dann würde es mir wirklich wieder gut gehen.

Wie konnte ich nur so denken? Ich musste an Hirnerweichung leiden. Ich merkte, dass ich taumelte.

Ich blickte zurück, um zu sehen, ob mich jemand verfolgte. Nein, es war niemand hinter mir. Keine Wärter mit irgendwelchen US-amerikanischen Gewehren über den Schultern, keine Soldaten – niemand. Sie hatten mir in dem Krankenhaus gesagt, dass du Papiere brauchst zum Sterben. Im Donbass brauchtest du keine Papiere zum Sterben.

Ich erreichte eine Ortschaft. Ich sah auf den Zettel mit der Adresse des Flüchtlingslagers. Irgendeine Straße war da aufgeschrieben. Ich steckte den Zettel zurück in meine Hosentasche. Ich fühlte mich keinen weiteren Fragen mehr gewachsen. Ich war jetzt schon so lange alleine, und ich wollte noch weiter alleine bleiben. Es war besser und sicherer. Die Fragen, die mir im Kopf herumgingen, konnte ich mir auch selbst beantworten.

Ich wollte mich nur niedersetzen, weil ich zu müde war, um weiter zu laufen. Ich sah ein riesiges Gebäude aus Beton, quadratisch und stabil. Es sah verlassen aus; der Gehsteig drumherum war aufgerissen. Aber es hatte einen Eingang, und ich lief dort hin.

Es roch moderig in dem nur gedämpft erleuchteten Korridor, aber der Betonfußboden war trocken. Türen führten in große, leere Räume. In einigen lag Krempel herum, kalt und vermodert. Ich sah ein Büschel Stroh in einer Ecke. Ich legte mich darauf. Ich wollte mich nur ein wenig ausruhen. Ich musste eingeschlafen sein. Als ich wieder erwachte, war es schon dunkel. Ich stand auf, ging nach draußen und urinierte, dann kam ich zurück und legte mich wieder auf das Stroh. Meine Beine schmerzten und waren geschwollen, Eiter drang aus den Verbänden heraus. Es gab kein Licht, kein Wasser, nur das schal riechende Stroh auf dem kalten harten Boden.

Zum ersten Mal fühlte ich mich wirklich besiegt. Während meiner ganzen Flucht aus dem Donbass durch die kalten Steppen hatte ich mich nicht so geschlagen gefühlt wie jetzt. Ich dachte sogar darüber nach, in das Lager in der Mine 28 zurückzugehen. Dort wusste ich wenigstens, wo ich hingehörte, und jeder wusste, wer ich war. Und du konntest dort sterben ohne Ausweispapiere. Ich konnte es nicht verstehen: Ich hatte alles riskiert, um aus dem Lager zu entkommen, und jetzt vermisste ich es.

Ich wollte meine Mutter und meinen Vater noch einmal sehen, aber sie waren so weit weg von mir.

Ich schlief eine Weile. Ich weinte. Der Schmerz in meinen Beinen verzehrte mich. Sie stanken wie ein Kadaver. Es wurde hell, dann wieder dunkel, ich wurde mir meines schrecklichen Durstes und des allgegenwärtigen Hungers bewusst. Draußen fand ich etwas Schnee, den ich aß, dann ging ich wieder hinein zu dem Stroh. Ich fing an zu zittern. Bald hatte ich solchen Schüttelfrost, dass meine Zähne klapperten. Ich versuchte damit aufzuhören, aber es war unmöglich ...

Dann war es wieder hell. Mit größter Mühe ging ich nach draußen und versuchte, die von dem hässlichen, dunkelgrünen Eiter durchtränkten Verbände im Schnee zu reinigen. Es war schrecklich kalt. Ich erinnerte mich, dass mir einmal jemand gesagt hatte, dass Urin Säure oder so etwas Ähnliches enthalte; wieder im Inneren angelangt, pinkelte ich auf meine Wunden, um sie auf diese Weise zu reinigen. Ich degenerierte zu einem Tier. Ich fühlte mich, als würde ich im Inneren von Fieber und Eiter zerfressen werden, und die Hoffnungslosigkeit in meinem Kopf erstickte mich.

Dann nahm ich mich zusammen. Ich wollte es noch einmal versuchen, bevor ich starb.

Ich fand das Stückchen Papier in meiner Hosentasche, strauchelte nach draußen und ging nun die Straße weiter in die Richtung, wo sie mir gesagt hatten, dass ich nach dem Flüchtlingslager Ausschau halten sollte. Ich sah merkwürdige Dinge. Das Fieber zeigte seine Wirkung, und auch der Hunger hatte seine Hand im Spiel bei den flimmernden Dingen, die ich sah. Eiter lief in meine Galoschen, als ich die vereiste Straße entlangschwankte. Ich fing an zu lachen. Es war kein Wunder, dass der amerikanische Arzt mich aus seinem sauberen Krankenhaus gewiesen hatte – ich musste für ihn wie ein Haufen Müll ausgesehen haben. Ich fragte mich, warum sie mich nicht verbrannt hatten, denn Feuer vernichtet faulen Geruch.

Ich setzte mich in den Schnee, ich fühlte mich so schwach. In dem Moment, als mein Körper auf dem Boden aufkam, fragte ich mich, ob ich in der Lage wäre, wieder aufzustehen und zur Mine 28 zurückzukehren, wo ich wenigstens wusste, wo ich war. Lief ich gerade dorthin zurück oder nicht? Ich konnte mich nicht erinnern, was ich mir vorgenommen hatte. Aaah!, das Beste wäre, wenn ich schlafen würde ... Ich verrieb etwas Schnee in meinem Gesicht, um aus diesem geistigen Sumpf herauszukommen. Ich war nahe daran abzukratzen. Das war nicht so schlimm, wie man es sich vorstellte.

Nicht weit entfernt sah ich einige Häuser. Ich sah zum Himmel auf. Er war grau. Es würde bald schneien. Mein Freund, der Schnee. Ich schlang eine Handvoll hinunter. Das war gut, kalt und frisch. Ich nahm noch einen Mund voll davon. Lieber in sauberem weißem Schnee sterben, als in einer schwarzen Kohlenmine ersticken.

Aber ich wollte gar nicht sterben!

Urplötzlich wollte ich zu diesem Flüchtlingslager gelangen, um es doch noch einmal zu versuchen. Ich hatte nichts getan. Ich war vielleicht nicht gut genug für ein sauberes amerikanisches Krankenhaus, aber vielleicht würde ich immer noch für eine Art menschliches Wesen gehalten, und zwar von der Art, die man in ein Flüchtlingslager ließ.

Ich brauchte geraume Zeit, bis ich wieder auf den Beinen war. Es war sehr hart. Ich hatte nicht mehr viel Kraft übrig. Ich wusste, dass die letzten Tage in diesem Betonbunker meine Kraftreserven vollkommen aufgebraucht hatten. Als ich so meinen Weg entlangtorkelte, wurde mir klar, dass ich es überhaupt nicht mehr zurück in den Donbass geschafft hätte, selbst wenn ich es mir vorgenommen und es versucht hätte. Ich war zu weit entfernt und zu entkräftet.

Alles tanzte vor meinen Augen. Ich fühlte mich so schwer wie Blei. Ich wollte mich einfach hinlegen und nie wieder bewegen. Ich war einfach zu müde ... zu müde ...

Ich kippte um in den festgefahrenen Schnee der Straße.

Einundzwanzigstes Kapitel

Es gab Regung, Bewegung. Mir war bewusst, dass allerhand Aktivität stattfand und ich irgendwie der Mittelpunkt war und ich irgendwo mittendrin war. Aber ich wollte nicht mittendrin sein. Ich wollte nur alleingelassen werden.

Ich fühlte den Schmerz in meinen Beinen nicht mehr, aber es rührte sich dort doch immer noch etwas. Ich glaubte sogar zu spüren, wie man mich entkleidete. Ich wollte aus der Dunkelheit herausgehen. Die Kleidung, die ich anhatte, war das Einzige, was ich besaß, und nun nahmen sie mir auch noch diese weg. Vielleicht wollten sie, dass ich nackt sterbe, so dass ich schon kalt wäre für den letzten Moment. Ich war so wertlos geworden, dass ich sogar das Recht auf meine Kleidung verwirkt hatte. Solange sie mich wenigstens nicht schlugen und mich in Ruhe sterben ließen. Ich wollte nicht weiter denken ...

Ich öffnete meine Augen. Ein junger, aber grauhaariger Kopf mit reinem netten Gesicht war über mich gebeugt, sah auf meinen Oberkörper und dann in meine Augen. Ich wollte meine Beine bewegen, aber ich konnte es nicht. Ein Kälteschock durchströmte mich, eiskalt. Blitzschnell durchfuhr mich quälend ein Gedanke: Meine Beine waren amputiert worden!

Das nette Gesicht nahm die Decke von meinem Körper weg. Ich hob meinen Kopf und sah ... meine Beine! Sie waren mit einer Decke verschnürt. Was für eine Erleichterung! Ich hatte meine Füße immer noch. Dann erinnerte ich mich an die verschneite Straße, auf der ich gegangen war. Ich war zu Boden gestürzt, soweit konnte ich mich erinnern. Jemand musste mich gefunden haben. Wahrscheinlich war ich jetzt schon in dem Flüchtlingslager. Dicke Verbände waren um meine beiden Beine gelegt. Ich war schon etwas zurechtgemacht und befand mich in einem Raum mit vier Betten auf jeder Seite, Feldbetten wie bei der Armee. Aber es war sauber.

»Ich bin Arzt«, setzte der grauhaarige Mann an. Er sagte mir, dass ich in dem Flüchtlingslager sei, dass man mich auf der Straße nicht weit davon entfernt gefunden habe. »Wir werden deine Beine retten«, fuhr er fort, »aber du wirst zehn Tage nicht laufen dürfen. Wir werden dich hier verpflegen, so gut wir können. Dann, wenn du dich besser fühlst und deine Beine auch wieder in einer besseren Verfassung sind, wirst du uns erzählen, wo du herkommst und wie du hierhergekommen bist.«

Ich versuchte ihm zu danken, aber er sagte: »Nein, nein. Ruh dich jetzt einfach aus.« Damit verließ er den Raum.

Wenige Minuten später kam ein anderer junger Mann herein mit einer großen Schüssel dampfender Suppe. Schon das Aroma entfaltete bei mir größte Wirkung. Es war eine dickflüssige Gemüsesuppe aus Kohlrabi. Der junge Mann ließ mich allein. Ich inhalierte den Dampf der Suppe. Aah! Das ließ mich schwindlig werden! Ich fing zunächst an, sie langsam zu schlürfen, dann nahm ich die Schüssel hoch und trank sie einfach aus. Ich wollte noch mehr.

Schon weit weg in meinem Gedächtnis erinnerte ich mich an einen Arzt in einem weißen Jackett, der gesagt hatte, ich würde in einem Tag sterben. Nun, mit dieser Kohlrabisuppe in mir würde sich seine Diagnose nicht bewahrheiten. Die heiße Suppe wärmte meinen Magen, und ich spürte, dass sie in mir neue Hoffnung weckte und meinen Überlebenswillen stärkte.

Später am Tag bekam ich noch mehr von derselben Suppe. Ich sah zu den anderen Flüchtlingen, die mit mir das Zimmer teilten. Es waren alles junge Burschen, abgemagert und schweigsam. Sie redeten nicht viel, nicht einmal untereinander. Der grauhaarige Arzt kam gegen Abend wieder und zeigte mir einen Nachttopf, den ich benutzen sollte, wenn ich urinieren oder ein anderes Geschäft erledigen musste. Er brachte auch eine Waschschüssel, wischte mir mein Gesicht ab und wünschte mir eine gute Nacht. Ich schlief, als wäre ich tot.

Ich hatte schon im Hinterkopf, dass ich in Sicherheit war, dass ich mich unter Menschen befand. Der Umgebung nach hatten sie nicht sehr viel, aber sie gaben uns alles, was sie hatten. Ich werde bis zum Tag meines Todes diesem grauhaarigen jungen Arzt dankbar sein. Er war ein wahrer Menschenfreund.

Einige Tage nachdem ich in diesem Lager wieder zu mir kam, erfuhr ich, was der Arzt getan hatte. Er hatte mir Blut entnommen und gerührt, bis die Teile, die gerinnen, vom Serum getrennt waren. Dann tauchte er Verbandsmull in das Serum ein und legte es auf meine Wunden. Nach zehn Tagen entfernte er die Verbände, und das Hässliche und glühend Rote der Wunden waren verschwunden. Natürlich schmerzten sie immer noch sehr, und der Arzt sagte, ich sollte noch zurückhaltend sein mit dem Gehen und auf keinen Fall rennen. Er sorgte dafür, dass ich zu jedem Essen zwei Teller mit Kohlrabisuppe bekam. Die anderen Flüchtlinge schienen sie aus welchen Gründen auch immer nicht wirklich zu mögen. Ich hingegen konnte nicht genug davon kriegen.

Die große Erleichterung schließlich war es, dass ich unter die Dusche gehen konnte, als die Verbände entfernt worden waren. Natürlich gab es kein warmes Wasser, dafür aber kaltes im Überfluss, und ich duschte, bis ich selbst blau vor Kälte war. Der Arzt, dessen Name Gustav war, staunte darüber, dass mich das kalte Wasser nicht störte. »Wasser ist Wasser«, sagte ich ihm. »Kaltes Wasser wäscht den Dreck genauso gut ab, man muss nur ein bisschen kräftiger schrubben.« Er hatte mir ein schönes Stück Seife gegeben – amerikanische Seife, wie er mir zuflüsterte. Er sagte mir auch, dass ich viel schneller gesund werden würde, wenn ich mehr Zucker, fetthaltige Speisen, frisches Fleisch und Früchte zu essen hätte, »aber diese Dinge haben nur die Amerikaner«. Ich sagte nichts dazu. Ich hatte ihm nichts davon erzählt, dass ich aus dem amerikanischen Krankenhaus hinausgeworfen worden war.

In der Zwischenzeit hatte ich Dr. Gustav erzählt, von wo ich entkommen war, und ihm von den harten Lebensbedingungen berichtet, die ich hinter mir gelassen hatte. »Ich weiß ein wenig über diese Lebensbedingungen«, sagte er, »ich war 1944 an der Front in Russland. Die Winter dort sind mir nicht fremd, und erst recht nicht diese endlosen Steppen.« Er schüttelte seinen Kopf. »Ich weiß nicht, wie du dort überlebt hast«, sagte er ruhig. »Deine Konstitution widerspricht jedem medizinischen Gesetz.« Dann legte er mir die Hand auf den Kopf und sagte: »Du hast noch gar nicht verstanden, was du wirklich vollbracht hast. Aber in den nächsten Jahren wirst du es noch realisieren, wenn du zurückblickst.«

So wie ich mich in diesem Moment fühlte, hätte ich gerne meinen Platz mit jedem getauscht, so dass ich mich nicht mehr an das erinnern müsste, was hinter mir lag. Ich dachte immerzu an Omar und einige der anderen, denn in meinen Träumen waren sie bei mir, und ich spürte, dass dies noch geraume Zeit so sein würde.

Das hatte vor etwa zwei Wochen in dem Flüchtlingslager begonnen. Und wie Träume so waren, spielte es keine Rolle, wovon ich träumte: Omar kam in dem Traum immer vor, ob es dabei um das Flüchtlingslager ging oder um einen der Züge, in denen ich geflohen war, oder sogar das amerikanische Krankenhaus ...

Die amerikanische Militärpolizei verprügelte uns mit Knüppeln und Fäusten. Omar wollte wegen meiner Beine nicht, dass ich mich wehrte, aber ich widersetzte mich ihm, während er mich zurückhielt. Dann waren wir seltsamerweise mit Handschellen gefesselt. Omars Handgelenke fingen an zu bluten, als er gegen die Handschellen ankämpfte. Sie schlugen uns mit ihren Knüppeln auf den Kopf und einer von ihnen trat mir gegen das Bein. Ich heulte vor Schmerz, und dann warfen sie uns hinaus. Wir liefen zurück zum Donbass, zurück zum Lager in der Mine 28 ...

Die Befreiung war groß, als ich schweißgebadet aufwachte. Doch es war sehr schwer, nach solchen Träumen wieder einzuschlafen. Dann aber kamen jeweils auch wieder der nächste Tag und die Kohlrabisuppe, die Besuche von Dr. Gustav und die Gespräche mit ihm. Meine Zimmergenossen, meist junge Ostdeutsche, brachten täglich häppchenweise Informationen mit vom blühenden Schwarzmarkt, der in den Ruinen des besetzten Deutschland entstanden war – eine provisorische Wirtschaft, in der die amerikanische Zigarette Trumpf war und jeder Art von Währung vorgezogen wurde. Ich bemerkte, dass sie schwarze Kleidung trugen, die aus einem festen, warmen Material gemacht war, und sie erzählten mir, dass sie aus ausrangierten Uniformen der amerikanischen Armee bestand, die schwarz gefärbt worden waren. Ich konnte es kaum glauben, dass die Amerikaner diese Uniformen ausgemustert hatten. Was hätte ich nur darum gegeben, solche Kleidung in Russland gehabt zu haben!

Ich hatte reichlich Zeit, das Kommen und Gehen der besonders gerissenen Flüchtlinge zu beobachten, das waren jene, die auf dem Schwarzmarkt die besten Geschäfte am Laufen hatten. Aber viel zu früh sollte es dann wieder dunkel werden, dann gab es wieder eine neue Terrine mit Kohlrabisuppe, und dann kam die Nacht ...

Ich saß in dem Büro des Golovoi. *Ein russischer Bergarbeiter, an dessen Namen ich mich nicht erinnern konnte, obwohl sein Gesicht mir aus dem Stollen, in dem Omar und ich arbeiteten, sehr vertraut war, hatte mir einen schwarzen Anzug, ein schwarzes Hemd, eine schwarze Krawatte, schwarze Schuhe und eine schwarze Pelzmütze gebracht. Dann zog er aus seiner Hosentasche noch schwarze Fußlappen,* partyanki, *hervor, und eine Schnur, um diese festzubinden. Ich fragte mich, warum er mir diese Kleidung gebracht hatte, die viel zu edel war, um damit in der Mine zu arbeiten. Als ich darüber nachdachte, kam der* Golovoi *herein. »Zieh dich an, Wanja«, sagte er. »Jeder wartet auf dich. Du bist der Letzte.« Diese Worte sandten ein Frösteln durch meinen Körper.*

Er ging nach draußen, und gedankenverloren begann ich mich anzuziehen. Die Kleidung passte gut, nur war der Kragen zu weit. Ich merkte, dass ich einen sehr dünnen Hals hatte. Dann wickelte ich meine Füße vorsichtig in die Lappen, so dass sie meine Wunden nicht berührten. Als ich sie mit dem Draht festzog, bemerkte ich, dass meine Beine und Füße sauber waren. Ich war verwirrt. Wie hatte ich so sauber werden können?

Ich ging nach draußen. Vom Büro des Golovoi *bis zur Mine standen alle Bergarbeiter in einer Linie aufgestellt, alle waren schwarz gekleidet und trugen Särge auf ihren Schultern. Die Arbeiter hatten ihre Minenarbeitskleidung an, und ihre Gesichter waren so schwarz, als ob sie eben aus der Mine gekommen wären. Aber einige der Vorarbeiter, einschließlich Sirienko, des* Golovoi *und des Mannes, der die Maschinenwerkstatt leitete, hatten jeweils einen solchen schwarzen Anzug an, wie sie auch mir einen gegeben hatten. Jeder, der einen schwarzen Anzug trug, hatte ein weißes Gesicht.*

Während ich diese Prozession betrachtete, kam Sirienko zu mir herüber. Sein Gesicht sah erschöpft und abgekämpft aus, und ich bemerkte, dass die tiefen Falten in seiner Stirn immer noch Kohlenstaub in sich hatten. Er fragte mich nach meinen Beinen, aber statt zu antworten, fragte ich ihn: »Was ist mit all den Särgen? Ich sehe fast jeden russischen Minenarbeiter hier, aber niemanden aus dem Lager. Warum?«

»Wanja«, sagte er, »du bist als Einziger am Leben geblieben.«

»Aber wo werden all diese Gefangenen beerdigt werden?«, fragte ich ihn. »Es sind so viele.« Die Minenarbeiter trugen diese Särge langsam hinter uns her, und es schienen immer mehr aufzutauchen. Sie kamen von hinter der stalova, *und oben nahe des Turms und der* Atkatka *hoben die Minenarbeiter die Särge auf.*

Sirienko sagte: »Wir haben einen Befehl, dass du jeden von ihnen auf den Turm nach oben bringen und dort abkippen sollst.«

»Aber wie soll ich das machen?«, protestierte ich. »Sie wissen, dass jeder Sarg in Stücke zersplittern wird, wenn sie auf die Poroda-*Felsen aufprallen. Und die ganzen Leichen werden nach wenigen Tagen zu riechen beginnen.«*

»Wanja, wir haben diesen Befehl, und sie warten darauf, dass du mit der Ausführung beginnst. Also lass uns anfangen. Wenn die Leichname anfangen zu riechen, dann werden wir uns etwas einfallen lassen.« Aber ich wusste, dass nichts unternommen werden würde.

Sirienko und ich liefen zur Atkatka *und zu den dort gestapelten Särgen. Die Minenarbeiter waren schrecklich traurig, der* Golovoi *stand still an der Seite, und der Hauptmann sowie einige andere Offiziere standen daneben und warteten auf den Anfang der Beerdigungszeremonien. Ich bekam es mit der Angst zu tun, als ich das grinsende Gesicht des sadistischen Wärter sah, der mich zweimal fast getötet hatte. Was tat Kolya hier? Hatte nicht der Hauptmann seine Versetzung angeordnet und sogar gedroht, ihn zu erschießen, wenn er ihn jemals hier wieder sehen würde?*

Zwei Wärter luden einen Sarg in einen Waggon und schoben mich zum Waggon. Ich sprang auf, dann wurde dem Arbeiter, der die Winde bediente, ein Zeichen gegeben, und ich war auf dem Weg nach oben. Ich fragte mich, wer in diesem Sarg lag. Als ich auf den Sarg blickte, während wir immer weiter nach oben fuhren, bemerkte ich, dass das Holz schimmlig aussah wie die Stützbalken, die sehr lange Zeit schon in der Mine gewesen waren.

Kurz vor der Spitze des Turms schrie ich, der Waggon solle stoppen. Er hielt an, und ich öffnete den Sicherheitsriegel und kippte den Waggon. Der Sarg fiel heraus. Im Fallen drehte er sich langsam und dann Rrums! ... Er hatte die Steine erreicht und zerbarst, der Körper eines Gefangenen fiel von Stein zu Stein. Beim Herunterstürzen wurde er bis zur Unkenntlichkeit verstümmelt.

Ich setzte den Waggon zurück, legte den Sicherheitsriegel wieder ein und hob meinen Arm als Zeichen, dass wir herunterfahren konnten.

Ein anderer Sarg wurde eingeladen, und es ging wieder nach oben. Langsam aber sicher entlud ich alle.

Der letzte Sarg war größer als alle anderen zuvor. Auf dem Weg nach oben bemerkte ich, dass dies Omar sein musste. Ich fragte mich, wie er gestorben war. Dann kamen wir oben auf dem Turm an, und als ich den Sarg auskippte, fühlte es sich für mich an, als ob ich selbst mit hinunterspringen würde. Der erste Aufprall ließ den Sarg zerschmettern, und Omars Körper, der immer noch in der Arbeitskleidung der Mine gekleidet war, rollte heraus. Doch zu meinem Entsetzen umklammerte Omar den nächsten Stein, auf den er fiel. Er wandte mir seinen Kopf zu, sein Gesicht war blutüberströmt, und als ich mich aus dem Waggon lehnte, um zu springen, schrie er: »Tu es nicht! Tu es nicht!«

Ich wachte schreiend auf.

Lange Zeit fürchtete ich mich davor einzuschlafen. Diese Träume erschreckten mich. Nach einer Weile aber hatte ich nicht mehr so viel Angst vor dem Leben im Donbass, dem ich entkommen war, sondern eher vor dem weißgekleideten Arzt aus dem amerikanischen Krankenhaus. Ich wusste, dass dies nicht vernünftig war, aber es war sehr real. Meine Beine heilten; die Wunden wurden jeden Tag kleiner und ich verspürte kaum noch Schmerz. Jetzt fühlte es sich so an, als sei die Infektion in meinem Kopf.

Eines Tages brachte mir der Arzt etwas Papier und sagte: »Es wäre sicher gut, wenn du deinen Eltern einen Brief schreiben würdest. Schreib ihnen, dass deine Beine gut verheilt sind, dass du ein Dach über dem Kopf hast und man für dich sorgt. Gib mir den Brief, schreib die Adresse auf den Umschlag, und ich werde Briefmarken besorgen und ihn für dich abschicken.« Dieser Dr. Gustav war wirklich ein feiner Mensch, er gab mir sogar seinen eigenen Stift.

Langsam und schon aus der Übung, mit meinen von der Arbeit rauen Händen überhaupt zu schreiben, verfasste ich einen Brief nach Hause, dabei saß ich auf dem Bett. Es war ein Brief, wie ich ihn schon vor einiger Zeit hatte schreiben wollte. Es fiel mir schwer, einfach auch deshalb, weil ich doch, als ich meine Eltern zum letzten Mal gesehen hatte, noch ein junges törichtes Kind gewesen war. In den letzten beiden Jahren hatte ich mich stark verändert, so kam es mir vor. Ich war durch den Morast des Lebens gegangen, und all das hatte seine Spuren hinterlassen. Ich fragte mich, was die letzten beiden Jahre mit ihnen gemacht hatten, wie sie zurechtgekommen waren. Diese verrückten Zeiten mussten auch für sie hart gewesen sein.

Es waren etwa zwei Wochen vergangen, als Dr. Gustav eines Morgens etwa gegen elf Uhr mit einem Brief in der Hand hereinkam. Er war in einem blauen Umschlag, den ich sofort als das Briefpapier meines Vaters erkannte. Solange ich zurückdenken konnte, hatte er diese blauen Umschläge verwendet. Ich nahm diesen Brief aus den Händen des Arztes, und er verließ den Raum, weil er spürte, dass ich allein sein wollte, während ich diesen Brief las.

Auf der Rückseite des Umschlags sah ich zahlreiche Briefmarken im Wert von Tausenden von Lei. Es musste eine schreckliche Inflation in Rumänien geben. Zu früheren Zeiten brauchte es gerade einmal sieben Lei, um einen Brief irgendwohin in die weite Welt zu schicken. Ich öffnete den Umschlag vorsichtig und nahm die zwei Seiten heraus, eine von meinem Vater, eine von meiner Mutter.

Ich las den Brief, und dann las ich ihn noch einmal. Meine Schwester, die zwei Jahre älter war als ich, war in einem russischen Lager in Makayevka gestorben, nur fünfzig Kilometer entfernt von dem Gebiet im Donbass, in dem ich gewesen war.

Sie war nur wenige Wochen, nachdem ich auf der Straße aufgegriffen worden war, von zu Hause abgeholt worden, und sie fiel schon dem ersten Winter zum Opfer wie so viele Gefangene, weniger als sechs Monate nach unserer Verhaftung. Meine Eltern wurden darüber von den Behörden in Kenntnis gesetzt. Ich war jetzt ihr einziges Kind. Zwei Jahre lang hatten sie auf ein Lebenszeichen von mir gehofft.

Mein Vater fand sehr starke Worte. Das Schlimmste hätte ich hinter mir, schrieb er. Ich wäre nun ein starker Mann, und ich sollte hingehen und etwas aus meinem Leben machen. Er war nur darüber traurig, dass er nicht in der Lage war, mir zu helfen. Aber im Geiste sei er bei mir, das solle ich nie vergessen. »Du hast überlebt«, schrieb er. »Du musst in Freiheit bleiben. Du kannst es nicht riskieren, nach Hause zu kommen, bevor es hier nicht sicher ist. Deine Mutter und ich sehnen uns danach, dich zu sehen, aber für den Moment sind wir schon glücklich zu wissen, dass du lebst.« Er meinte es gut, der alte Patriarch. O Gott, wie vermisste ich ihn!

Dann fuhr meine Mutter fort mit endlosen Fragen der Art, wie sie nur eine Mutter ihrem Sohn stellen kann: Ob ich genug zu essen hätte und die Kleidung, die ich brauchte? Wie viel ich wog? Ob ich gut schlief? Wie schwer meine Beinverletzungen wirklich waren ... – und so weiter. Sie schickte mir auch die Adresse dieses Onkels von mir, der hier in Deutschland irgendwo Arzt war. Ich sollte ihn aufsuchen und er würde nach mir und meinen Beinen schauen.

Gefühle aller Art durchströmten mich. Ich fühlte mich innerlich roh und verletzt und gleichzeitig glücklich. Ich steckte den Brief unter meine Matratze und legte mich nieder. Ich wollte ihn immer wieder lesen. Mir war nicht klar gewesen, wie sehr ich meine Eltern vermisste. In dem russischen Lager hatte ich mir diese Schwäche nicht erlaubt.

Ich sah immer noch meinen Vater vor mir, als ich in dem Viehwaggon eingesperrt worden war, und ich hatte ihm Zuversicht in meinem Gesicht demonstriert, er sollte wissen, dass ich in der Lage war, für mich zu sorgen. Sein Gesicht zeigte in jenem Moment damals, dass er kurz vor dem Zusammenbruch stand. Ja, es musste sehr schwer gewesen sein für einen so starken Mann. Ich fragte mich, wie und wann ich ihn je wiedersehen würde, und ob ich ihn von Alter und Elend gebeugt vorfinden würde, wie einen gewaltigen Baum, der vom Kampf gegen starke Winde knorrig geworden war.

Edith

Dann meine Schwester. Wenn ich daran dachte, wie schwer es für mich gewesen war, in dem Winterlager zu überleben, dann realisierte ich, um wie viel härter dies noch für ein Mädchen sein musste, war ich doch robust und stark, als sie mich zuhause aufgegriffen hatten. Die Hoffnungslosigkeit ihrer Lage, bevor sie starb, die harte Arbeit, und die Unterernährung mussten schrecklich gewesen sein.

Zum ersten Mal seit langer Zeit erlaubte ich mir, mich an unsere Kindheit zu erinnern. Ich war der bessere Schwimmer gewesen, aber sie war eine exzellente Turmspringerin, und sie neckte mich immer damit, dass ich Angst hatte von mehr als drei Metern Höhe in die Tiefe zu springen. Sie war unerschrocken. Wir hatten unsere Streitereien, aber wir hatten auch viel Spaß miteinander, und ich liebte sie. Wie wäre es gewesen, wenn wir gewusst hätten, was uns in die Wiege gelegt war?

Das Schlimmste war, dass sie gar nicht weit von mir entfernt in Russland gestorben war. Wenn sie nur in meinem Lager in der Mine 28 gewesen wäre! Ich hätte ihr geholfen, so gut ich gekonnt hätte, aber es wäre sehr schwierig gewesen. Ich hätte vielleicht eines der russischen Mädchen heiraten müssen, um mehr Essen für sie bekommen zu können. Was wäre mit ihr geschehen, während ich im Krankenhaus war? Gewiss hätte ich nicht alleine fliehen und sie im Lager zurücklassen können. Aber es war zu spät für solche Gedanken. Ich konnte nur hoffen, dass sie nicht zu sehr gelitten hatte.

Als ich auf meinem Bett lag, ging mir alles durch den Kopf: der Brief von zu Hause, mein Vater, das Lager, Omar, die lange Reise durch halb Europa. Ich hätte gerne meinem Vater in die Augen gesehen und ihm gesagt, dass er recht hatte: Wenn ich nach Rumänien zurückgekehrt wäre, hätte man mich wieder gefangengenommen.

Ich schauderte bei dem Gedanken daran, wie brutal die Wärter sich gegenüber geflohenen Gefangenen verhielten. Ich war mir sicher, er würde es verstehen, dass ich nicht zur Mine 28 zurückgesandt werden wollte, und er würde es auch meiner Mutter erklären, dass auch sie es verstand. Aber ich wollte sie so gerne wiedersehen, und wenn auch nur für einen Tag!

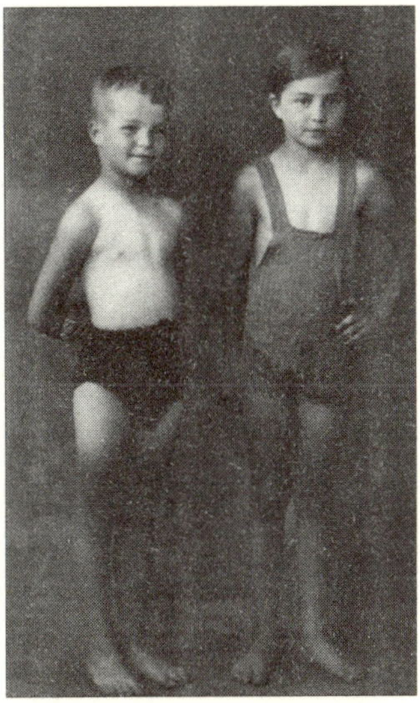
Der Autor mit Schwester

So traurig ich auch war, als ich auf dem Bett lag, fühlte ich mich doch anders. Ich hatte nun mehr Selbstvertrauen, mehr Kraft. Allein die Tatsache, dass ich mit meinem Vater wieder kommunizieren konnte, war wie ein starker Rückenwind für einen Seemann auf windstiller See. Er ist erschöpft vom Rudern bei dem Versuch, das Boot zu bewegen, doch sobald der Wind die Segel füllt, füllt sich auch seine Inneres mit Hoffnung und die Fahrt geht weiter.

Am nächsten Tag schrieb ich meinen Eltern und sagte ihnen, sie sollten mir nicht weiter an dieses Lager schreiben, sondern mir stattdessen Briefe an meinen Onkel schreiben. Irgendwie würde ich zu ihm gelangen. Und ich diskutierte mit Dr. Gustav die Möglichkeit, in ein anderes Lager versetzt zu werden. Ich wollte in die Stadtmitte von Bremen verlegt werden, dort glaubte ich mich besser orientieren zu können. Ich war erpicht darauf, in den Handel auf dem Schwarzmarkt einzusteigen, erwähnte das aber nicht gegenüber Dr. Gustav, der sich Sorgen gemacht hätte um meine Beine. Es gab ein Lager für Vertriebene (*displaced persons*) in Bremen. Innerhalb einer Woche saß ich in einem Bus zu diesem Lager. Dort begegnete ich wieder dem Offizier des Roten Kreuzes, der mit demselben jungen Rumänen als Übersetzer kam.

Ich spürte, dass er immer noch ein schlechtes Gewissen hatte, dass er mich nicht in dieses Krankenhaus hatte bringen können. Ich zeigte ihm die frisch verheilten Narben an meinen Beinen und sagte ihm, dass es mir gut ginge. Er gab mir fünf Päckchen amerikanischer Zigaretten, obwohl ihm bekannt war, dass ich gar nicht rauchte. Doch er wusste, dass diese auf dem Schwarzmarkt ein kleines Vermögen darstellten, besonders für jemand, der so arm war wie ich. Das wurde mein Startkapital. Der Offizier des Roten Kreuzes sprach sehr zuversichtlich mit mir über mein Leben. Seiner Meinung nach sollte ich aus dem kriegsmüden Europa so schnell wie möglich auswandern, und so half er mir in das Transitlager Buchholz außerhalb von Hannover zu gelangen, von wo aus ein ständiger Strom an Vertriebenen nach Kanada, Australien und in die Vereinigten Staaten emigrierte. Zu dieser Zeit hatte ich schon alle möglichen Wunderberichte von den anderen Schwarzmarkthändlern über Amerika gehört, das Füllhorn, aus dem sich Schokoladentafeln, Zigaretten, Kaffee und andere Schätze über die Soldaten auf den Schwarzmarkt ergossen. Amerika half auch, Hunderttausende von Flüchtlingen zu ernähren. Was für ein Überfluss musste in einem Land herrschen, dass sich dies erlauben konnte? In Amerika, so dachte ich, würde ich sicher sein. Dort konnte der Hunger mich nicht ergreifen. Aber um in die Vereinigten Staaten zu gelangen, musste man einen Verwandten dort haben, und ich besaß niemand dort. Ich beschloss also, Kanada ins Visier zu nehmen. Vielleicht konnte ich von dort aus in die Vereinigten Staaten weiterreisen.

Als ich in dem Lager Buchholz auf meinem Hochbett lag und Tausende andere Flüchtlinge um mich herum, erlaubte ich mir selbst zu träumen. Wenn meine Beine vollständig geheilt sein würden, so dachte ich, würde ich stärker sein als ein durchtrainierter Athlet. Ich würde die Amerikaner bitten, mich in einer ihrer Kohleminen arbeiten zu lassen. Diese mussten viel besser und sicherer sein als die russischen Kohleminen. Ich war ein guter Minenarbeiter. Ich würde sehr hart arbeiten, und sie würden mich mögen – ich würde mein Verdienst sparen und vielleicht würden sie mich sogar meinen Vater und meine Mutter nach Amerika nachholen lassen. Ich hatte nichts Böses getan, sie sollten mich dies tun lassen, es würde niemandem weh tun. Ich schlief ein.

Ende

Der Autor als displaced person im Durchgangslager Buchholz in der Nähe von Hannover

Epilog

Der Autor beim Boxtraining

Im Jahr 1949 schaffte ich es, nach Kanada auszuwandern. Dort arbeitete ich zuerst bei einer Holzabfuhrgesellschaft im wilden Ontario Wald, dann trainierte ich als Schwergewichtsboxer in Montréal. Ein Promoter aus Chicago interessierte sich für mich, und meine Fäuste erfüllten mir meine Träume vom Leben in den Vereinigten Staaten. Dann wurde ich mitten in meiner vielversprechenden Karriere zur Armee eingezogen. 1955 wurde ich als in Europa stationierter Soldat der US-Armee amerikanischer Staatsbürger.

Aber selbst als neuer US-Bürger wagte ich es nicht, nach Rumänien zurückzukehren, um meine Eltern zu sehen. In den 1950er und Anfang der 1960er Jahre gab es keine amerikanische Botschaft in Rumänien. Wenn die Kommunisten sich entschlossen hätten, mich gefangen zu nehmen oder für meine Flucht zu bestrafen, so hätte die amerikanische Regierung keine Möglichkeit gehabt, mir zu helfen.

Und so kam es, dass ich meinen Vater nie wieder sehen sollte. Auch wenn wir uns gegenseitig oft Briefe schrieben, so war doch unser Blickkontakt durch das kleine Fenster des Güterwaggons, der mich in den Donbass wegbrachte, das letzte Mal, dass wir uns von Angesicht zu Angesicht gesehen hatten.

Als Landbesitzer vor dem Krieg war meinen Eltern von den Kommunisten alles weggenommen worden. Zwar war ihnen erlaubt worden, in zwei Räumen des großen Hauses wohnen zu bleiben, in dem ich aufgewachsen war, allerdings als Mieter im eigenen Haus. In den restlichen Zimmern des Hauses wurden Fremde einquartiert. Meine Mutter wurde zur Putzfrau degradiert, die Korridore in einem Krankenhaus schrubbte, und mein Vater, der eine Respektsperson in der ganzen Region gewesen war, musste in einer Lehmfabrik arbeiten. Viel später erfuhr ich, dass er mehrere Male von der Securitate, *der rumänischen Variante des russischen KGB, über meine vermuteten*

»Spionage«-Aktivitäten verhört worden war. In den sechziger Jahren erkrankte mein Vater dann an Krebs. »Komm nicht hierher«, schrieb er mir in seinen Briefen. Es war für ihn wichtiger, mich in Freiheit und in Sicherheit zu wissen, als mich noch einmal zu sehen, bevor er starb. Im März 1961 erhielt ich ein Telegramm von meiner Mutter: »Tata am 4.en [März] sanft entschlafen.«

In den Briefen, die ich an meine Eltern schickte und von denen ich wusste, dass sie von der Securitate *geöffnet wurden, wagte ich es nie, nach Omar zu fragen, auch wenn sein Großvater früher einmal uns gegenüber in der gleichen Straße gewohnt hatte und sie wahrscheinlich etwas über sein Schicksal hätten erfahren können. Außerdem hatte ich Angst, schlechte Nachrichten zu erfahren. Ich konnte mir nicht vorstellen, dass irgendjemand, selbst einer wie Omar, unter diesen Bedingungen viel länger hätte überleben können. Selbst wenn er nicht der Arbeit, dem Hunger und dem Winter zum Opfer gefallen wäre, so gab es doch immer noch die Einbrüche in der Mine, die mir Sorgen bereiteten. Konnte er trotz alledem noch am Leben sein? Omar verfolgte mich weiter in meinen Träumen und Albträumen.*

Ein Lied, das in Amerika in den frühen sechziger Jahren sehr populär war, traf mich mit Wucht, als ich es zum ersten Mal hörte. Es hieß »Big Bad John« und wurde von einem Country-Sänger namens Jimmy Dean gesungen. Das Lied handelte von einem hünenhaften, starken Kohleminenarbeiter, der für die anderen Bergarbeiter ein Mysterium war. Er sagte nie mehr als »Hi!«. Niemand kam ihm näher. Dann gab es einen schrecklichen Unfall in der Mine. Hunderte von Männern wurden tief in den Untergrund verschüttet. Der schweigsame Big John hob mit der Stärke des Samson einen Balken auf und ermöglichte all diesen Männern zu entkommen – allen außer sich selbst.

Hatte auch Omar mein Leben nur gerettet, um selbst in der Mine zu sterben?

Mit Chruschtschow setzte ein Tauwetter im Kalten Krieg ein. Zwischen den USA und Rumänien wurden diplomatische Beziehungen geknüpft. Ab 1965 oder 1966 hatten wir eine Botschaft dort, und ich konnte beginnen darüber nachzudenken, einmal hinzureisen, um meine Mutter wiederzusehen. Ich war jetzt der Besitzer einer beliebten Jazzbar in Greenwich Village namens »Jacques«. (Das ist, ganz nebenbei, nicht der Name, den mir meine Eltern gegeben hatten. Das war der Name, den mir der russische Leutnant zusammen mit einem Paar Stiefel gegeben hatte. Das russische »Wanja« wurde im Nachkriegsdeutschland bei den amerikanischen Soldaten zu »Johnny«, dann zu »Jack«, als ich ein Boxer war, und »Jacques«, als ich nach der Armeezeit in Paris studierte. Aber es ist immer derselbe Name in verschiedenen Sprachen – ich bin immer noch Wanja.)

Eines Nachts fasste ich impulsiv den Beschluss, mein Zuhause zu besuchen.

Mein Flug nach Wien machte einen Zwischenstopp in Frankfurt, Deutschland, und ich stieg aus, um meiner Mutter ein Telegramm zu senden. Ich hatte Angst, dass der Schock, mich plötzlich wiederzusehen, für sie zu viel sein könnte. Ich wollte ihr Zeit geben, sich auf das Wiedersehen vorzubereiten. In Wien mietete ich ein Auto und fuhr nach Osten ohne Pause – eine Fahrt von siebzehn Stunden. Der schwierigste Teil der Fahrt war das Überqueren der Grenze zwischen Österreich und Ungarn – des Eisernen Vorhangs. Die bewaffneten Wärter, die Wachtürme und die Drahtzäune, das lange Verhör durch die Grenzpolizei, die Atmosphäre von Angst und Kontrolle – ich konnte es kaum glauben, dass ich aus freien Stücken in diesen Albtraum zurückkehrte, dem ich entkommen war.

Es war Morgendämmerung, als ich in mein Heimatdorf kam. Die Häuser, die während meiner Kindheit so stolz und gut gepflegt waren, sahen nun alle trostlos und heruntergekommen aus. Der Kommunismus hatte schon vieles zerstört. Und unser altes Haus, in dem meine Mutter immer noch lebte, – es war dunkel! Warum wartete sie nicht auf mich? War sie überhaupt noch am Leben?

Ich stieg aus dem Wagen aus und warf eine Hand voll Kieselsteine an das Fenster. Nichts. Ich hob einen Stock auf und klopfte damit an das Fenster. Der Vorhang wurde zur Seite gezogen, und in dem Fenster tauchte das Gesicht einer alten Frau auf – das meiner Mutter!

Zweiundzwanzig Jahre war es her!

Ihr war ein derartiger Schock ins Gesicht geschrieben, dass ich befürchtete, sie würde eine Herzattacke erleiden. Ich rannte zum Tor, das in den Hof führte. Kurz danach hörte ich einen Schlüssel im Schloss rotieren, der wie ihre Hände zitterte. Dann öffnete sie die Tür in dem Hoftor und wir standen uns gegenüber und starrten uns gegenseitig an

»Didn't you get my telegram?«, fragte ich sie – auf Englisch!

»Kannst du deine Sprache nicht mehr sprechen?«, fragte sie mich. Dann fielen wir uns in die Arme. (Das Telegramm kam schließlich an diesem Abend um 17 Uhr an!)

Von diesem Zeitpunkt an besuchte ich meine Mutter jedes Jahr, häufig sogar zweimal im Jahr, ihr gesamtes restliches Leben lang – sechzehn Jahre noch. Ich wollte sie nach Amerika mitnehmen, aber das kommunistische Rumänien erlaubte seinen Bürgern weder zu reisen noch auszuwandern. Aber wir verbrachten Wochen miteinander und lebten dabei unter demselben alten Dach, wir saßen bis Mitternacht am Küchentisch, tranken Tee und redeten miteinander. Wir erzählten uns Geschichten aus unserem Leben, seit wir uns getrennt hatten, und heilten damit auch einige der Wunden der verlorenen Jahre. Meine Mutter sagte, dass meine Ehefrau Annie sie über den Verlust meiner Schwester etwas hinwegtröste. Wir waren bei ihr und hielten ihre Hände, als sie im Alter von 84 Jahren in dem Bett starb, in dem sie mich zur Welt gebracht hatte.

Der Autor und seine Mutter

Bei meinem allerersten Besuch bei meiner Mutter hatte ich sie gefragt, ob sie etwas über Omar wisse. Sie hatte nichts gehört. Ich vertraute niemand sonst in dem Maße, dass ich gefragt hätte. So verließ ich Rumänien nach meinem ersten und zweiten Besuch, ohne etwas über das Schicksal meines Freundes erfahren zu haben.

Es passierte bei meiner dritten Reise.

Ich war gerade zurückgekommen mit meiner Mutter von einem Besuch bei Freunden, als eine Nachbarin, eine ältere Frau, mir sagte, dass ein Mann am Haus gewesen sei und nach mir gefragt habe. Er habe keinen Namen hinterlassen, aber gesagt, dass er bald noch einmal kommen würde.

Meine Mutter und ich saßen gerade in der Küche. Man konnte durch das Küchenfenster die Straße und einen alten Baum mit niedrigen Ästen vor dem Haus sehen. Ich sah nach draußen auf den Baum und erinnerte mich daran, wie ich ihn als Kind erklommen hatte, als ich die Beine eines Mannes auf unser Haus zukommen sah. Die niedrig hängenden Äste verdeckten seinen Oberkörper. Ich hatte diesen leichten schlendernden Gang schon vorhergesehen – nur sehr starke Männer liefen auf diese Weise. Ich rannte nach draußen – und da war Omar.

Es ist unmöglich zu beschreiben, welche Gefühle uns beide ergriffen, als wir uns von Angesicht zu Angesicht gegenüber standen. Die Kohlenmine, die bittere Kälte, der nagende Hunger, das Lager – all das hatte ihn nicht umbringen können. Hier war er, mit rötlichem Gesicht und gesund. Wir gaben uns die Hand und umarmten uns dann.

Er sagte mir, dass er von meiner erfolgreichen Flucht gewusst habe. Ich hatte aus Westdeutschland einem freundlichen Wärter im Lager geschrieben und diesen gebeten, Omar wissen zu lassen, dass ich in Sicherheit war. Der Brief war wirklich angekommen. Omar war einer der letzten Männer, die in diesem Lager überhaupt am Leben geblieben waren. Er hatte dort noch drei lange Jahre überlebt. Ich werde nie wissen, wie er die ersten beiden überstanden hatte. Im letzten Jahr, sagte er, hatten die wenigen verbliebenen Gefangenen mehr zu essen und bessere Kleidung bekommen. Schließlich war ihnen erlaubt worden, in die Heimat zurückzukehren.

Wir machten einen Ausflug im Wagen und setzten uns gegenseitig ins Bild darüber, was in unseren jeweiligen Leben geschehen war in den mehr als zwanzig Jahren, seit wir uns in dem Feldlazarett in Rovenki getrennt hatten.

Omar und der Autor

Omar arbeitete als Ingenieur. Er hatte sich mit eigenen Händen ein Zuhause aufgebaut. Wir fuhren dorthin, so dass ich seine Ehefrau und seine Tochter kennenlernen konnte. Seine Ehefrau zauberte aus den wenigen Ressourcen, die sie selbst hatten, ein Essen, von dem er und ich in der Mine nur hatten träumen können. Wir sprachen über die Idee, dass er mich eines Tages in New York City besuchen könnte. Omar lachte mich aus. Er konnte nicht glauben, dass das je geschehen würde.

Auf dem Weg zurück zum Haus meiner Mutter sagte ich ihm, dass ich ein Buch über unser Leben im Donbass geschrieben, veröffentlicht und ihm gewidmet habe. Zuhause angekommen, gab ich ihm eine Kopie der Geschichte, die Sie gerade gelesen haben. Es sah sehr dünn aus in seinen riesigen Händen. Omar sah mich an und stellte die erschütternde Frage: »In diesem schmalen Buch hast du alles erzählt?«

Von da an verbrachte ich bei jedem Besuch bei meiner Mutter auch Zeit mit ihm. Wir sprachen nie viel über die Zeit in der Mine – das mussten wir gar nicht. Da gab es Erinnerungen, die nur wir beide kannten. Wenn das Thema auftauchte, sah mich Omar nur an und sagte: »Lass es sein.«

Nachdem meine Mutter gestorben war, begann ich darum zu kämpfen, Omar aus Rumänien herauszubekommen. Seine Tochter hatte in den 1980er Jahren geheiratet und es geschafft, nach Westdeutschland auszuwandern, wo ihr Ehemann Verwandte hatte. Omar und seine Frau wollten zu ihr, in ihrer Nähe leben. Aber ihre Regierung ließ sie nicht gehen. Schließlich konnte ich mithilfe eines Freundes in der US-Regierung den Kampf um seine Freiheit gewinnen. Omar baute sich ein neues Zuhause in Westdeutschland auf, und im Jahr 1989 lud ich ihn und seine Frau mit dem Flugzeug nach New York ein und dann fuhren wir gemeinsam nach Florida. Als ich Omar am JFK-Airport in New York traf, erinnerte ich ihn daran, wie er mich ausgelacht und gesagt hatte, dass dies nie passieren würde! In New York besuchten wir die Freiheitsstatue, in Florida machten wir ein Barbecue am Strand in unserer Schwimmbekleidung – das war eine Szene, die wir uns in den dunklen Tiefen der Mine 28 in unseren kühnsten Träumen nicht hätten vorstellen können.

Ein Traum wurde nie wahr. Ich wollte immer eines Tages zu einem Besuch in den Donbass zurückkehren – mit Omar. Doch er litt schon an einer Herzkrankheit, als er mich im Frühjahr 1989 besuchte. In diesem Frühling und Winter stürzte der Kommunismus, was uns die Hoffnung gab, dass es bald möglich sein würde, den Donbass sicher zu besuchen. Aber Omar starb an einem schweren Herzinfarkt im Jahr 1991.

Und wieder war ich mit meinen Erinnerungen allein.

Dann fand ich Getz.

Der kleinwüchsige Mann hatte überlebt und war nach Westdeutschland gelangt, wo er endlich mit seiner Familie zusammenkam. Er war jetzt über achtzig Jahre alt und Kettenraucher, was ihm zusätzlich zu all dem Kohlenstaub, den er in der Mine eingeatmet hatte, überhaupt nicht gut tat. Als er hörte, dass ich unterwegs war, um ihn zu treffen, hatte er zwei Päckchen Zigaretten beim Warten auf mich geraucht, erzählte er mir später. Er hatte die Erinnerung an diese Jahre als Gefangener entschlossen aus seinem Gedächtnis gestrichen. Er dachte nie daran, sagte er – bis er meine Stimme am Telefon gehört hatte. Dann tauchte alles plötzlich wieder auf. Einige Jahre lang sahen wir uns jedes Mal, wenn ich nach Europa reiste, und gaben uns gemeinsam unseren Erinnerungen hin. Vielleicht würde ihn der Lungenkrebs dahinraffen – aber nicht bevor ich auch ihn nach Florida gebracht hatte. Getz saß da und starrte auf den blaugrünen Golf von Mexiko, rauchte eine Zigarette und sagte voller Verwunderung: »Gibt's denn so was?«

1999 wurde ich zu einer Karate-Meisterschaft nach Kiew eingeladen, in die Hauptstadt der Ukraine. (Ich war Berater bei Kyokushin geworden, der zwölf Millionen schweren internationalen Karate-Organisation eines anderen guten verstorbenen Freundes, des Karatemeisters Mas Oyama.) Der Zusammenbruch der Sowjetunion hatte den Donbass in den fernen Osten der Ukraine platziert, und ich beschloss, ob ich nun vorbereitet war oder nicht, dass dies meine Chance wäre, dorthin zu reisen. Als der Karatewettbewerb vorüber war, nahm ich ein kleines Propellerflugzeug von Kiew nach Donezk, in die Hauptstadt der Kohleminenregion. Sie können sich meine Gefühle vorstellen, als ich auf der Seite des Flugzeugs in großen orangen Buchstaben »DONBAS« las!

Donezk ist eine ziemlich große Stadt. Die Nachbarstadt war Makayevka, wo meine Schwester gefangen gehalten und gestorben war. Um die abgelegene Gegend zu finden, in der ich gearbeitet hatte, musste ich einen Wagen und einen Fahrer mieten – und auch einen Übersetzer, denn mein Russisch war sehr eingerostet – und einige Stunden nach

Osten fahren. Dabei mussten wir oft anhalten und nach dem Weg fragen. Auf halbem Wege sah ich durch das Fenster nach draußen und fühlte einen Stich in meinem Herzen. Ich blickte auf einen Poroda-*Berg und einen Turm.*

Der schwarze Kegel aus Schlacke mit dem auslaufenden Ende eines Gleises in dünner Luft an der Spitze sah wie eine kleine Pyramide oder ein abgestorbener Vulkan aus – für mich aber war der Berg ein alter Freund. Meine Arbeit auf genau so einem Turm hatte mir das Leben gerettet. Ich wollte meine Hände danach ausstrecken.

Schließlich kamen wir in die kleinen Dörfer, in denen meine russischen Freunde von der Mine 28 gelebt hatten. Aber ich erkannte nichts wieder. Wo war die Atkatka, *das Waschhaus, die* stalova? *Ich konnte mich nicht orientieren.*

Vieles hatte sich völlig verändert in zweiundfünfzig Jahren. Wir fragten im Büro einer neuen Mine nach und erfuhren, dass die Mine 28, einst eine der besten Kohleproduzentinnen im Donbass, schon lange komplett ausgebeutet und darum geschlossen war. Wo der Mineneingang gewesen war, war jetzt eine Schuhfabrik, die aber auch geschlossen war. Eine nette Frau bot uns an, uns dorthin zu bringen. Und da sah ich ihn – meinen Poroda-*Berg.*

Ein Poroda-Hügel

Der Autor vor einem Hügel ...

... und vor einem Mahnmal.

Er musste es sein. Er war jetzt nur noch ein alter Berg, von Gras und ein paar kleinen Bäumen überwachsen.

Doch einige schwarze Holzpfosten ragten aus dem Boden heraus, die Überreste von Sirienkos Turm.

Ich fragte unsere Führerin Lyudmila nach den russischen Mädchen, mit denen ich gearbeitet hatte. Ich kannte sie nur als Lisa, Nina, Katya, Dusya. Ihre Familiennamen waren mir unbekannt. Lyudmila sagte, sie werde uns zu einer alten Frau bringen, die die Mädchen vielleicht kannte. Auf dem Weg zu dem Haus der alten Frau kamen wir an einer verwahrlosten Wiese vorbei, auf der nur ein Kalb graste. Lyudmila sagte mir, dass hier unser Lager gewesen war. Aber ohne Gebäude oder andere Orientierungspunkte konnte ich mir nicht sicher sein.

Nina

Der Autor mit Marusya

Ich erkannte es nicht wieder. Doch ich glaubte es, als ich sah, dass die Russen aus Respekt vor allen Gefangenen, die hier gestorben waren, auf diesem Grund nie etwas anderes errichtet hatten – abgesehen von einer Sache. An der Vorderseite des Feldes war ein kleines Denkmal aufgestellt, es zeigte ein hohläugiges Gesicht und eine Hand, die einen Drahtzaun umklammerte, und die Inschrift: »Für alle Kriegsgefangenen«.

Die alte Frau sagte ja, sie habe Lisa, Nina und Katya gekannt. Und sie wusste, dass Lisa gestorben war. Bei Katya oder Nina war sie sich nicht sicher. Aber Dusya – die feurige Dusya – war noch quicklebendig. Ob ich sie sehen wollte?

Wir fuhren hinauf zu einem kleinen Haus. Kinder spielten entlang der unbefestigten Straße.

Eine kleine alte Frau mit funkelnden Augen und nur noch einigen wenigen Zähnen kam aus dem Haus heraus.

»Dusya«, sagte Lyudmila, »erinnerst du dich an einen Gefangenen namens Vanja?«

Die alte Frau sah mich an. Sie hob die Ecken ihre Schürze hoch und trocknete damit einige Tränen in ihren Augen. »Wanjuschka! Vansyushka! Molodyets *(der starke junge Mann)«, sagte sie.*

Ich besuchte den Donbass noch zweimal und fand auch Nina – das Mädchen, das ich nach dem Willen Sirienkos hätte heiraten sollen –

und Marusja, meine Aufseherin in dem Sommer, in dem ich auf der Atkatka *arbeitete.*

Als ich so hungrig gewesen war, hatten sie mir Maisbrot und Sonnenblumenkerne zu essen gegeben. Jetzt konnte ich ihnen warme Daunenjacken und Dollars für Medizin geben, denn viele der Minen im Donbass waren geschlossen worden und die Menschen waren sehr arm.

Dusya in der amerikanischen Jacke

Ich bedauere es nur, dass ich mich niemals für die Hilfe Sirienkos revanchieren konnte, meines Freundes und Beschützers, der vor vielen Jahren gestorben war. Oder für diejenige der vielen einfachen Russen, die ihre eigene Sicherheit riskiert hatten, um mir während meiner Flucht Essen und Unterkunft zu geben.